沈从文 著
卓雅 摄影

沈从文的
湘西故事

逃的
前一天

北京时代华文书局

图书在版编目（CIP）数据

逃的前一天 / 沈从文著；卓雅摄影 . —北京：北京时代华文书局，2023.6
（沈从文的湘西故事 / 卓雅主编）
ISBN 978-7-5699-4904-9

Ⅰ . ①逃… Ⅱ . ①沈… ②卓… Ⅲ . ①中篇小说-小说集-中国-现代
②短篇小说-小说集-中国-现代 Ⅳ . ① I246.7

中国国家版本馆 CIP 数据核字（2023）第 012793 号

TAO DE QIAN YI TIAN

出 版 人：陈　涛
项目策划：文汇雅聚
责任编辑：李　兵
特约编辑：蔡时真
责任校对：李一之
装帧设计：程　慧　周　丹
责任印制：訾　敬

出版发行：北京时代华文书局 http://www.bjsdsj.com.cn
　　　　　北京市东城区安定门外大街 138 号皇城国际大厦 A 座 8 层
　　　　　邮编：100011　电话：010-64263661　64261528

印　　刷：北京盛通印刷股份有限公司
开　　本：640 mm×960 mm　1/16　　成品尺寸：150 mm×230 mm
印　　张：23.25　　　　　　　　　　字　　数：302 千字
版　　次：2024 年 1 月第 1 版　　　　印　　次：2024 年 1 月第 1 次印刷
定　　价：78.00 元

版权所有，侵权必究
本书如有印刷、装订等质量问题，本社负责调换，电话：010-64267955。

谈写游记

写游记像是一件最不费力的工作，因为作为一个中小学生，就趁着有机会在作文本子上做过我篇游记，作基本作乐，至于一个作家呢，只要他旅行，自然就有许多写的事，物，搁在眼前，情形常是这样，好游记写不怎么多。编教科书和选本的人，将要你一筹莫展会到，古今游记浩如烟海，列入选时尝费斟酌。昨我又见，水经注是容易得人记了，但看了原属文字有时过简，不惮古文风格够人，也难领会它的好处。洛阳名园记也算是佳作，记苑园还有对人的褒贬寓意。其实洛阳伽蓝记中一部分，因样子算了作游记，也值得现代人取法。经些经，叙述中给我们一种重要启示：好游记和好诗歌差不多，有时量作品不一定要字教多，不必分行排体，经是诗，好游小船渡口一边是一道长～的青苍崖壁，一边是一个□□边，裸露着大片石头的平滩，其时正有几个赶乡场的乡下人，肩上挑负着箩、篚……沿着悬崖下近水小路走向渡头。四渡船上有个接双辫妇孩子，拉动缆索，把另外一批人送过沦水东边，悬崖上有一列大树，黄叶□□□是照习惯皆成"风水树"保留下来的。正在凡南现象，对于什么新发生事情全不吃惊，只静～的看着一切，自始之来到这个渡口的我，是不能不对於这种境□给我的印象和联想异常感动！因为实在太和我二十五年前写到的一个地方景物相近了。我无从置身於这么一个地方，一切十分新，一切又那么旧，正像不仅是我眼华字□□子年前後，唐代的诗人来代的画家，前後虽不同时，也都同样由于一时曾置身到相似自然环　　　境的诗溪水流到这里被四围群山约束成一小潭，大小约半里样子，虽正当深冬水落时，许多部分都露出一堆堆石头，披阳光漂浮白之的水中（溪）潭绿水，清碧澄澈，反映着一群群山倒影，还是十分动人的。

潭上游一里还有一支老式小渡船，沿着横贯潭中那条竹缆索由一个掌渡船的人拉动缆索，来回摆渡行人。"野渡无人舟自横"的姿式，搁在岸西一边石滩头上，因为作成（风景习惯）倒是

不知多少年来，经常都是那台捆起下，镇日长闲，岂有多少事和（睡）群山一道在冬日阳光下沉睡，似是这千沉里时代已过去了，大凌口终日不断有吼着叫着的各式各样车辆闹上方长建凌，小渡船也

大庙比北京碧云寺远的多，口地方小脚儿人家皆称船码头很，那地方土床人土大猪，出纸，出边炮。造船厂规模很像不样，子大油坊长年在油上打，油全皆撑曼旗唱长歌。河岸晒油篓时必有千个摊到成一遍。河中且长年在大木筏停泊，走大而且黄的船只停泊地。这些大船，尾皆高到两丈左右，渡船从下面过身时须歌啊一间大屋。那上面一定还用雄字的一个福字或顺字。因来又出鱼，又经的大浮很。但这不碍事却据说皇帝十手方更头时，十手家中到那里时已衰废了的。

发废的原因当时没听说是什么，不使停船，水边没了才叫菁些也隐之而茅余荒了。而因的那些因家子的神气大庙大屋大船大地方，盲菁却把船称，放看起来尤其勇人。我还对这生那个庙里半个月到廿天，房于宇庙陈第一图，那庙里精上的话的像也多张，老也多的张，还有个大游样的塔，当云立支，左一个大殿菁裡上面用木砌成全是菩萨，会发个人妙童得喜地的，陀师到一难撑人的声音，我哼个太空。这东西也哎的庙们来不多，九救挂太庙好像区不差与乡好。

到了，我船又走上一个大滩了，名为横石。船下约时倒必需遵且沐，上叶时更是使大船，也托费事，但小船倒还方便，不到廿分钟就可以完事的。这时船已到了大浪裡，我抱着你同外的拍你，也把我撑开，我也过了个伴！

这川上船心是只大舵碎生急流裡，我小船撑着和过去，我远看是呀呀的白气活动，与发展。觉悟高于收获来自自认识人、这种类型文艺作品、对现在还没有见到。宇宙观、人生观、对人家观、尤其是因此理解人的善良和善良在时代过渡期是不可适于生存好适为无用，更为恶害事。但一个人的奉献是要修善良善良的一切文学都处在个深度、印看你一步对于人的理解、好在也结合利种不同人事上时的渗透、及善恶变化中的关系。一切作品体其害不减、还要些别的东西、要情感、要善于综合与表现！这不仅是生活经验和知性高度热情和做事。还有些应当注意更多方面来培养好的东西。也近于这种货上提高的陶冶问题，不是抽象教条和斗争经验印可成了。充满一切优秀作品都隙、读文化各部门去学习，当把读书学习领域展宽，会对于人、对于事、都了你会以一些。唐朝事这里解和学思考，时只主观的粗暴、打击会不同弱一些。由此生命会日益丰富起来，因此左个人心外、还它千万种不同，左为种不同情形中存大、蒿生。到此如文代史上各部门成就接触时，你也就会从利很多之启发的！

的人生了。初到北京时，对于标点符号的使用我还不大明白身边唯一老师是一部史记，随后不久又才得到一本破旧圣经经这两部作品中我在阅读中我得到许多益的陶养，并且学得了许多叙事抒情的基本知识，可是玄奘临瘗庭用自然毫不费力遥远。当时投读城垂学校功进想二作会出路可得，只有每天到宣武门内京师图书馆去看书不间断，能看懂的就看，同时自然和在乡村都隊中时一样，有更多机会阅读社会那布大书，甚时正是军阀分割出俳时期，彼此利益矛盾，随时都可在口内某一地区爆发大战。住在北京城里的口会议长员，因为

选集题记

沈从文

一九二二年左右，五四运动余波到达湘西，那时节我正在沅水流域保靖县一个土著军阀部队中作司书，曾过了好些年现在文学青年不易设想的生活，也因之看过了旧中国社会一小角阳种种好或坏的景象。在这种情形下，来和新的报纸接触，书报中所提出的新的社会理想希望，于是扇起了我进求知识进求光明的勇气，由一个荒僻小县，跑到了百国万市民居住的北京城。随此以後正由独一个永远学习军业的李梧，来学永远学不尽"开始进到一个永远学不尽

我的写作与水的关系

在我一个角传裏，我曾经提到过水给我的种种印象，笔墨渲染不尽的涓流，汪洋万顷的大海，若不对于我身边这挺大的帮助，我学会用心灵去思索一切，全靠清悠水。我对于宇宙认识得这一些也靠得是水。

孤独一意在你缺少一切的时代，你就会发现原来还有个自己。这是一句真话，我是我自己的生活与思想多少流至皆经研读得来的。我的教育也是从孤独中浮来的。然而这点孤独与水不能分开。

年纪才七岁时节，私塾在我看来实在是个最无意思的地方，我不能忍受那个偏窄的天地，无论如何总得想出方法到学校外的日光下去生活。天上月里与一些同街比邻的坏小子，托书笼用台橡子，作下了三十记号，捆在禾衔土地堂的末偶身背後，就洒着毛撲他们，到城外去钓入高多及身的禾林裏捕捉禾穗上的蚱蜢，滩肩膀多到日西烤炙处竟不在意。耳朵中只听到爱蛛蛛振翅的声音，金倾个思只顾去追逐辨科绿色黄色跳跃伶俐的小生物，到後者，所得来的东西已够待一顿年餐了，方到河边去洗濯净，拾些乾草枝枝用野

我的写作与水的关系

沈从文

在我一个自传里，我曾经提到过水给我的种种印象。檐溜，小小的河流，汪洋万顷的大海，莫不对于我有过极大的帮助，我学会用小小脑子去思索一切，全亏得是水，我对于宇宙认识得深一点，也亏得是水。

"孤独一点，在你缺少一切的时节，你就会发现原来还有个你自己。"这是一句真话。我有我自己的生活与思想，可以说是皆从孤独得来的。我的教育，也是从孤独中得来的。然而这点孤独，与水不能分开。

年纪六岁七岁时节，私塾在我看来实在是个最无意思的地方。我不能忍受那个逼窄的天地，无论如何总得想出方法到学校以外的日光下去生活。大六月里与一些同街比邻的坏小子，把书篮用草标各作下了一个记号，搁在本街土地堂的木偶身背后，就洒着手与他们到城外去，钻入高可及身的禾林里，捕捉禾穗上的蚱蜢，虽肩背为烈日所烤炙，也毫不在意。耳朵中只听到各处蚱蜢振翅的声音，全个心思只顾去追逐那种绿色黄色跳跃伶便的小生物。到后看看所得来的东西已尽够一顿午餐了，方到河边去洗濯净，拾些干草枯枝，用野火来烧烤蚱蜢，把这些东西当饭吃。直到这些小生物完全吃尽后，大家于是脱光了身子，用大石压着衣裤，各自从悬崖高处向河水中跃

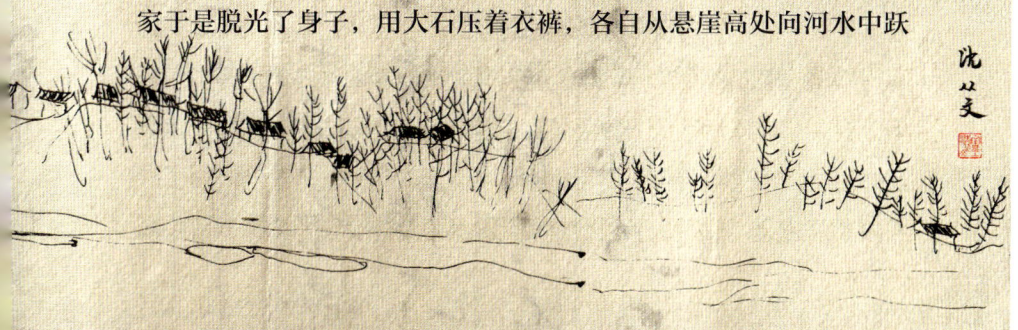

去。就这样泡在河水里，一直到晚方回家去，挨一顿不可避免的痛打。有时正在绿油油禾田中活动，有时正泡在水里，六月里照例的行雨来了，大的雨点夹着吓人的霹雳同时来到，各人匆匆忙忙逃到路坎旁废碾坊下或大树下去躲避，雨落得久一点，一时不能停止，我必一面望着河面的水泡，或树枝上反光的叶片，想起许多事情……所捉的鱼逃了，所有的衣湿了，河面溜走的水蛇，钉固在大腿上的蚂蟥，碾坊里的母黄狗，挂在转动不已大水车上的起花人肠子，因为雨，制止了我身体的活动，心中便把一切看见的经过的皆记忆温习起来了。

也是同样的逃学，有时阴雨天气，不能向河边走去，我便上山或到庙里去，在庙前庙后树林或竹林里，爬上了这一株，到上面玩玩后，又溜下来爬另外一株。若所爬的是竹子，必在上面摇荡一会，爬的是树木，便看看上面有无鸟巢或啄木鸟孵卵的孔穴。雨落大了，再不能做这种游戏时，就坐在楠木树下或庙门前石阶上看雨。既还不是回家的时候，一面看雨一面自然就需要温习那些过去的经验，这个日子方能发遣开去。雨落得越长，人也就越寂寞。在这时节想到一切好处也必想到一切坏处。那么大的雨，回家去说不定还得全身弄湿，不由得有点害怕起来，不敢再想了。我于是走到庙廊下去，为做丝线的人牵丝，为制棕绳的人摇绳车。这些地方每天照例有这种工人做工，而且这种工人照例又还是我很熟习的人。也就因为这种雨，无从掩饰我的劣行，回到家中时，我便更容易被罚跪在仓屋中。在那间空洞寂寞的仓屋里，听着外面檐溜滴沥声，我的想象力却更有了一种很好训练的机会。我得用回想与幻想补充我所缺少的饮食，安慰我所得到的痛苦。我因恐怖得去想一些不使我再恐怖的生活，我因孤寂又得去想一些热闹事情方不至于过分孤寂。

到十五岁以后，我的生活同一条辰河无从离开，我在那条河流边住下的日子约五年。这一大堆日子中我差不多无日不与河水发生关系。走长路皆得住宿到桥边与渡头，值得回忆的哀乐人事常是湿的。至少我还有十分之一的时间，是在那条河水正流与支流各样船只上消磨的。从汤汤流水上，我明白了多少人事，学会了多少知识，见过了多少世界！我的想象是在这条河水上扩大的。我把过去生活加以温习，或对未来生活有何安排时，必依赖这一条河水。这条河水有多少次差一点儿把我攫去，又幸亏它的流动，帮助我做着那种横海扬帆的远梦，方使我能够依然好好地在人世中过着日子！

再过五年，我手中的一支笔，居然已能够尽我自由运用了，我虽离开了那条河流，我所写的故事，却多数是水边的故事。故事中我最满意的文章，常用船上水上作为背景，我故事中人物的性格，全为我在水边船上所见到的人物性格。我文字中一点忧郁气氛，便因为被过去十五年前南方的阴雨天气影响而来。我文字风格，假若还有些值得注意处，那只因为我记得水上人的言语太多了。

再过五年后，我的住处已由干燥的北京移到一个明朗华丽的海边。海既那么宽泛无涯无际，我对人生远景凝眸的机会便较多了些。海边既那么寂寞，它培养了我的孤独心情。海放大了我的感情与希望，且放大了我的人格。

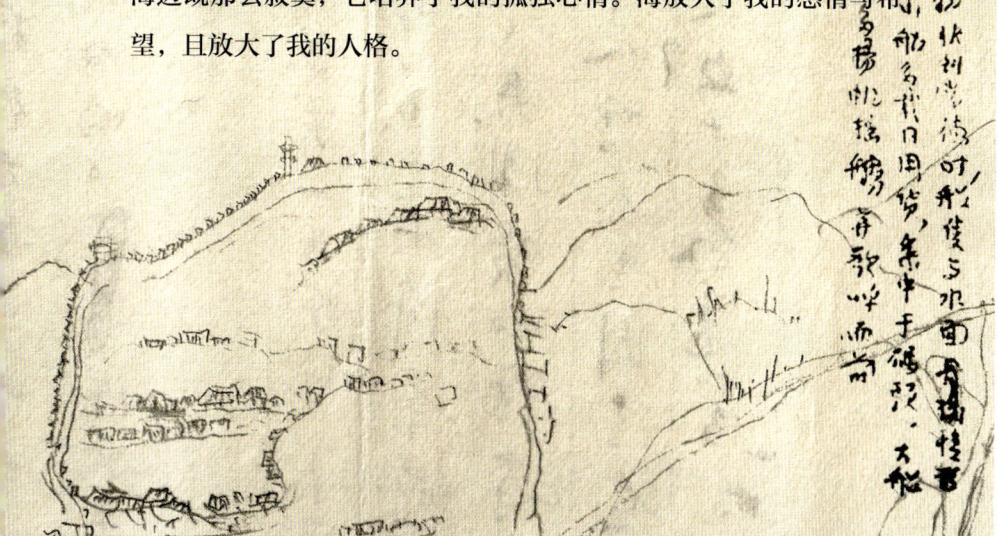

1929年沈从文在上海

永恒的湘西和沈从文

黄永玉

八十年代表叔住崇文门期间,有一天他病了,我去看他,坐在他的床边,他握着我的手说:"多谢你邀我们回湘西,你看,这下就回不去了!"我说:"病好了,选一个时候,我们要认真回一次湘西,从洞庭湖或是常德、沅陵找两只木船,按你文章写过的老路子,一个码头一个码头再走一遍,写几十年来新旧的变化,我一路给你写生插图,弄它三两个月。"

他眼睛闪着光:"那么哪个弄菜弄饭呢?"我说可以找个厨子大师傅随行。

"把曾祺叫在一起,这方面他是个里手,不要再叫别人了。"

之后,表叔的病情加重,直到逝世;随之曾祺也去世了。

这点想法一直紧缠着我。我告诉过刘一友,也跟卓雅谈过,后来又跟吉首大学的游校长交流更具体的方案和计划,也都是说说而已,"自是人生长恨水长东"矣!

想想看,如果表叔的身体得到复元,三人舟行计划能够实现,可真算得上是最后一个别开生面的"沈从文行为艺术"了。真是可惜!

卓雅重掀波澜的意义就在这里,我希望有心人顺着这个有趣的命题多为永恒的湘西做点文章。

二〇〇九年九月九日千万荷堂

之后，表叔的病情加重，直到辞世，随之曾祺也去世了。

这点想法一直紧缠着我。我告诉过刘一友，也跟卓雅谈过，没来又跟吉首大学的游校长和班长杜崇烟交换过更具体的方案和计划，也都是说说而已。自是人生长恨水长东，想想看，如果表叔的身体允许一点，三人舟行计划能够实现，可真再以上是一个别开生面的沈从文行为艺术"了。真是可惜！

卓雅重掀皮阁的意义就在这里，我希望有心人顺着这个有趣的命题，多为永恒的湘西做点文章。

二〇〇九年九月九日于寿荷堂

永恆的湘西和沈從文　黃永玉

八十年代表叔住崇文門期間有一天他病了，我去看他，坐在他的床邊，他握着我的手說：「多謝你邀我們回湘西你看，這下就回不去了。」我說：「病好了選一個時候，我們再認真回一次湘西，沅江洞庭湖或是常往，沅陵我兩隻木船，按你文章寫過的老路子一個碼頭一個碼頭再走一遍，寫幾十年來新舊的變化，我一路給你寫生插圖，弄完三兩个月。」他眼睛閃着光：「那麼哪個弄菜弄飲呢？」我說可以找個廚子大師傅隨行。

「把曾祺叫在一起，這方面他是千裡美，不要再叫別人了。」

目录

我的写作与水的关系
永恒的湘西和沈从文

阿黑小史	001
押寨夫人	068
雨后	105
三三	115
贵生	149
一个女人	179
旅店	197
顾问官	209
会明	223
三个男子和一个女人	239

黄昏	271
一只船	285
丈夫	299
逃的前一天	325

| 后记 | 349 |

油坊在一个坡上，坡是泥土坡，像馒头，名字叫圆坳。同圆坳对立成为本村东西两险隘的是大坳。

阿黑小史

油坊

若把江南地方当全国中心,有人不惮远,不怕荒僻,不嫌雨水瘴雾特别多,向南走,向西走,走三千里,可以到一个地方,是我在本文里所说的地方。这地方有一个油坊,以及一群我将提到的人物。

先说油坊。油坊是比人还古雅的,虽然这里的人也还学不到扯谎的事。

油坊在一个坡上,坡是泥土坡,像馒头,名字叫圆坳。同圆坳对立成为本村东西两险隘的是大坳。大坳也不过一土坡而已。大坳上有古时碉楼,用四方石头筑成,碉楼上生草生树,表明这世界用不着军事烽火已多年了。在坳碉上,善于打岩的人,一岩打过去,便可以打到圆坳油坊的旁边。原来这乡村,并不大。圆坳的油坊,从大坳方面望来,望这油坊屋顶与屋边,仿佛这东西是比碉楼还更古。其实油坊是新生后辈。碉楼是百年古物,油坊年纪不过一半而已。

虽说这地方平静,人人各安其生业,无匪患无兵灾,革命也不到这个地方来,然而五年前,曾经为另一个大县分上散兵骚扰过一次,给了地方人教训,因此若说村落是城池,这油坊已似乎关隘模样的东西了。油坊是本村关隘,这话不错的。地方不忘记散兵的好处，增加了小心谨慎，练起保卫团有五年了。油坊的墙原本也是石头筑成，墙上打了眼，可以打枪，预备风声不好时，保卫团就来此放枪放炮。实际上，地方不当冲，不会有匪，地方不富，兵不来。这时正三月，是油坊打油当忙的时候。山桃花已红满了村落，打桃花油时候已到，工人换班打油，还是忙，油坊日夜不停工，热闹极了。

虽然油坊忙，忙到不开交，从各处送来的桐子，还是源源不绝，桐子堆在油坊外面空坪简直是小山。

来送桐子的照例可以见到油坊主人，见到这个身上穿了满是油污邋遢衣衫的汉子同他的帮手，忙到过斛上簿子，忙到吸烟，忙到说话，又忙到对年青女人亲热，谈养猪养鸡的各样事情，看来真让人担心他一到晚就会生病发烧。如果如此忙下去，这汉子每日吃饭睡觉有没有时间，也仿佛成了问题。然而成天这汉子还是忙。大概天生一个地方一个时间，有些人的精力就特别惊人，正如另一地方另一种人的懒惰一样。所以关心这主人的村中人，看到主人忙，也不过笑笑，随即就离了主人身边，到油坊中去了。

初到油坊才会觉得这是一个怪地方！单是那圆顶的屋，从屋顶透进的光，就使陌生人见了惊讶。这团光帮我们认识了油坊的内部一切，增加了它的神奇。

先从四围看，可以看到成千成万的油枯。油枯这东西，像饼子，像大钱，架空堆码高到油坊顶，绕屋全都是。其次是那屋正中一件东西：一个用石头在地面砌成的圆碾池，直径至少是三丈，占了全屋四分之一空间。三条黄牛绕大圈子打转，拖着那个薄薄的青砌石碾盘；碾盘是两个，一大一小。碾池里面是晒干了的桐子，桐子在碾池里，经碾盘来回地碾，便在一种轧轧声音下碎裂了。

把碾碎了的桐子末来处置，是两个年青人的事。他们同这屋里许多做硬功夫的人一样，上衣不穿，赤露了双膊。他们把一双强健有力的手，在空气中摆动，这样那样非常灵便地把桐子末用一大方布包

打油人赤着膊……把大小不等的木楔依次嵌进榨的空处去，便手扶了那根长长的悬空的槌，唱着简单而悠长的歌，訇地撒了手，尽油槌打了过去。

裹好，双手举起放到一个锅里去，这个锅，这时则正沸腾着一锅热水。锅的水面有凸起的铁网，桐末便在锅中蒸，上面还有大的木盖。桐末在锅中，不久便蒸透了，蒸熟了。两个年青人看到了火色，便赶快用大铁钳将那一大包桐子末取出，用铲铲取这原料到预先扎好的草兜里，分量在习惯下已不会相差很远，大小则有铁箍在。包好了，用脚蹑，用大的木槌敲打，把这东西捶扁了，于是抬到榨上去受罪。

油榨在屋的一角，在较微暗的情形中，凭了一部分屋顶光同灶火光，大的粗的木柱纵横地罗列，铁的皮与铁的钉，发着青色的滑的反光，使人想起古代故事中说的处罚罪人的"人榨"的威严。当一些包以草束以铁业已成饼的东西，按一种秩序放到架上以后，打油人赤着膊，腰边围了小豹之类的兽皮，挽着小小的发髻，把大小不等的木楔依次嵌进榨的空处去，便手扶了那根长长的悬空的槌，唱着简单而悠长的歌，訇地撒了手，尽油槌打了过去。

反复着，继续着，油槌声音随着悠长歌声荡漾到远处去。一面是屋正中的石磨盘，在三条黄牡牛的缓步下转动，一面是熊熊的发着哮吼的火与沸腾的蒸汽弥漫的水，一面便是这长约三丈的一段圆而且直的木在空中摇荡；于是那从各处远近村庄人家送来的小粒的桐子，便在这样行为下，变成稠黏的、黄色的、半透明的黄流，流进地下的油槽了。

油坊中，正如一个生物，嚣杂纷乱与伟大的谐调，使人认识这个整个的责任是如何重要。人物是从主人到赶牛小子，一共数目在二十以上。这二十余人在一个屋中，各因职务不同做着各样事情，在各不相同的工作上各人运用着各不相同的体力，又交换着谈话，表示心情的暇裕，这是一群还是一个，也仿佛不能用简单文字解释清楚。

但是，若我们离开这油坊一里两里，我们所能知道这油坊是活的，是有着人一样的生命，而继续反复制作一种有用的事物的，将从什么地方来认识？一离远，我们就不能看到那如山堆积的桐子仁，也看不到那形势奇怪的房子了。我们也不知道那怪屋里是不是有三条牯牛拖了那大石磨盘打转。也不知灶中的火还发吼没有。也不知那里是空洞死静的还是一切全有生气的。是这样，我们只有一个办法，就是听那打油人唱歌，听那跟随歌声起落仿佛为歌声作拍的洪壮的声音。从这歌声，与油槌的打击的闷重声音上，我们就俨然看出油坊中一切来了。这歌声与打油声，有时二三里以外还可以听到，是山中庄严的音乐，庄严到比佛钟还使人感动，能给人气力，能给人静穆与和平。从这声音可以使人明白严冬的过去，一个新的年份的开始，因为打油是从二月开始。且可以知道这地方的平安无警，人人安居乐业，因为地方有了警戒是不能再打油的。

油坊是简单约略地介绍给读者了。与这油坊有关系的，还有几个人。

要说的人，并不是怎样了不得的大人物，我们已经在每日报纸上，把一切于历史上有意义的阔人要人脸貌、生活、思想、行为看厌了。对于这类人永远感生兴趣的，他不妨去做小官，设法同这些人接近。我说的人只是那些不逗人欢喜、生活平凡、行为简朴、思想单纯的乡下人。然而这类人在许多人生活中，同学问这东西是一样疏远的。

这歌声与打油声,有时二三里以外还可以听到,是山中庄严的音乐,庄严到比佛钟还使人感动……

领略了油坊,就再来领略一个打油人生活,也不为无意义——我就告你们一个打油人的一切吧。

这些打油人,成天守着那一段悬空的长木,执行着类乎刽子手的职务,手干摇动着,脚步转换着,腰儿勾着扶了那油槌走来走去,他们可不知那一天所做的事,出了油出了汗以外还出了什么。每天到了换班时节,就回家。人一离开了打油槌,歌也便离开口边了。一天的疲劳,使他觉得非喝一杯极浓的高粱酒不可,他于是乎就走快一点。到了家,把脚一洗,把酒一喝,或者在灶边编编草鞋,或者到别家打一点小牌。有家庭的就同妻女坐到院坝小木板凳上谈谈天,到了八点听到岩上起了更就睡。睡，是一直到第二天五更才作兴醒的。醒来了，天还不大亮，就又到上工时候了。

一个打油匠生活，不过如此如此罢了。不过照例这职业是专门职业，所以工作所得，较之小乡村中其他事业也独多，四季中有一季做工便可以对付一年生活，因此这类人在本乡中地位，似乎比老秀才教书还合算。

可是这类人，在本地方真是如何稀少的人物啊！

天黑了，在高空中打团的鹰之类也渐渐地归林了，各处人家的炊烟已由白色变成紫色了，什么地方有妇人尖锐声音拖着悠长的调子喊着阿牛阿狗的孩子小名回家吃饭了，这时圆坳的油坊停工了，从油坊中走出了一个人。这个人，行步匆匆像逃难，原来后面还有一个小子在追赶。这被追赶的人踉踉跄跄地滑着跑着，在极其熟习的下坡路上走着，那追赶他的小子赶不上，就在后面喊他。

"四伯，四伯，慢走一点，你不同我爹喝一杯，他老人家要生气了。"

他回头望那追赶他的人黑的轮廓，随走随大声地说：

"不，道谢了。明天来。五明，告诉你爹，我明天来。"

"那不成，今天炖得有狗肉！"

"你多吃一块好了。五明小子你可以多吃一块，再不然帮我留一点，明早我来吃。"

"那他要生气！"

"不会的。告你爹，我有点小事，要到西村张裁缝家去。"

说着这样话的这个四伯，人已走下圆坳了，再回头望声音所来处的五明，所望到的是轮廓模糊的一团，天是真黑了。

他不管五明同五明爹，放弃了狗肉同高粱酒，一定要急于回家，是因为念着家中的女儿。这中年汉子，唯一的女儿阿黑，正有病发烧，躺在床不能起来，等他回家安慰的。他的家，去油坊上半里路，已属于另外一个村庄了。所以走到家时，已经是五筒丝烟的时候了。快到了家，望到家中却不见灯光，这汉子心就有点紧。老老远，他就大声喊女儿的名字。他心想，或者女儿连起床点灯的气力也没有了。不听到么，这汉子就更加心急。假若是，一进门，所看到的是一个死人，那这汉子也不必活了。他急剧地又忧愁地走到了自己家门前，用手去开那栅栏门。关在院中的小猪，见有人来，以为是喂料的阿黑来了，就奔集到那边来。

他暂时就不开门，因为听到屋的左边有人走动的声音。

"阿黑，阿黑，是你吗？"

说着这样话的这个四伯，人已走下圆坳了，再回头望声音所来处的五明，所望到的是轮廓模糊的一团，天是真黑了。

"爹，不是我。"

故意说不是她的阿黑，却跑过来到她爹的身边了，手上拿的是一些仿佛竹管子一样的东西。爹见了阿黑是又欢喜又有点埋怨的。

"怎么灯也不点，我喊你又不应？"

"饭已早煮好了。灯我忘记了。我没听见你喊我，我到后面园里去了。"

做父亲的用手摸过额角以后，阿黑把门一开，先就跑进屋里去了。不久这小瓦屋中有了灯光。

又不久，在一盏小小的清油灯下，这中年父亲同女儿坐在一张小方桌边吃晚饭了。

吃着饭，望到阿黑脸上还发红，病显然没好，父亲把饭吃过一碗也不再添了。阿黑是十七八岁的人了，知道父亲发痴的理由，就说："一点儿病已全好了，这时人并不吃亏。"

"我要你规规矩矩睡睡，又不听我说。"

"我睡了半天，因为到夜了天气真好，天上有霞，所以起来看，就便到后园去砍竹子，砍来好让五明做箫。"

"我担心你不好，所以才赶忙回来。不然今天五明留我吃狗肉，我哪里就来。"

"爹你想吃狗肉，我们明天自己炖一腿。"

"你哪里会炖狗肉？"

"怎么不会？我可以问五明去。弄狗肉吃就是脏一点，费事一点。爹你买来拿到油坊去，要烧火人帮忙烙好刮好，我必定会办到好吃。"

"等你病好了再说吧。"

"我好了，实在好了。"

"发烧要不得！"

"发烧吃一点狗肉，以火攻火，会好得快一点。"

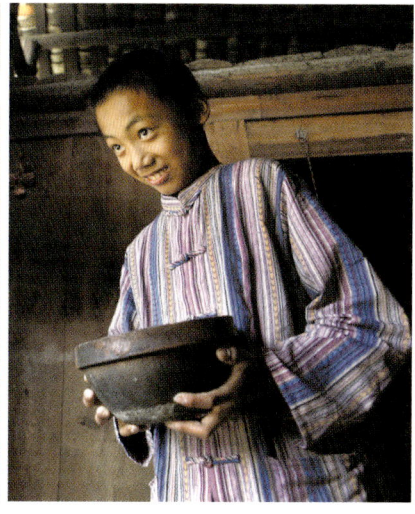

左图：

阿黑是十七八岁的人了，知道父亲发病的理由，就说："一点儿病已全好了，这时人并不吃亏。"

右图：

五明为什么送狗肉一定要亲自来，如同做大事一样，不管天晴落雨，不管早夜，这理由只有阿黑心中明白！

    乖巧的阿黑，并不想狗肉吃，但见到父亲对于狗肉的倾心，所以说自己来炖的话。但不久，不必自己动手，五明从油坊送了一大碗狗肉来了。被他爹说了一阵，怪他不把四伯留下，五明退思补过，所以赶忙送了一大青花海碗红焖狗肉来。虽说来是送狗肉，还是对另外一样东西，比四伯对狗肉似乎还感到可爱。五明为什么送狗肉一定要亲自来，如同做大事一样，不管天晴落雨，不管早夜，这理由只有阿黑心中明白！

"五明，你坐。"阿黑让他坐，推了一个小板凳过去。

"我站站也成。"

"坐，这孩子，总是不听话。"

"阿黑姐，我听你的话，不要生气！"

于是五明坐下了。他坐到阿黑身边，驯服到像一只猫。坐在一张白木板凳上的五明，看灯光下的阿黑吃饭，看四伯喝酒夹狗肉吃。若说四伯的鼻子是酒糟红，使人见了仿佛要醉，那么阿黑的小小的鼻子，可不知是为什么如此逗人爱了。

"五明，再喝一杯，陪四伯喝。"

"五明，你不要听阿黑的话，她是顶爱窘人的，不理她好了。""阿黑，"这汉子又对女儿说，"够了。"

"我爹不准我喝酒。"

"好个孝子，可以上传。"

"我只听人说过孝女上传的故事，姐，你是传上的。"

"我是说你假，你以为你真是孝子吗？你爹不许你做的许多事，都背了爹做过了，陪四伯吃杯酒就怕爹骂，装得真像！"

"冤枉死我了，我装了些什么？"

四伯见五明被女儿逼急了，发着笑，动着那大的酒糟鼻，说阿黑应当让五明。

"爹，你不知道他，人虽小，顶会扯谎。"

大约是五明这小子的确在阿黑面前扯过不少的谎，证据被阿黑拿到手上了，所以五明虽一面嚷着冤枉了人，一面却对阿黑瞪眼，意思是告饶。

"五明，你对我瞪眼睛做什么鬼？我不明白。"说了就纵声笑。

五明真急了，大声嚷："是，阿黑姐，你这时不明白，到后我要你明白呀！"

"五明，你不要听阿黑的话，她是顶爱窘人的，不理她好了。"

"阿黑，"这汉子又对女儿说，"够了。"

"好，我不说了，不然有一个人眼中会又有猫儿尿。"

五明气突突地说："是的，猫儿尿，有一个人有时也欢喜吃人家的猫儿尿！"

"那是情形太可怜了。"

"那这时就是可笑。"——说着，碗也不要，五明抽身走了。阿黑追出去，喊小子。

"五明，五明，拿碗去！要哭就在灯下哭，也好让人看见！"

走去的五明不作声，也不跑，却慢慢走去。

阿黑心中过意不去，就跟到后面走。

"五明，回来，我不说了。回来坐坐，我有竹子，你帮我做箫。"

五明心有点动，就更慢走了点。

"你不回来，那以后就……什么也完了。"

五明听到这话，不得不停了脚步。他停顿在大路边，等候追赶他的阿黑。阿黑到了身边，牵着这小子的手，往回走。这小子泪眼婆娑，仍然进到了阿黑的堂屋，站在那里对着四伯勉强作苦笑。

"坐，当真就要哭了，真不害羞。"

五明咬牙齿，不作声。四伯看了过意不去，帮五明的忙，说阿黑：

"阿黑，你就忘记你被毛朱伯笑你的情形了。让五明点吧，女人家不可太逞强。"

"爹你袒护他。"

"怎么袒护他？你大点，应当让他一点才对。"

"爹以为他真像是老实人，非让他不可。爹你不知道，有个时候他才真不老实！"

"什么时候？"做父亲的似乎不相信。

"什么时候么？多咧多！"阿黑说到这话，想起五明平素不老实的故事来，就笑了。

阿黑说五明不是老实人，这也不是十分冤枉的。但当真若是不老实人，阿黑这时也无资格打趣五明了。说五明不老实者，是五明这小子，人虽小，却懂得许多事，学了不少乖，一得便，就想在阿黑身上撒野。那种时节五明绝不能说是老实人的，即或是不缺少流猫儿尿的机会。然而底不中用，所以不规矩到最后，还是被恐吓收兵回营，仍然是一个在长者面前的老实人。这真可以说，既然想不老实，又始终做不到，那就只有尽阿黑调谑一个办法了。

五明心中想的是报仇方法，却想到明天的机会去了。其实他不知不觉用了他的可怜模样已报仇了。因为模样可怜，使这打油人有与东家做亲家的意思。因了他的无用，阿黑对这被虐待者也心中十分如意了。

五明不作声，看到阿黑把碗中狗肉倒到土钵中去，看到阿黑洗碗，看到阿黑……到后是把碗交到五明手上，另外塞了一把干栗子在五明手中，五明这小子才笑。

借口说怕院坝中被猪包围，五明要阿黑送出大门，出了大门却握了阿黑的手不放，意思还要在黑暗中亲一个嘴，算抵销适间被窘的账。把阿黑手扯定，五明也觉得阿黑是在发烧了。

"姐，干吗，手这么热？"

"我有病，发烧。"

"怎不吃药？"

"一点儿小病。"

"一点儿，你说的！你的全是一点儿，打趣人家也是，自己的事也是。病了不吃药，那怎么行。"

"今天早睡点，吃点姜发发汗，明早就好了。"

"你真使人担心！"

"鬼，我不要你假装关切，我自己会比你明白点。"

"你明白！是呀，什么事你都明白，什么事你都能干，我说的就是假关切，我又是鬼……"

五明小子又借此撒起赖来，他哭了。

听到呜咽，阿黑心软了，抱了五明用嘴烫五明的嘴，仿佛喂五明一片糖。

五明挣脱身，一气跑过一条田塍去了。

"今天早睡点，吃点姜发发汗，明早就好了。""你真使人担心！"

病

包红帕子的人来了,来到阿黑家,为阿黑打鬼治病。

阿黑的病更来得不儿戏了,一个月来发烧,脸庞儿红得像山茶花,终日只想喝凉水。天气渐热,井水又怕有毒,害得老头子成天走三里路到万亩田去买杨梅。病是杨梅便能止渴。但杨梅对于阿黑的病也无大帮助。人发烧,一到午时就胡言乱语,什么神也许愿了,什么药也吃过了,如今是轮到请老巫师的最后一着了。巫师从十里外的高坡塘赶来,是下午烧夜火的时候。来到门前的包红帕子的人,带了一个徒弟,所有追魂捉鬼用具全在徒弟背上扛着。老师傅站在阿黑家院坝中,把牛角搁在嘴边,吹出了长长的悲哀而又尖锐的声音,惊动了全村,也惊动了坐在油坊石碾横木上的五明。他先知道了阿黑家今天有师傅来,如今听出牛角声音,料到师傅进屋了,赶忙喝了一声,把牛喝住,跑下了横木,迈过碾槽,跑出了油坊,奔到阿黑这边山来了。

五明到了阿黑家时,老师傅已坐在坐屋中喝蜜水了,五明就走过去问师傅安。他喊这老师傅作干爹,因为三年前就拜给这人做干儿子了。他蹲到门限上去玩弄老师傅的牛角。这是老师傅的法宝,用水牛角做成,颜色淡黄,全体溜光,用金漆描有花纹同鬼脸,用白银

老师傅站在阿黑家院坝中,把牛角搁在嘴边,吹出了长长的悲哀而又尖锐的声音……

做哨,用银链悬挂,五明欢喜这东西,如欢喜阿黑一样。这时不能同阿黑亲嘴,所以就同牛角亲嘴了。

"五明孩子,你口洗没洗,你爱吃狗肉牛肉,有大蒜臭,是沾不得法宝的!"

"哪里呢?干爹你嗅。"

那干爹就嗅五明的嘴,亲五明的颊。不消说,纵是刚才吃过大蒜,经这年高有德的人一亲,也把肮脏洗净了。

喝了蜜水的老师傅吸烟,五明就献小殷勤为吹灰。

那师傅,不同主人说阿黑的病好了不曾,却同阿黑的爹说:

那师傅,不同主人说阿黑的病好了不曾,却同阿黑的爹说:"四哥,五明这孩子将来真是一个好女婿。"

"四哥,五明这孩子将来真是一个好女婿。"

"当真呢,不知谁家女儿有福气。"

"是呀!你瞧他!年纪小虽小,多乖巧。我每次到油坊那边见到他爹,总问我这干儿子有屋里人了没有,这做父亲的总摇头,像我是同他在讲桐子生意,故意抬高价。哥,你……"

阿黑的爹见到老师傅把事情说到阿黑事情上来了,望一望蹲在一旁玩牛角的五明,抿抿嘴,不作声。

老师傅说:"五明,听到我说的话了么?下次对我好一点,我帮你找媳妇。"

"我不懂。"

"你不懂?说的倒真像。我看你样子是懂得比干爹还多!"

五明于是红脸了,分辩说:"干爹冤枉人。"

"我听说你会唱一百多首歌,全是野的,跟谁学来?"

"也是冤枉。"

"我听萧金告我,你做了不少大胆的事。"

"萧金呀,这人才坏!他同巴古大姐鬼混,人人都知道,谁也不瞒,有资格说别个么?"

"但是你到底做过坏事不?"

五明说:"听不懂你的话。"

说了这话的五明,红着脸,望了望四伯,放下了牛角,站起身来走到院坝中撵鸡去了。

老师傅对这小子笑,又对阿黑的爹笑。阿黑的爹有点知道五明同阿黑的关系了。然而心中却不像城里做父亲的褊狭,他只忧愁地微笑。

小孩子,爱玩,天气好,就到坡上去玩玩,只要不受凉、不受惊,原不是什么顶坏的事。两个人在一块,打打闹闹并不算大不了事体。人既在一块长大,懂了事,互相欢喜中意,非变成一个不行,做父亲的似乎也无反对理由。

使人顽固是假的礼教与空虚的教育,这两者都不曾在阿黑的爹脑中有影响,所以这时逐鸡的五明,听到阿黑嚷口渴,不怕笑话,即刻又从干爹身边跑过,走到阿黑房中去了。

阿黑的房是旧瓦房,一栋三开间,以堂屋作中心,则阿黑住的是右边一间。旧的房屋一切全旧了,壁板与地板,颜色全失了原有黄色,转成浅灰色,窗用铁条作一格,又用白纸糊木条作一格,又有木板护窗:平时把护窗打开,放光进来;怕风则将糊纸的一格放下。到夜照例是关门。如今阿黑正发烧,按理应避风避光,然而阿黑脾气坏,非把窗敞开不行,所以做父亲的也难于反对,还是照办了。

窗外的竹园，竹子被微风吹动，竹叶率率作响。真仿佛与病人阿黑成其调和的一幅画。

这房中开了窗子，地当西，放进来的是一缕带绿色的阳光。窗外的竹园，竹子被微风吹动，竹叶率率作响。真仿佛与病人阿黑成其调和的一幅画。带了绿色的一线阳光，这时正在地板上映出一串灰尘返着晶光跳舞，阿黑却伏在床上，把头转侧着。

用大竹筒插了菖蒲与月季的花瓶，本来是五明送来摆在床边的，这时却见到这竹筒里多了一种蓝野菊。房中粗粗疏疏几件木器，以及一些小钵小罐，床下一双花鞋。伏在床上的露着红色臂膀的阿黑，一头黑发散在床沿，五明不知怎样感动得厉害，却想哭了。

昏昏迷迷的阿黑，似乎听出有人走进房了，也不把头抬起，只嚷渴。

"送我水，送我水……"

"姐，这壶里还有水！"

似乎仍然听得懂是五明的话，就抱了壶喝。

"不够。"

五明于是又为把墙壁上挂的大葫芦取下，倒出半壶水来，这水是五明小子尽的力，在两三里路上一个洞里流出的洞中泉，只一天，如今摇摇已快喝到一半了。

"姐,你好点了吧?""嗯。""你认识我么?"阿黑不即答,仿佛未注意这床边人。

第二次得了水又喝。喝过一阵,人稍稍清醒了,待到五明用手掌贴到她额上时,阿黑瞪了眼睛望到床边的五明。

"姐,你好点了吧?"

"嗯。"

"你认识我么?"

阿黑不即答,仿佛未注意这床边人。但并不是昏到认人不清,她是在五明脸上找变处。

"五明,怎么瘦许多了?"

"哪里,我肥多了,四伯才说!"

"你瘦了。拿你手来我看。"

五明就如命，交手把阿黑，阿黑拿来放在嘴边。她又问五明，是不是烧得厉害。

"姐，你太吃亏了，我心中真难过。"

"鬼，谁要你难过？自己这几天玩些什么？告我刚才做了些什么？告我。"

"我正坐到牛车上，赶牛推磨，听到村中有牛角叫，知道老师傅来了，所以赶忙来。"

"老师傅来了吗？难怪我似乎听到人说话，我烧得人糊涂极了。"

五明望这房中床架上，各庙各庵黄纸符咒贴了不少，心想纵老师傅来帮忙，也恐怕不行，所以默然不语了。他想这发烧缘由，或者倒是什么时候不小心的缘故，责任多半还是在自己，所以心中总非常不安，又不敢把这意思告阿黑的爹。他怕阿黑是身上有了小人。他的知识，只许可他对于睡觉养小孩子事模糊恍惚，他怕是那小的人在肚中作怪，所以他觉得老师傅也是空来。然而他还不曾做过做丈夫应做的事，纵做了也不算认真。

五明呆在阿黑面前许久，才说话：

"阿黑姐，你心里难过不难过？"

"你呢？"

这反问，是在另一时节另一情形另一地方的趣话。那时五明正躺在阿黑身边，问阿黑，

"阿黑姐，你心里难过不难过？""你呢？"这反问，是在另一时节另一情形另一地方的趣话。

阿黑也如此这般反问他。同样的是怜惜，在彼却加了调谑，在此则成了幽怨，五明眼红了。

"干吗呢？"

五明见到阿黑注了意，又怕伤阿黑的心，所以忙回笑，说眼中有刺。

"小鬼，你少流一点猫儿尿好了，不要当到我假慈悲。"

"姐，你是病人，不要太强了，使我难过！"

"我使你难过！你是完全使我快活么？你说，什么时候使我快活？"

"我不能使你快活，我知道。我人小……"

话被阿黑打断了，阿黑见五明真有了气，拉他倒在床上了。五明摸阿黑全身，像是一炉炭，一切气全消了。想起了阿黑这时是在病中了，再不能在阿黑前说什么了。

五明不久就跪到阿黑床边，帮阿黑拿镜子让阿黑整理头发，因老师傅在外面重吹起牛角，在招天兵天将了。

因为牛角，五明想起吹牛角的那干爹说的话来了，他告与阿黑。他告她："干爹说我是好女婿，但愿我做这一家人的女婿。谁知道女婿是早做过了。"

"爹怎么说？"

"四伯笑。"

"你好好防备他，有一天一油槌打死你这坏东西，若是他老人家知道了你的坏处。"

"我为什么坏？我又不偷东西。"

"你不偷东西，你却偷了……"

"说什么？"

"说你这鬼该打。"

于是阿黑当真就顺手打了五明一耳光，轻轻地打，使五明感到

老师傅样子一凶,眼一瞪,脚一顿,把鸡蛋对五明所指处掷去,于是俨然鬼就被打倒了,捉着了。

打得舒服。

五明轮着眼,也不生气,感着了新的饥饿,又要咬阿黑的舌子了。他忘了阿黑这时是病人,且忘了是在阿黑的家中了,外面的牛角吹得呜呜喇喇,五明却在里面同阿黑亲嘴半天不放。

到了天黑,老师傅把红缎子法衣穿好,拿了宝刀和鸡子,吹着牛角,口中又时时刻刻念咒,满屋各处搜鬼,五明就跟到这干爹各处走。因为五明是小孩子,眼睛清,可以看出鬼物所在。到一个地方,老师傅回头向五明,要五明随便指一个方向,五明用手一指,老师傅样子一凶,眼一瞪,脚一顿,把鸡蛋对五明所指处掷去,于是俨然鬼就被打倒了，捉着了。鸡蛋一共打了九个，五明只觉得好玩。

五明到后问干爹，到底鬼打了没有，那老骗子却非常正经说，已打尽了鬼。

法事做完后，五明才回去。那干爹师傅因为打油人家中不便留宿，所以到亲家油坊去睡，同五明一路。五明在前打火把，老师傅在中，背法宝的徒弟在后，他们这样走到油坊去。在路上，这干爹又问五明，在本村里看中意了谁家姑娘，五明不答应。老师傅就说回头将同五明的爹做媒，打油匠家阿黑姑娘真美。

回到圆垴，吃酒去的五明，还穿了新衣，就匆匆忙忙跑来看阿黑。时间是天已快黑，天上全是霞。

大约有道法的老师傅，赶走打倒的鬼是另外一个，却用牛角拚来了另一个他意料不到的鬼，就是五明。所以到晚上，阿黑的烧有增无减。若要阿黑好，把阿黑心中的五明歪缠赶去，发发汗，真是容易事！可惜的是打油人只会看油的成色，除此以外全无所知，捉鬼的又反请鬼指示另一种鬼的方向，糟蹋了鸡蛋，阿黑的病就只好继续三十天了。

阿黑到后怎样病就有了起色呢？却是五明要到桐木寨看舅舅接亲吃酒，一去有十天。十天不见五明，阿黑不心跳，不疲倦，因此倒做成了老师傅的夸口本事，鬼当真走了，病才慢慢退去，人也慢慢地复原了。

回到圆坳，吃酒去的五明，还穿了新衣，就匆匆忙忙跑来看阿黑。时间是天已快黑，天上全是霞。屋后已有纺织娘纺车。阿黑包了花帕子，坐到院坝中石碌碡上，为小猪搔痒。阿黑身上也是穿的新浆洗的花布衣，样子十分美。五明一见几乎不认识，以为阿黑是做过新嫁娘的人。

"姐，你好了！"

阿黑抬头望五明，见五明穿新衣，戴帽子，白袜青鞋，知道他是才从桐木寨吃酒回来，就笑说："五明，你是做新郎来了。"

这话说错了，五明听的倒是"来此做新郎"不是"做过新郎来"，他忙跑过去，站到阿黑身边。他想到阿黑的话要笑，忘了问阿黑是什么时候病好的。

在紫金色薄暮光景中，五明并排坐到阿黑身边了。他觉阿黑这时可以喊作阿白，因为人病了一个月，把脸病白了。他看阿黑的脸，清瘦得很，不知应当如何怜爱这个人。他用手去摸阿黑下巴，阿黑就用口吮五明的手指，不作声。

在平时，五明常说阿黑是观音，只不过是想赞美阿黑，找不出好句子，借用来表示自己低首投降甘心情愿而已。此时五明才真觉得阿黑是观音！那么慈悲，那么清雅，那么温柔，想象观音为人绝不会比这个人更高尚又更近人情。加以久病新瘥，加以十天远隔，五明觉得为人幸福像做皇帝了。

秋

到了七月间，田中禾苗的穗已垂了头，成黄色，各处忙打谷子了。

这时油坊歇憩了，代替了油坊打油声音的，是各处田中打禾的声音。用一二百铜钱，同点点老酸菜与臭牛肉雇来的每个打禾人，一天亮起来到了田中，腰边的镰刀像小锯子，下田后，把腰一勾，齐人高的禾苗，在风快的行动中，全只剩下一小桩，禾的束便疏疏朗朗地全卧在田中了。

在割禾人后面，推着大的四方木桶的打禾人，拿了卧在地上的禾把在手，高高地举起，快快地打下，把禾在桶的边沿上痛击，于是已成熟的谷粒便完全落到桶中了。

打禾的日子是热闹的日子，庄稼人心中有丰收上仓的欢喜，一面又不缺少一年到头的耕作已到了休息时候的舒畅，所有人全是一张笑脸！

慢慢地，各个山坡各个村落各个人家门前的大树下，把稻草堆成高到怕人的巨堆，显见的是谷子已上仓了。这稻草的堆积，各处可见到，浅黄的颜色，伏在叶已落去了的各种大树下，远看便像一个庞大兽物。有些人家还将这草堆作屋，就在草堆上起居，以便照料那些山谷中晚熟的黍类薯类。地方没有盗贼，他们怕的是野猪，野猪到秋天就多起来了。

阿黑小史　025

打禾的日子是热闹的日子，庄稼人心中有丰收上仓的欢喜，一面又不缺少一年到头的耕作已到了休息时候的舒畅，所有人全是一张笑脸！

　　这个时候五明家油坊既停了工，五明无可玩，五明不能再成天守到碾子看牛推磨了，牛也不需要放出去吃草了，他就常常上山去捡柴。五明捡柴，不一定是家中要靠到这个卖钱，也不是烧火乏柴，五明的家中剩余的油松柴，就不知有几千几万。五明捡柴，一天捡回来的只是一捆小枯枝、一捆花、一捆山上野红果。这小子，出大门，佩了镰刀，佩了烟管，还佩了一支短笛，这三样东西只有笛子对于他十分合用。他上山，就是上山在西风中吹笛子给人听！

把笛子一吹,阿黑就像一匹小花鹿跑到猎人这边来了。照例是来了就骂,骂五明坏鬼,也不容易明白这"坏"意义究竟是什么。

把笛子一吹,一匹鹿就跑来了。笛子还是继续吹,鹿就呆在小子身边睡下,听笛子声音醉人。来的这匹鹿有一双小小的脚、一个长长的腰、一张黑黑的脸同一个红红的嘴。来的是阿黑。

阿黑的爹这时不打油,用那起着厚的胼胝的扶油槌的手,在乡约家抹一点红纸牌去了。阿黑成天背了竹笼上山去,名义也是上山捡柴扒草,不拘在什么地方。远虽远,她听得出五明笛子的声音。把笛子一吹,阿黑就像一匹小花鹿跑到猎人这边来了。照例是来了就骂,骂五明坏鬼,也不容易明白这"坏"意义究竟是什么。大约就因为五明吹了笛,唱着歌,唱到有些地方,阿黑虽然心欢喜,正因为欢喜,就骂起"五明坏鬼"来了。阿黑身上并不黑,黑的只是那一张脸,五明唱歌唱道——

娇妹生得白又白,
情哥生得黑又黑。
黑墨写在白纸上,
你看合色不合色?

五明又怪又坏,"心肝肉圆子"地把阿黑哄着引到幽僻一点稻草堆下去,且别出心裁,把中部的草拖出,挖空成小屋……

　　阿黑就骂人。使阿黑骂人,也只怪的是五明有嘴。野猪有一张大的嘴巴,可以不用劲就把田中大红薯从土里掘出,吃薯充饥。五明嘴不大,却乖劣不过,唱歌以外不单是时时刻刻须用嘴吮阿黑的脸,还时时刻刻想用嘴吮阿黑的一身。且嗜好不良,怪脾气顶多,还有许多说不出的铺排,全似乎要口包办,都有使阿黑骂他的理由。一面骂是骂,一面要做的还是积习不改,无怪乎阿黑一见面就先骂"五明坏鬼"了。

　　五明又怪又坏,"心肝肉圆子"地把阿黑哄着引到幽僻一点稻草堆下去,且别出心裁,把中部的草拖出,挖空成小屋,就在这小屋中陪阿黑谈天说地,显得又诒媚又温柔。有时话语说得不大得体,使

"亲家，老庚，你那个事是外行，小心已上了当。"油坊老板说。喊老师傅作亲家又喊老庚，因为他们又是同年。

一个人生了气想走路，五明因为要挽留阿黑，就设法把阿黑一件什么东西藏到稻草堆的顶上去，非到阿黑真有生气样子时不退。

阿黑人虽年纪比五明大，知道许多事情，知道秋天来了，天气冷，一切应当小心注意。可是就因为五明是"坏鬼"，脾气坏，心坏，嗜好的养成虽日子不多也是无可救药。纵有时阿黑一面说着"不行""不行"，到头仍然还是投降，已经也是有过极多例子了。

天气当真一天一天冷下来了。中秋快到，纵成天是大太阳挂到天空，早晚仍然有寒气侵人，非穿夹袄不可了。在这样的天气下，阿黑还一听到五明笛子就赶过去，这要说是五明罪过也似乎说不过去。

八月初四是本地山神的生日，人家在这一天都应当用鸡用肉用高粱酒为神做生。五明的干爹，那个头缠红帕子作"长毛"装扮的老师傅，被本地当事人请来帮山神献寿谢神祝福，一来就住到亲家油坊里。来到油坊的老师傅，同油坊老板调换着烟管吃烟，坐到那碾子的横轴上谈话，问老板的一切财运，打油匠阿黑的爹也来了。

打油匠是听到油坊中一个长工说是老师傅已来，所以放下了纸牌跑来看老师傅的。见了面，话是这样谈下去：

"油匠，您好！"

"托福。师傅，到秋天来，你财运好！"

"我财运也好，别的运气也好，妈个东西，上前天，到黄寨上做法事，半夜里主人说夜太长，请师傅打牌玩，就架场动手。到后做师傅的又做了宝官庄家，一连几轮庄，撒十遇天罡，足足六十吊，散了饷。事情真做不得，法事不但是空做，还倒贴。钱输够了天还不亮，主人倒先睡着了。"

"亲家，老庚，你那个事是外行，小心已上了当。"油坊老板说。喊老师傅作亲家又喊老庚，因为他们又是同年。

师傅说："当可不上。运气坏是无办法。这一年运气像都不大好。"

师傅说到运气不好，就用力吸烟，若果烟气能像运气一样，用口可以吸进放出，那这位老师傅一准赢到个不亦乐乎了。

他吸着烟，仰望着油坊窗顶，那窗顶上有一只蝙蝠倒挂在一条橡皮上。

"亲家，这东西会作怪，上了年纪就成精。"

"什么东西？"老板因为同样抬头，却见到两条烟尘的带子。

"我说檐老鼠，你瞧，真像个妖精。"

"成了妖就请亲家捉它。"

"成了妖我恐怕也捉不到，我的法子倒似乎只能同神讲生意，不能同妖论本事！"

"我不信这东西成妖精。"

"不信呀，那不成。"师傅说记起了一个他也并不曾亲眼见到的故事，信口开河地说，"真有妖。老虎峒的第二层，上面有斗篷大的檐老鼠，能做人说话，又能呼风唤雨，是得了天书成形的东西。幸好是它修炼它自己，不惹人，人也不惹它，不然可了不得。"

为证明妖精存在起见，老师傅不惜在两个朋友面前说出丢脸的话，他说他有时还得为妖精作揖，因为妖精成了道也像招安了的土匪一样，不把他当成副爷款待可不行。他又说怎么就可以知道妖精是有根基的东西，又说怎么同妖精讲和的方法。总之这老东西在亲家面前只是一个喝酒的同志，穿上法衣才是另外一个老师傅！其实，他

这个人，实在可以说是好人，缺少城中法师势利习气，唱神歌跳舞磕头全非常认真，又不贪财，又不虐待他的徒弟。

做着捉鬼降妖的事已有二三十年,却没有遇到一次鬼。他遇到的倒是在人中不缺少鬼的本领的,同他来赌博,把他打筋斗唱神歌得来的几个钱全数掏去。他同生人说打鬼的法力如何大,同亲家老朋友又说妖是如何凶,可是两面说的全是鬼话,连他自己也不明白自己法力究竟比赌术精明多少。

这个人,实在可以说是好人,缺少城中法师势利习气,唱神歌跳舞磕头全非常认真,又不贪财,又不虐待他的徒弟。可是若当真有鬼有妖,花了钱的他就得替人去降伏。他的道法,究竟与他的赌术哪样高明一点,真是难说的事!

谈到鬼,谈到妖,老师傅记起上几月为阿黑姑娘捉鬼的事,就问打油匠女儿近来身体怎样。

打油匠说:"近来人全好了,或者是天气交了秋,还发了点胖。"

关于肥瘦,渊博多闻的老师傅,又举出若干例,来说明鬼打去以后病人发胖的理由,且同时不嫌矛盾,又说是有些人被鬼缠身反而发胖,颜色充实。

那老板听到这两种不同的话,就打老师傅的趣,说:"亲家,那莫非这时阿黑丫头还是有鬼缠到身上!"

老师傅似乎不得不承认这话,点着头笑,老师傅笑着,接过打油匠递来的烟管,吸着烟,五明同阿黑来了。阿黑站到门边,不进来,五明就走到老师傅面前去喊干爹,又回头喊四伯。

阿黑站到门边,不进来,五明就走到老师傅面前去喊干爹,又回头喊四伯。

打油人说:"五明,你有什么得意处?这样笑。"

"四伯,人笑不好么?"

"我记到你小时爱哭。"

"我才不哭!"

"如今不会哭了,只淘气。"做父亲的说了这样话,五明就想走。

"走哪儿去?又跑?"

"爹,阿黑大姐在外面等我,她不肯进来。"

"阿黑丫头,来哎!"老板一面喊一面走出去找阿黑,五明也跟着跑了出去。

五明的爹站到门外四望,望不到阿黑。一个大的稻草堆把阿黑隐藏了。五明清白,就走到草堆后面去。

"姐,你躲到这里做什么?我干爹同四伯他们在谈话,要你进去!"

"我不去。"

"听我爹喊你。"

的确那老板是在喊着的,因为见到另一个背竹笼的女人下坡去,以为那是走去的阿黑了,他就大声喊。

五明说:"姐,你去吧。"

"不。"

"你听,还在喊!"

"我不耐烦去见那包红帕子老鬼。"

为什么阿黑不愿意见包红帕子老鬼?不消说,是听到五明说过那人要为五明做媒的缘故了。阿黑怕的是一见那老东西,又说起这事,所以不敢这时进油坊。五明是非要阿黑去油坊玩玩不可,见阿黑坚持,就走出草堆,向他父亲大声喊,告他阿黑藏在草堆后面。

阿黑不得不出来见五明的爹了。五明的爹要她进去,说她爹也在里面,她不好意思不进油坊去。同时进油坊,阿黑对五明鼓鼓眼睛,作生气神气,这小子这时只装不看见。

见到阿黑几乎不认识的是那老法师。他见到阿黑身后是五明，就明白阿黑其所以肥与五明其所以跳跃活泼的理由了。老东西对五明独做着一种会心的微笑。老法师的模样给阿黑见到时，使阿黑脸上发烧。

"爹，我以为你到萧家打牌去了。"

"打牌又输了我一吊二，我听到师傅到了，就放了手。可是正要起身，被团总扯着不许走，再来一牌，却来了一个回笼子青花翻三层台，里外里还赢了一吊七百几。"

"爹你看买不买那王家的跛脚猪？"

"你看有病不有？"

他见到阿黑身后是五明，就明白阿黑其所以肥与五明其所以跳跃活泼的理由了。老东西对五明独做着一种会心的微笑。

"病是不会，脚可有一只跛了，我不知好不好。"

"我看不要它，下一场要油坊中人去新场买一对花猪好。"

"花猪不行，要黑的，配成一个样子。"

"那就是。"

阿黑无话可说了，放下了背笼，从背笼中取出许多带球野栗子同甜萝卜来，又取出野红果来，分散给众人，用着女人的媚笑说请老师傅尝尝。五明正爬上油榨，想验看油槽里有无蝙蝠屎，见到阿黑在俵分东西，跳下地，就不客气地抢。

老师傅冷冷地看着阿黑的言语态度，觉得干儿子的媳妇再也找

"干爹你冤枉人。""我冤枉你什么?我老人家,鬼的事都知道许多,岂有不明白人事的道理。"

不出第二个了。又望望这两个做父亲的人,也似乎正是一对亲家,他在心中就想起做媒的第一句话来了。他先问五明,说:

"五明小子,过来我问你。"

五明就走过干爹这边来。

老师傅附了五明的耳说:"记不记到我以前说的那话。"

五明说:"记不到。"

"记不到,老子告你,你要不要那个人做媳妇?说实话。"

五明不答,用手掩两耳,又对阿黑做鬼样子,使阿黑注意这一边人说话情景。

"不说我就告你爹,说你坏得很。"

"干爹你冤枉人。"

"我冤枉你什么?我老人家,鬼的事都知道许多,岂有不明白人事的道理。告我实在话,若欢喜要干爹帮忙,就同我说,不然那个打油匠有一天会用油槌打碎你的狗头。"

"我不做什么坏事,哪个敢打我?"

"我就要打你,"老师傅这时可高声了,他说,"亲家,我以前同你说那事怎样了?"

"怎么样?干爹这样担心干吗?"

"不担心吗?你这做爹的可不对。我告你小孩子是已经会拜堂了的人,再不设法将来会捣乱。"

五明的爹望五明笑,五明就向阿黑使眼色,要她同到出去,省得被窘。

阿黑对她爹说:"爹,我去了。今天回不回家吃饭?"

五明的爹就说:"不回去吃了,在这里陪师傅。"

"爹不回去我不必煮饭了,早上剩得有现饭。"阿黑一面说,一面把背笼放到肩上,又向五明的爹与老师傅说,"伯伯,师傅,请坐。我走了。无事回头到家里吃茶。"

五明望到阿黑走,不好意思追出去。阿黑走后干爹才对打油人说道:"四哥,你阿黑丫头越发长得好看了。"

"你说哪里话,这丫头真不懂事。一天只想玩,只想上天去。我预备把她嫁到一远乡里去,有阿婆阿公,有妯娌弟妹,才管教得成人,不然就只好嫁当兵人去。"

五明听阿黑的爹的话心中就一跳。老师傅可为五明代问出打油人的意见了。那老师傅说:"哥,你当真舍得嫁黑丫头到远乡去吗?"

打油人不答,就哈哈笑。人打哈哈子大笑,显然所说的话便是一句笑话,阿黑不能远嫁也分明从话中得到证明了。进一步的问话

五明的爹笑，阿黑的爹也笑。两人显然都承认这提议有可以商量继续下去的必要，所以一时无话可说了。

是"阿黑究竟有了人家没有"，那打油人说还没有。他又说，媒人是上过门有好几次了，因为只这一个女儿，不能太马虎，一面问阿黑，阿黑也不愿，所以事情还谈不到。

五明的爹说："人已不小了，也不要太马虎，总之这是命，命好的先不好往后会好。命坏的好也会变坏。"

"哥，你说得是，我做一半儿主，一半让丫头自己。她欢喜的我总不反对。我不想家私，只要儿郎子弟好。过些年月我老了，骨头松了，再不能做什么时，可以搭他们吃一口闲饭，有酒送我喝，有牌送我打，就算享福了。"

"哥，把事情包送我办好了，我为你找女婿。——亲家，你也不必理五明小子的事，给我这做干爹的一手包办。——你们就打一个亲家好不好？"

五明的爹笑，阿黑的爹也笑。两人显然都承认这提议有可以商量继续下去的必要，所以一时无话可说了。

听到这话的五明，本来不愿意再听，但想知道这结果，所以装不明白神气坐到灶边用砖头砸栗球吃。他一面剥栗子壳一面用心听三人的谈话，旋即又听到干爹说道：

"亲家，我这话是很对的。若是你也像四哥意思，让这没有母亲的孩子自己做一半主，选择自己意中人，我断定他不会反对他干爹的意见。"

"师傅，黑丫头年纪大，恐怕不甚相称吧。"

"四哥，你不要客气，你试问问五明，看他要大的还是要小的。"

打油人不问五明，老师傅就又帮打油人来问。他说："喂，不要害羞，我同你爹说的话你总已经听到了。我问你，愿不愿意把阿黑当作床头人，喊四伯做丈人？"

五明装不懂。

"小东西，你装痴，我问你的是要不要一个媳妇，要就赶快给干爹磕头，干爹好为你正式做媒。"

"我不要。"

"你不要那就算了，以后再见你同阿黑在一起，就教你爹打断你的腿。"

五明不怕吓，干爹的话说不倒五明，那是必然的。虽然愿意阿黑有一天会变成自己的妻，可是口上说要什么人帮忙，还得磕头，那是不行的。一面是不承认，一面是逼到要说，于是乎五明只有走出油坊一个办法了。

五明走出了油坊，就赶快跑到阿黑家中去。这一边，三个中年汉子，亲家做不做倒不甚要紧，只是还无法事可做的老师傅，手上闲着发鸡爪风，得找寻一种消遣的办法，所以不久三人就邀到团总家去打"丁字福"的纸牌去了。

且说五明，钻进阿黑的房里去时是怎样情景。

阿黑正怀想着古怪样子的老师傅，她知道这个人在念经翻筋斗以外总还有许多精神谈闲话，闲话的范围一推广，则不免就会说到自己身上来，所以心正怔忡着。事情果不出意料，不但谈到了阿黑，且谈到一件事情，谈到五明与阿黑有同意的必然的话了，因为报告

"我不愿嫁人,除了你……""他又帮我做媒,说有个女人……""怎样说?"阿黑有点急了。

这话来到阿黑处的五明,一见阿黑的面就痴笑。

"什么事,鬼?"

"什么事呀!有人说你要嫁了!"

"放屁!"

"放屁放一个,不放多。我听到你爹说预备把你嫁到黄罗寨去,或者嫁到麻阳吃稀饭去。"

"我爹是讲笑话。"

"我知道。可是我干爹说要帮你做媒,我可不明白这老东西说的是谁。"

"当真不明白吗？"

"当真不，他说是什么姓周的。说是读书人，可以做议员的，脸儿很白，身个儿很高，穿外国人的衣服，是这种人。"

"我不愿嫁人，除了你……"

"他又帮我做媒，说有个女人……"

"怎样说？"阿黑有点急了。

"他说女人长得像观音菩萨，脸上黑黑的，眉毛长长的，名字是阿黑。"

"鬼，我知道你是在说鬼话。"

"岂有此理！我明白说吧，他当到我爹同你爹说你应当嫁我了，话真只有这个人说得出口！"

阿黑欢喜得脸上变色了。她忙问两个长辈怎么说。

"他们不说。他们笑。"

"你呢？"

"他问我，我不好意思说我愿不愿，就走来了。"

阿黑歪头望五明，这表示要五明亲嘴了。五明就走过来抱阿黑。他说："阿黑，你如今是我的妻了。"

"是你的，永远不！"

"我是你的丈夫，要你做什么你就应当做。"

"我不相信你的话。"

"应当相信我的话……"

"放屁，说呆话我要打人。"

"你打我我就去告干爹，说你欺侮我小，磨折我。"

阿黑气不过，当真就是一个耳光。被打痛了的五明，用手擦抚着脸颊，一面低声下气认错，要阿黑陪他出去看落坡的太阳以及天上的霞。

站在门边望天，天上是淡紫与深黄相间。放眼又望各处，各处村

在这光景中，五明与阿黑倚在门前银杏树下听晚蝉，不知此外世界上还有眼泪与别的什么东西。

庄的稻草堆，在薄暮的斜阳中镀了金色。各个人家炊烟升起以后又降落，拖成一片白幕到坡边。远处割过禾的空田坪，禾的根株作白色，如用一张纸画上无数点儿，一切光景全仿佛是诗，说不出的和谐，说不尽的美。

在这光景中，五明与阿黑倚在门前银杏树下听晚蝉，不知此外世界上还有眼泪与别的什么东西。

逢年过节时，就来油坊看一次，来时总用背笼送上一背笼吃的东西给五明父子，回头就背三块油枯回去，用油枯洗衣。

婚前

　　五明一个嫁到边远地方的姑妈，是个有了五十岁的老太太，因为听到五明侄儿讨媳妇，带了不少的礼物，远远地赶来了。

　　这寡妇，年纪有一把，让她那个儿子独自住到城中享福，自己却守着一些山坡田过日子。逢年过节时，就来油坊看一次，来时总用背笼送上一背笼吃的东西给五明父子，回头就背三块油枯回去，用油枯洗衣。

姑妈在一对小人中，看阿黑是老成比五明为多的。这个人在干妈面前，不说蠢话，不乱批评别人，不懒，不对老辈缺少恭敬。

姑妈来时五明父子就欢喜极了。因为姑妈是可以做母亲的一切事，会补衣裳，会做鞋，会制造干菜，会说会笑，这一家，原是需要这样一个女人的！脾气奇怪的毛伯，是常常因为这老姊妹的续弦劝告，因而无话可说，只说是请姑妈为五明婚事留心的。如今可不待姑妈来帮忙，五明小子自己倒先把妻拣定了。

来此吃酒的姑妈，是吃酒以外还有做媒的名分的。不单是做媒，她又是五明家的主人。她又是阿黑的干妈。她又是送亲人。因此这老太太，先一个多月就来到五明油坊了。她虽是在一个月以前来此，也是成天忙，还仿佛是来迟了一点的。

因为阿黑家无女人做主，这干妈就又移住到阿黑家来，帮同阿黑预备嫁妆。成天看到这干女儿，又成天看到五明，这老太太时常欢喜到流泪。见到阿黑的情形，这老太太却忘了自己是五十岁的人，常常把自己做嫁娘时的蠢事情想起好笑。她还深怕阿黑无人指教，到时无所措手足，就用着长辈的口吻，指点了阿黑许多事，又背了阿黑告给五明许多事。这好人，她哪里明白近来的小男女，若这事情也要人告才会，那真是怪事了。

当到姑妈时，这小子是规矩到使老人可怜的。姑妈总说，五明儿子，你是像大人了，我担心你有许多地方不是一个大人。这话若是另一个知道这秘密的人说来，五明将红脸。因为这话说到"不是大人"，那不外乎指点到五明不懂事，但"不懂事"这句话是不够还是多余？天真到不知天晴落雨，要时就要，饿了非吃不行，吃够了又分手，这真不算是大人！一个大人他是应当在节制以及悭吝上注意的，即或是阿黑的身、阿黑的笑和泪，也不能随便自己一要就拿，不要又放手。

姑妈在一对小人中，看阿黑是老成比五明为多的。这个人在干妈面前，不说蠢话，不乱批评别人，不懒，不对老辈缺少恭敬。一个乖巧的女人，是常常能把自己某一种美德显示给某种人，而又能把某一种好处显示给另外一种人，处置得当，各处都得到好评的。譬如她，这老姑妈以为是娴静，中了意，五明却又正因为她有些地方不很本分，所以爱得像观音菩萨了。

日子快到了，差十天。这几天中的五明，倒不觉得欢喜。虽说从此以后阿黑是自己家里的人，要顽皮一点时，再不能借故了，再不能推托了，可是谁见到有人把妻带到山上去胡闹过的事呢？天气好，趣味好，纵说适宜于在山上玩一切所要玩的事情，阿黑却不行，这也是五明看得出的。结了婚，阿黑名分上归了五明，一切好处却失去了。在名分与事实上方便的选择，五明是并不看重这结婚的。在做喜事以前的一月以来，五明已失去了许多方便，感到无聊。距做

"五明孩子，你怎么不害羞？""姑妈，我是来接你老人家过油坊的，今天家里杀鸡。"

"你老人家不去，或者一定把他留到这里，他会哭。"阿黑说这话，头也不抬，不抬头正表明打趣五明。

喜事的日子一天接近一天，五明也一天惶恐一天了。

今天在阿黑的家里，他碰到了阿黑，同时有姑妈在身边。姑妈见五明来，仿佛以为不应当。她说："五明孩子，你怎么不害羞？"

"姑妈，我是来接你老人家过油坊的，今天家里杀鸡。"

"你爹为什么不把鸡煮好了送到这边来？"

"另外有的，接伯伯也过去，只她（指阿黑）在家中吃。"

"那你就陪到阿黑在一块吃饭，这是你老婆，横顺过十天半月总仍然要在一起！"

姑妈说的话，意思是五明未必答应，故意用话把小子窘倒，试小子胆量如何。其实巴不得，五明意思就但愿如此。他这几日来，心上痒，脚痒，手痒，只是无机会得独自同阿黑在一处。今天则天赐其便，正是好机会。他实在愿意偷偷悄悄乘便在做新郎以前再做几回情人。然而姑妈提出这问题时，他看得出姑妈意思，他说："那怎么行？"

姑妈说："为什么不行？"

小子无话答，是这样，则显然人是顶腼腆的人，甚至于非姑妈在此保镖，连过阿黑的门也不敢了。

阿黑对这些话不加一点意见，姑妈的忠厚把这个小子仿佛窘倒了。五明装痴，一切俨然，只使阿黑在心上好笑。

谁知姑妈还有话说，她又问阿黑："怎么样，要不要一个人陪？"阿黑低头笑。笑在姑妈看来也似乎是不好意思的，其实则阿黑笑五明着急，深怕阿黑不许姑妈去，那真是磕头也无办法的一件事。

可不，姑妈说了。她说不去，因为无人陪阿黑。

五明看了阿黑一会，又悄悄向阿黑努嘴，用指头作揖。阿黑装不见到，也不说姑妈去，也不说莫去。阿黑是在做一双鞋，低头用口咬鞋帮上的线，抬头望五明，做笑样子。

"姑妈，你就去吧，不然……是要生气的。"

"什么人会生我的气？"

"总有人吧。"说到这里的五明，被阿黑用眼睛吓住了。其实这句话若由阿黑说来，效用也一样。

阿黑却说："干妈，你去，省得他们等。"

"去自然是去，我要五明这小子陪你，他不好意思！不好意思我偏不去。"

"你老人家不去，或者一定把他留到这里，他会哭。"阿黑说这话，头也不抬，不抬头正表明打趣五明，"你老人家就同他去好了，

有些人，脾气生来是这样，劝他吃东西就摆头，说不饿，其实，他……"

五明不愿意听下去了，大声嘶嚷，说非去不行，且拖了姑妈手就走。

姑妈自然起身了，但还要洗手，换围裙。"五明你忙什么？有什么事情在你心上，不愿在此多呆一会？"

"等你吃！还要打牌，等你上桌子！"

"姑妈这几天把钱已经输完了，你借吧。"

"我借。我要账房去拿。"

"五明，你近来真慷慨了，若不是新娘子已到手，今天我还疑心你是要姑妈做媒，才这样殷勤讨好！"

"做媒以外自然也要姑妈。"阿黑说了仍不抬头。五明装不听见。

左图：

"五明，你近来真慷慨了，若不是新娘子已到手，今天我还疑心你是要姑妈做媒，才这样殷勤讨好！"

右图：

这小子的神气是名家画不出的。他的行为、他的心，都不是文字这东西写得出。

姑妈说："要我做什么？姑妈是老了，只能够抱小孩子，别的事可不中用。"姑妈人是好人，话也是好话，只是听的人也要会听。

阿黑这时轮到装成不听见的时候了，用手拍那新鞋，作大声，五明则笑。

过了不久剩阿黑一个人在家中，还是在纳鞋，想一点蠢事，想到好笑时又笑。一个人，忽然像一匹狗跳进房中来，吓了她一跳。

这个人是谁，不必说也知道。正如阿黑所谓"劝他吃摇头，无人时又悄悄来偷吃"的。她的一惊不是别的，倒是这贼来得太快。

头仍然不抬，只顾到鞋，开言道：

"鬼，为什么就跑来了？"

"为什么，你不明白么？"

"鬼肚子里的事我哪里明白许多。"

"我要你明白的。"

五明的办法，是扳阿黑的头，对准了自己：眼睛对眼睛，鼻子对鼻子，口对口。他做了点呆事，用牙齿咬阿黑的唇，被咬过的阿黑，眼睛斜了，望五明的手。手是那只右手，照例又有撒野的意思了，经一望到，缩了转去，摩到自己的耳朵。这小子的神气是名家画不出的。他的行为、他的心，都不是文字这东西写得出。说到这个人好坏，或者美丑，文字这东西已就不大容易处置了，何况这超乎好坏以上的情形。又不要喊，又不要恐吓，凡事见机，看到风色，是每一个在真实的恋爱中的男子长处。这长处不是教育得来，把这长处用到恋爱以外也是不行的。譬如说，要五明这时来作诗，自然不能够。但他把一个诗人呕尽心血写不成的一段诗景，表演来却恰恰合式，使人惊讶。

"五明，你回去好了，不然他们不见到你，会笑。"

"因为怕他们笑，我就离开了你？"

"你不怕，为什么姑妈要你留到这里，又装无用，不敢接应。"

"我为什么这样蠢，让她到爹面前把我取笑。"

"这时他们哪里会想不到你是到这里？"

"想！我就让他们想去笑去，我不管！"

到此，五明把阿黑手中的鞋抢了，丢到麻篮内去，他要人搂他的腰，不许阿黑手上有东西妨碍他。把鞋抢去，阿黑是并不争的，因为明知争也无益。"春官进门无打发是不走路的。米也好，钱也好，多少要一点。"而且例是从前所开，沿例又是这小子最记性好的一种，所以凡是五明要的，在推托或慷慨两种情形下，总之是无有不得。如今是不消说如了五明的意，阿黑的手上工作换了样子，她在施舍一种五明所要的施舍了。

五明说："我来这里你是懂了。我这身上要人抱。"

"那就走到场上去请抱斗卖米的经纪抱你一天好了。为什么定要到这里来？"

"我这腰是为你这一双手生的。"

阿黑笑，用了点力。五明的话是敷得有蜜，要通不通，听来简直有点讨嫌，所谓说话的冤家。他觉到阿黑用了力，又说道："姐，过一阵，你就不会这样有气力了，我断定你。"

阿黑又用点力。她说："鬼，你说为什么我没有力？"

"自然，一定，你……"他说了，因为两只手在阿黑的肩上，就把手从阿黑身后回过来，摸阿黑的肚子。"这是姑妈告我的。她说是怎么怎么，不要怕，你就变妇人了。——她不会知道你已经懂了许多的。她又不疑我。她告我时是深怕有人听的。——她说成了妇人的你，只要三回或四回（五明屈指），这里就会有东西长起来，一天比一天大，那时你自然就没有力气了。"

说到了这里，两人想起那在梦里鼓里的姑妈，笑作一团。也亏这好人，能够将这许多许多的好知识，来在这个行将做新郎的面前说告！也亏她活了五十岁，懂得到这样多！但是，记得到阿黑同五明这半年来日子的消磨方法的，就可明白这是怎么一种笑话了。阿黑是要五明做新郎来把她变成妇人吗？五明是要姑妈指点，才会处置阿黑吗？

"鬼，你真短命！我是听不完一句就打了岔的。"

"你打岔她也只疑是你不好意思听。"

"鬼！你这鬼仅仅是只使我牙齿痒，想在你脸上咬一口的！"

五明不问阿黑是说的什么话，总而言之脸是即刻凑上了，既然说咬，那就请便，他一点不怕。姑妈的担心，其实真是可怜了这老人，事情早是在各种天气下，各种新地方，训练得像采笋子胡葱一样习惯了。五明哪里会怕，阿黑又哪里会怕。

背了家中人，一人悄悄赶回来缠阿黑，五明除了抱，还有些什么要做，那是很容易明白的。他的坏想头在行为上有了变动时，就向阿黑用着姑妈的腔调说："这你不要怕。"这天才，处处是诗。

这可不行啊！天气不是让人胡闹的春天夏天，如今是真到了只合宜那规矩夫妇并头齐脚在被中的天气！纵不怕，也不行。不行不是无理由，阿黑有话：

"小鬼，只有十天了！"

"是呀！就只十天了！"

阿黑的意思是只要十天，人就是五明的人了，既然是五明的人，任什么事也可以随意不拘，何必忙。五明则觉得过了这十天，人住在一块，在一处吃，一处做事，一处睡，热闹倒真热闹，只是永远也就无大白天来放肆的机会了。

他们争持了一会。不规矩的比平常更不规矩，不投降的也比平常更坚持得久，决不投降。阿黑有更好的不投降理由，一则是在家中，一则是天冷。姑妈在另一意义上告给阿黑的话，阿黑也记下来了。在家中则总不是可以放肆的地方，有菩萨，有神，有鬼，不怕处罚，倒像是怕笑。瞒了活人瞒不了鬼神，许多女人是常常因了这念头把自己变成更贞洁了的。

"阿黑，你是要我生气，还是要我磕头呢？"

"随你的意，欢喜怎么样就怎么样，生气也好，磕头也好。"

"你是好人，我不能生你的气！"

"我不是好人，你就生气吧。"

"你'不要怕'，姑妈说的，你是怕……"

"放狗屁。小鬼你要这样，回头姑妈回来时，我就要说，说你专会谎老人家，背了长辈做了不少坏事情。"

五明讪讪地说不怕，总而言之不怕，还是歪缠。说要告，他就说：

"要告，就请。但是她问到同谁胡闹，怎样闹法，我要你也说与她听。你不说，我能不打自招，就告她三回或者四回，就有东西长起来，你为什么又没有？我还要问她！"

五明挨打了。今天嘴是特别多，处处引证姑妈的话拿来当笑话说，究竟阿黑在正式做新娘以前，会不会有东西慢慢长起来的，阿黑不告他，他也不知道。虽说有些事，是并不像姑妈说的俨然大事了，然而要问五明，懂到为什么就有孩子，他并不比他人更清楚一点的。他只晓得那据说有些人怕的事，是有趣味、好玩，比爬树、泅水、摸鱼、偷枇杷吃，还来得有趣味。春天的花鸟太阳，当然不是为住在大都会中的诗人所有,像他这样的人才算不虚度过一个春天。好的春天是过去了,如今是冬了,不知天时是应当打一两下哩。

被打的五明,生成的骨头,在阿黑面前是被打也才更快活的。不能让他胡闹,非打他两下不行。要他闹,也得打。又不是被打吓怕,因此就老实了,他是因为被打,就俨然可以代替那另一件事的。他多数时节还愿意阿黑咬他,咬得清痛,他就欢喜。他不能怎样把阿黑虐待。至于阿黑,则多数是先把五明虐待一番。为了最后的胜利,为了把这小子的心搅热,都得打他骂他。

在嘴上得到的厉害已经得到以后,他用手,把手从虚处攻击。一面口上是议和的话,一面并不把已得的权利放失,凡是人做的事他都去做。

> 春天的花鸟太阳,当然不是为住在大都会中的诗人所有,像他这样的人才算不虚度过一个春天。

姑妈来了一月。这一月来，天气又已从深秋转到冬，一切的不方便怪谁也不能！天冷了才作兴接亲的，姑妈的来又原是帮忙，五明在天时人事下是应当欢喜还是应当抱怨？真无话可说！

类乎磕头的事五明是做过了，做了无效，他只得采用生气一个方法。生气到流泪，则非使他生气的人来哄他不行。但哄是哄，哄的方法也有多种，阿黑今天所采用来对付五明眼泪的也只是那次一种。见到五明眼睛红了，她只放了一个关隘，许可一只手，到某一处。

过一阵。五明不够，觉得这样不行。

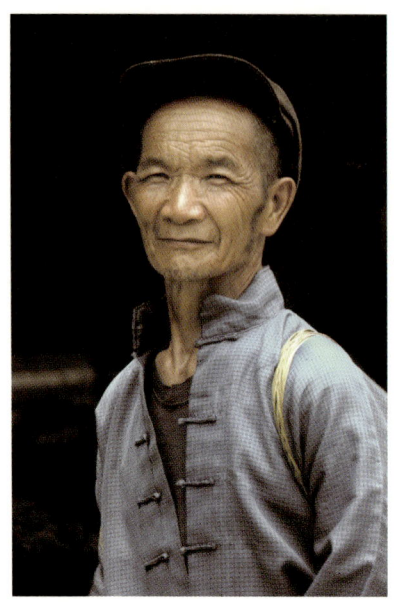

来人说："有事，要回去。"平常极其听话的五明，这时可不然了，他向来人说："告家中，不回来，等一会儿。"

阿黑又宽松了一点。

过了一阵。仍不够。

"我的天，你这怎么办？"

"天是要做天的本分，在上头。"

"你要闹我就要走了，让你一个人在此。"

像是看透了阿黑，话是不须乎作答，虽说要走，然而还要闹。他到了这里来就存心不给阿黑安宁的，且断定走也不能完事。使五明安静的办法，只是尽他顶不安静一阵。知道这办法又不做，只能怪阿黑的年纪稍长了。懂得节制的情人，也就是极懂得爱情的情人，然而绝不是懂得五明的情人！今天的事在五明说来，阿黑可说是不"了解"五明的。五明不是作家，所以在此情形中并无多话可说，虽然懊恼，很少发挥。他到后无话可说了，咬自己下唇，表示不欢。

幸好这下唇是被自己所咬，这当儿，油坊来了人，喊有事。找五明的人会一直到这地方来，在油坊的长辈心目中，五明的"鬼"是空的也是显然的事。

来人说："有事，要回去。"

平常极其听话的五明，这时可不然了，他向来人说："告家中，不回来，等一会儿。"

没有别的，只好把来人出气。赶走了这来人以后的五明，坐到阿黑身边只独自发笑，像灶王菩萨儿子"造孽"，怪可怜。

阿黑望到这个人好笑，她说："照一照镜，看你那可怜样儿！"

"你看到我可怜就够了，我何必自己还要来看到我可怜样子呢！"

她当真就看，看了半天，看出可怜来了，她到后取陪嫁的新枕头给五明看。

今天的天气并不很冷。

雨

全说不明白，雨就落了这样久。乡村里打过锣了，放过炮了，还是落。落到满田满坝全是水，大路上更是水活活流着像溪，高崖处全挂了瀑布，雨都不休息。

因为雨，各处涨了水，各处场上的生意也做不成了，毛伯成天

坐在家中搥草编打草鞋过日子。在家中,看到癫子五明的出出进进,像捉鸡的猫,虽戴了草笠,全身湿得如落水鸡公,一时唱,一时哭,一时又对天大笑,心中难过之至。

老人说:"癫子,你坐到歇歇吧,莫这样了!"

"你以为我不会唱吗?"五明说了就放声唱,"娇家门前一重坡,别人走少郎走多,铁打草鞋穿烂了,不是为你为哪个?"唱了又问他爹,"爹,你说我为哪一个?说呀!我为哪一个?喔,草鞋穿烂了,换一双吧。"于是就走到放草鞋的房中去,从墙上取下一双新草鞋来,试了又试,也不问脚是如何肮脏,套上一双新草鞋,又即刻走出去了。

老人停了木槌,望到这人后影就叹气,且摇头。头是在摇摆中,

已白了一半了。

他为癫子想，为自己想，全想不出办法。事情又难于处置，与落雨一样，尽此下去谁知道将成什么样子呢？这老人，为了癫子的事，很苦得有了。癫子还在癫下去，不知道什么时候才会好。不好也罢，不好就死掉，那老人虽更寂寞更觉孤苦伶仃，但在癫子一方面，大致是不会有什么难过了。然而什么时候是癫子死的时候？说不定，自己还先死，此后癫子就无人照料，到各村各家讨东西吃，还为人指手说这是报应。老人并不是做坏事的人，这眼前报应，就已给老人难堪了，哪里受得下那更苛刻的命运！

望到五明出去的毛伯，叹叹气，摇摇头，用劲打一下脚边的草把，眼泪挂在脸上了。像是雨落到自己头上，心中已全是冷冰冰的。他其实胸中已储满眼泪了，他这时要制止它外溢也不能了。

癫子五明这时到什么地方去了呢？他到了油坊，走到油坊的里面去，坐到那冷湿的废灶上发痴。谁也不知道这癫子一颗心是为什么跳，谁也不知癫子从这荒凉了的屋宇器物中要找些什么，又已经得到了什么。

这地方，如此的颓败，如此的冷落。若非当年见到这一切热闹兴旺的人，

左图：
全说不明白，雨就落了这样久。乡村里打过锣了，放过炮了，还是落。

右图：
这老人，为了癫子的事，很苦得有了。癫子还在癫下去，不知道什么时候才会好。

到此来决不会相信这里是曾经有人住过且不缺少一切的大地方，可是如今真已不成地方了。如今只合让蛇住，让蝙蝠住，让野狗野猫衔小孩子死尸来聚食，让鬼在此开会。地方坏到连讨饭的也不敢来住，所以地上已十分霉湿，且生了白毛，像《聊斋》中说的有鬼的荒庙了，阴气逼人的情形，除了癫子恐怕谁也当不住，可是癫子全不在乎。

癫子五明坐到灶头上，望四方，望橡皮和地下，望那屋角阴暗中矗然独立如阎王殿杀人架的油榨，望那些当年装油的破坛，望了又望，仿佛感到极大兴味。他心中涌着的是先前的繁华光荣，为了这个回忆，他把目下的情形都忘了。

他大声地喊："朋友，伙计，用劲！"这是对打油人说的。

他又大声地喊，向另一处，如向那拖了大的薄的石碾，在那屋的中心打大的圆圈的牛说话。他称呼那牛为懂事规矩的畜生，又说不准多吃干麦秆草，因为多吃了发喘。他因记起了那规矩的畜生有时的不规矩情形，非得用小鞭子打打不可，所以旋即跳下地来，如赶牛那么绕着屋子中心打转，且咄咄地吆喝牛，且扬手说打。

他又自言自语，同那烧火人叙旧，问那烧火人可不可以出外去看看溪边鱼罾。

"哥，鱼多呀！我看到他板上了罾。我看到的是鲫鱼。我看得分明，敢打赌。我们河里今年不准毒鱼，这真是好事。那乡约，愿菩萨保佑他，他的命令保全了我的运气。我看你还是去捉它来吧。我们晚上喝酒，我出钱。你去吧，我可以帮你看火。你这差事我办得下的，你放心吧。……咄，弟兄，你怕他干什么，你说是我要你去，我老子也不会骂你。得了鱼，你就顺手破了，挖去那肠肚，这几天鲫鱼上了子，吃不得。弟兄，信我话，快去。你不去，我就生气了！"

说着话的癫子五明，为证明他可以代替烧火人做事，就走到灶边去，捡拾着地上的砖头碎瓦，尽量丢到灶眼内去。虽然灶内是湿的

说着话的癫子五明,为证明他可以代替烧火人做事,就走到灶边去,捡拾着地上的砖头碎瓦,尽量丢到灶眼内去。

冷的,但东西一丢进去,在癫子看来,就觉得灶中因增加了燃料,骤然又生着煜煜火焰了,似乎同时因为加火,热度也增了,故又忙于退后一点,站远一点。

他高高兴兴在那里看火,口头吹着哨子。在往时,在灶边吹哨子,则火可以得风,必发哮。这时在癫子眼中,的确火是在发哮发吼了。灶中火既生了脾气,他乐得直跳。

他不只见到火哮,还见到油槌的摆动,见到黄牛在屋中打圈,见到高如城墙的油枯饼,见到许多人全穿生皮制造的衣裤在屋中各处走动!

为什么一切事变得如此风快？为什么凡是一个人就都得有两种不相同的命运？为什么昨天的油坊成了今天的油坊？

他喊出许多人的名字，在仿佛得到回答的情形下，他还俏皮地做着小孩子的眉眼，对付一切工人，算是小主人的礼貌。

天上的雨越落越大，癫子五明却全不受影响。

…………

可怜悯的人，玩了大半天，一双新草鞋在油坊中印出若干新的泥迹，到自己发觉草鞋已不是新的时候，又想起所做的事情来了。

他放声地哭，外面是雨声和着。他哭着走到油榨边去，把手去探油槽，油槽中只是一窝黄色像马尿的积水。

为什么一切事变得如此风快？为什么凡是一个人就都得有两种不相同的命运？为什么昨天的油坊成了今天的油坊？癫子人虽糊涂，这疑问还是放到心上。

他记起油坊，已经好久好久不是当年的油坊的情形来了，他记起油坊衰落的原因，他记起同油坊一时衰败的还有谁。

他大声地哭，坐到一个破坛子上面，用手去试探坛中。本来贮油的坛子，也是贮了半满的一坛脏水，所以哭得更伤心了。

这雨去年五月落时，癫子五明同阿黑正在王家坡石洞内避雨。为避雨而来，还是为避别的，到后倒为雨留着，那不容易从五明的思想上分出了。那时，雨也有这么大，只是初落，还可以在天的另一方见到青天，山下的远处也还看得出太阳影子。雨落着，是行雨，不能够久留，如同他两人不能够久留到石洞里一样。

被五明缠够了的阿黑姑娘，两条臂膊伸向上，做出打哈欠的样子。五明怪脾气，却从她臂膀的那一端望到她胁下。那生长在不向阳地方的，转弯地方的，是细细的黄色小草一样的东西。

五明不怕唐突，对这东西出了神，到阿黑把手垂下，还是痴痴地回想撒野的趣味，就被阿黑打了一掌。

"你为什么打我？"

"因为你痴，我看得出，必定是想到裴家三巧去了。"

"你冤死了人了。"

"你赌咒你不是这样。"

"我敢赌！跑到天王面前也行，人家是正……"

"是什么，你说。"

"若不是正想到你，我明天就为雷打死。"

"雷不打在情人面前撒小谎的人。"

"你气死我了。你这人真……"五明仿佛要哭了，因为被冤，又说不过阿黑，流眼泪是这小子的本领之一种。

"这也流猫儿尿！小鬼！你一哭，我就走了。"

"谁哭呢，你冤了人，还不准人分辩，还笑人。"

"只有那心虚的人才爱洗刷，一个人心里正经是不怕冤的。"

"我咬你的舌子，看你还会说话不。"

五明说到的事是必得做的，做到不做到，自然还是权在阿黑。但这时阿黑为了安慰这被委屈快要哭的五明小子，就放松了点防范，把舌子让五明咬了。

他又咬她的唇，咬她的耳，咬她的鼻尖，几乎凡是突出的可着口的他都得轻轻咬一下。表示这小子有可以生吃得下阿黑的勇敢。

"五明，我说你真是狗，又贪，又馋，又可怜，又讨厌。"

"我是狗！"五明把眼睛轮着，作呆子像。又撸撸舌头，咽咽口水，接着说，"姐，你上次骂我是狗，到后就真做了狗了，这次可——"

"打你的嘴！"阿黑就伸手打，一点不客气，这是阿黑的特权。

打是当真被打了，但是涎脸的五明，还是涎脸不改其度。一个男人被女人的手掌掴脸，这痛苦是另外一种趣味，不能引为被教书先生的打为同类的。这时被打的五明，且把那一只充板子的手掌当饼了，他用舌子舔那手，似乎手有糖。

五明这小子，在阿黑一只手板上，觉得真感到有些枇杷一样的味道，因此诚诚实实地说道：

"姐，你是枇杷，又香又甜，味道真好！"

"你讲怪话我又要打。"

"为什么就这样凶？别人是诚心说的话。"

"我听过你说一百次了。"

"我说一百次都不觉得多，你听就听厌了吗！"

"你的话像吃茶莓，第二次吃来就无味。"

一个男人被女人的手掌掴脸，这痛苦是另外一种趣味，不能引为被教书先生的打为同类的。

"但是枇杷我吃一辈子也有味。"

"鬼，口放干净点。"

"这难道脏了你什么？我说吃，谁教你生来比糖还甜呢？"

阿黑知道驳嘴的事是不会有结果的，纵把五明说倒，这小子还会哭，做女人来屈服人，所以就不同他争论了。她笑着，望到五明笑，觉得五明一对眼睛真是也可以算为吃东西的器具。五明是饿了，是从一些小吃上，提到大的欲望，要在这洞里摆桌子请客了。她装成不理会到的样子，扎自己的花环玩。

五明见到阿黑无话说，自己也就不再唠叨了，他望阿黑。望阿黑，不只望阿黑的脸，其余如像肩、腰、胸脯、肚脐、腿，都望到。五明的为人，真是不规矩，他想到的是阿黑一丝不挂在他身边，他好来放肆。但是人到底是年青人，在随时都用着大人身份的阿黑行动上，他怕是冒犯了阿黑，两人绝交，所以心虽横蛮，行为却驯善得很，在阿黑许可以前，他总不会大胆说要。

他似乎如今是站在一碗菜面前，明知可口，他不敢伸手蘸它放到口边。对着菜发痴是小孩通常的现象，于是五明沉默了。

两人不作声，就听雨。雨在这时已过了。响的声音只是岩上的点滴。这已成残雨，若五明是读书人，就会把雨的话当雅谑。

过一阵，把花环做好，当成大手镯套到腕上的阿黑，忽然向五明问道：

"鬼！裴家三巧长得好！"

五明把话答错了，却答应说"好"。

阿黑说："是的啰，这女人腿子长，腰小，许多人都欢喜。"

"我可不欢喜。"虽这样答应，还是无机心，因为前一会见的事这小子已忘记了。

"你不欢喜为什么说她好？"

"难道说好就是欢喜她吗？"

"你真缠死人了。""我又不是妖精。别人都说你们女人是妖精,缠人人就生病!"

"可是这时你一定又在想她。"这话是阿黑故意难五明的。

"又在,为什么说又?方才冤人,这时又来,你才是'又'!"

阿黑何尝不知道是冤了五明。但方法如此用,则在耳边可以又听出五明若干好话了。听好话受用,女人一百中有九十九个愿意听,只要这话男子方面出于诚心。从一些阿诶中,她可以看出俘虏的忠心,他可以抓定自己的灵魂。阿黑虽然是乡下人,这事恐怕乡下人也懂,是本能的了。逼到问他说是在想谁,明知是答话不离两人以外,且因此,就可以"坐席"是阿黑意思。阿黑这一月以来,她需要五明,实在比五明需要她还多。但在另一方面,为了顾到五明身体,所以不敢十分放纵。

她见到五明急了，就说那算她错，赔个礼。

说赔礼，是把五明抱了，把舌放到五明口中去。

五明笑了。小子在失败胜利两方面，全都能得到这类赏号的，吃亏倒是两人有说有笑时候。小子不久就得意忘形了，睡倒在阿黑身边，不肯站起，阿黑也无法。坏脾气实在是阿黑养成的。

阿黑这时是坐在干稻草做就的垫子上，半月中阿黑把草当床已经有五次六次了。这柔软床上，还撒得有各样的野花，装饰得比许多洞房还适用。五明这小子若是诗人，不知要写几辈子诗。他把头放到阿黑腿上，阿黑坐着，他却翻天睡。做皇帝的人，若把每天坐朝的事算在一起，幸福这东西又还是可以用秤称量得出，试称量一下，那未必有这时节的五明幸福！

五明斜了眼去看阿黑，且闭了一只右眼。顽皮的孩子，更顽皮的地方是手顶不讲规矩。

"鬼，你还不够吗？"这话是对五明一只手说的，这手正旅行到阿黑姑娘的胸部，徘徊留连不动身。

"这怎能说够？永久是，一辈子是梦里睡里还不够。"说了这只手就用了力，按了按。

"你真缠死人了。"

"我又不是妖精。别人都说你们女人是妖精，缠人人就生病！"

"鬼，那么你怎不生病？"

"你才说我缠死你，我是鬼，鬼也生病吗！"

阿黑咬着自己的嘴唇不笑，用手极力掐五明的耳尖，五明就做鬼叫。然而五明望到这一列白牙齿，像一排小小的玉色宝贝，把舌子伸出，做鬼样子起来了。

"菩萨呀，救我的命。"

阿黑装不懂。

"你不救我我要疯了。"

"那我们乡里人成天可以逗疯子开心！"

"不管疯不疯，我要……"

"你忘记吃伤了要肚子痛的事了。"

"这时也肚子痛！"说了他便呻吟，装得俨然。其实这治疗的方法在阿黑方面看来，也认为必需，只是五明这小子，太不懂事了，只顾到自己，要时嚷着要，够了就放下筷子，未免可恶，所以阿黑仍不理。

"救救人，做好事啰！"

"我不知道什么叫做好事。"

"你不知道？你要我死我也愿意。"

"你死了与我有什么益处？"

"你欢喜呀，你才说我疯了乡里人就可以成天逗疯子开心！"

"你这鬼，会当真有一天变疯子吗？"

"你看吧，别个把你从我手中抢去时，我非疯不可。"

"嗨，鬼，说假话。"

"赌咒！若是假，当天……"

"别呆吧……我只说你现在绝不会疯。"

五明想到自己说的话，算是说错了。因为既然说阿黑被人抢去才疯，那这时人既在身边，可见疯也疯不成了。既不疯，就急了阿黑，先说的话显然是孩子气的呆话了。

但他知道阿黑脾气，要做什么，总得苦苦哀求才行。本来一个男子对付女子，下蛮来的功效是比请求为方便，可是五明气力小，打也打不赢阿黑，除了哀告还是无法。在恳求中有时知道用手帮忙，则阿黑较为容易投降。这个，有时五明记得，有时又忘记，所以五明总觉得摸阿黑脾气比摸阿黑身上别的有形有迹的东西为难。

记不到用手，也并不是完全记不到，只是有个时候阿黑颜容来得严重些，五明的手就不大敢撒野了。

五明见阿黑不高兴，心就想，想到缠人的话，唱了一支歌。他轻轻唱给阿黑听，歌是原有的往年人唱的歌：

　　　　天上起云云起花，
　　　　苞谷林里种豆荚；
　　　　豆荚缠坏苞谷树，
　　　　娇妹缠坏后生家。

　　阿黑笑，自己承认是豆荚了，但不承认苞谷是缠得坏的东西。可是被缠的苞谷，结果总是半死，阿黑也觉得，所以不能常常尽五明

天上起云云起花，苞谷林里种豆荚……

为什么在两次雨里给人两种心情,这是天晓得的事。五明癫子真癫了。

的兴,这也就是好理由!五明虽知唱歌却不原谅阿黑的好意,年纪小一点的情人可真不容易对付的。

唱完了歌的五明,见阿黑不来缠他,却反而把阿黑缠紧了。

阿黑说:"看啊,苞谷也缠豆荚!"

"横顺是要缠,苞谷为什么不能缠豆荚?"

强词夺理的五明,口是只适宜做别的事情,在说话那方面缺少天才,在另外一事上却不失其为勇士,所以阿黑笑虽是笑,也不管,随即在阿黑脸上做呆事,用口各处吮遍了。阿黑于是把编就的花圈戴到五明头上去。

若果照五明说法,阿黑是一坨糖,则阿黑也应当融了。

阿黑是终于要融的,不久一会儿就融化了。不是为天上的日头,不是为别的。是为了五明的呆。

…………

为什么在两次雨里给人两种心情,这是天晓得的事。五明癫子真癫了。癫了的五明,这时坐在坛子上笑,他想起阿黑融了化了的情形,想起自己与阿黑融成一块一片的情形,觉得这时是又应当到后坡洞上去了。(在那里,阿黑或者正等候他。)他不顾雨是如何大,身子缩成一团,藏到斗笠下,出了油坊到后坡洞上去。

押寨夫人

第一信

此信用大八行信笺，笺端印有"边防保卫司令部用笺"九字。封套是淡黄色棉料纸做就的，长约八寸，横宽四寸余。除同样印有"边防保卫司令部函"八字外，上写着"即递里耶南街庆记布庄转宋伯娘福启"，背面还有"限三月二十一日烧夜饭火以前送到赏钱两吊"字样。信内是这样写着：

宋伯娘大鉴：
　　启者今无别事，你侄男拖队伍落草为寇，原非出于本意，这是你老人家所知。你侄男道义存心爱国，要杀贪官污吏，赶打洋鬼子，恢复全国损失了的一切地盘财物，也是像读书明礼的老伯妈以及一般长辈所知而深谅的。无如命不由人，为鬼戏弄，一时不得如意，故而权处穷谷深山，同弟兄们相互劳慰，忍苦忍痛，以待将来。但看近两月来，旧票羊仔放回之多，无条件送他们归家，可以想见你侄男之用意。……
　　你侄男平素为人，老人家是深知道。少小看到长大，身上几块瘢疤，老人家想来也数得清！今年五月十七满二十四岁了，什么事都没成就，对老人家也很觉得惭愧。学问不及从省城读书转来的小羊仔，只有一副打得十个以上大汉的臂膊。但说到相貌，也不是什么歪鼻塌眼，总还成个人形。如今在山上，虽不是什么长久事业，将来一有机会，总会建功立业的，这不是你侄男夸口的地方。

大妹妹今年二十岁了，听说还没有看定人家。

在这兵荒马乱的年程，实在是值得老人家担心的事。老人家现在家下人口就少，铺面上生意还得靠到几个舅舅，万一有了三病两疼，不是连一个可靠的亲人都没有吗？驻耶的军队，又是时时刻刻在变动，一个二十来岁的大姑娘，陪到一个五六十岁上年纪的老太太身边过活，总不是稳妥的事！

如今在山上，虽不是什么长久事业，将来一有机会，总会建功立业的，这不是你侄男夸口的地方。

你侄男比大妹妹恰好长四岁，正想找一个照料点细小家事的屋里人，大概还不致辱没大妹妹吧。说是照料家事，其实什么事也没有，要大妹妹来，也不过好一同享福罢了。

这事本来想特别请一个会说话一点的"红叶"来同老人家面谈。不巧陆师爷上旬上秀山买烟去了，赵参谋又不便进城，沈师爷是不认得老人家，故此你侄男特意写这封信来同老人家商量。

凡事请老人家把利害比较一下，用不着我来多说。

我拟在端午节以前迎接大妹妹上山寨来。太迟不好，太早了我又预备不来。若初三四上山，乘你侄男满二十四岁那天就完婚，也不必选日子，生日那天，看来是顶好。

侄男对于一切礼节布置，任什么总对得住老人家，对得住大妹妹。侄男是知道大妹妹性情的，虽然是山上，不成个地方，起居用物，你侄男总能使大妹妹极其舒服，同在家中一个样子。

大妹妹是娇生惯养长大的，到山上来，会以为不惯吧，那老人家完全可以放心！这里什么东西都预备得有：花露水，法国巴黎皂，送饭的鸡肉罐头、牛肉、鱼、火腿，都多得不奈何。大妹妹会弹风琴，这里就有几架。留声机，还是外国来的，有好多片子。大穿衣镜，里耶地方是买不出的，大到比柜子还大呢。其余一切一切——总之，只要大妹妹要，开声口，纵山上一时没有，你侄男总会设法找得，决不会使大妹妹失望！

我说的话并不是敢在伯妈面前夸口，一切是真情实意。并且赵参谋太太、军需太太、陆师爷姨太太——就是住小河街的烟馆张家二小姐，她也认得大妹妹——都住在此间。想玩就玩，打牌也有人，寂寞是不会有的事。丫头、老妈子，要多少有多少。若不喜欢生人，把大妹妹身边的小丫头送来也好。

弟兄们的规矩，比驻到街上的省军好多了，他们知道服从，懂礼节，也多半是些街上人，他们佩服你侄男懂军事学，他们都是你侄男的死勇。他们对大妹妹的尊敬，是用不到嘱咐，会比你侄男还要加倍尊敬的。……

你侄男得再说：凡事请老人家把利害来比较一下，用不着你侄男来多说，你侄男虽说立过誓，无论如何决不因事来惊动街坊邻里，但到不得已时，弟兄们下山，也是不可免避的事！这得看老人家意思如何。

你侄男的希望，是到时由老人家雇四个小工，把大妹妹一轿子送到山脚来，你侄男自会遣派几个弟兄迎接大妹妹上山。也不必大锣大鼓，惊动街邻，两方省事，大家安宁。若定要你侄男带起弟兄，灯笼火把地冲进寨来，同几个半死不活的守备队为难，骇得父老们通宵不能安枕，那时也只能怪老人家的处事无把握！

谨此恭叩福安，并候复示！

小侄石道义行礼
三月二十日于山寨大营

大妹妹是娇生惯养长大的，到山上来，会以为不惯吧，那老人家完全可以放心！

送信的并非如小说上所说的喽啰神气，什么青布包头，什么夜行衣，什么腰插单刀，也许那都成了过去某一个时代的事了。这人同平常乡下人一样，头上戴了个斗篷，把眉毛以上的部分隐去了。蓝布衣，蓝布裤，上衣比下衣颜色略深一点，这种衣衫，杂在九个乡下人中去，拣选那顶道地的乡下人时，总脱不了他！然而论伶精，他实在是一个山猴儿。别看他那脚上一对极忠厚的水草鞋，及腰边那一支罗汉竹的短旱烟管，你就信他是一个上街卖棉纱粉条的小生意人！他很闲适地到庆记布庄去买了三丈多大官青布，在数钱的当儿，顺便把那封信取出，送到柜上去。

"喔，三老板，看这个！"

三老板过来，封面那一行官衔把他愣住了，声音很细地问："打哪儿来，这——"其实他心中清楚。然而信的内容，这次却确非三老

左图：

这种衣衫，杂在九个乡下人中去，拣选那顶道地的乡下人时，总脱不了他！然而论伶精，他实在是一个山猴儿。

右图：

三老板过来，封面那一行官衔把他愣住了，声音很细地问："打哪儿来，这——"

板所料及。

"念给大太太听吧，这个，"喽啰把信翻过来，指给另一行字，"过渡时，问划船的，说刚打午炮，不会烧火煮夜饭吧。请把个收条，我想赶转到三洞桥去歇，好明早上山回信。"

"喝杯酒暖暖吧，"三老板回过头去，"怎么不拿——"正立在三老板身后想听听消息的一个学徒，给三老板一吆喝，打了个蹿，忙立定身子。

"不必，三老板不必！送个收条，趁早，走到——南街上我也还有点事。"

三老板把收条并两张玉记油号的票子折成一帖送到喽啰身边时，同时学徒也端过一杯茶放到柜上了。

"老哥，事情是怎么？"三老板把那一帖薄纸递过去，极亲昵地低声探询那喽啰。他数点着钱票同收据，折成更小一束，插到麂皮抱肚里去，若不曾听到三老板的问话。

"是要款子？"三老板又补了一句。

"不，不，你念给大太太听时自知道。要你们二十八以前回山上一个信。……好，好，"他把斗篷戴上，"谢谢三老板的烟茶，我走了。"

来人当真很匆忙（但并不慌张）地走去了。三老板把信拿进后屋去后，柜上那个有四季花的茶杯里的茶还在出烟。

看信的是庆记布庄的管事,大妹的三舅舅,他把信念给宋伯娘听。那时大妹妹并不在旁边,她到南街吃别一个女人的戴花酒去了。

第二信

接到这信的宋伯娘是有点慌张的。但这个宋伯娘并不糊涂。利害虽比较了下,比较的结果,还是女儿可贵。依她意思,对这信置之不理。然而三老板是晓事的人,男子汉见事也多,知道这是不能用"不

宋伯娘并不糊涂。利害虽比较了下,比较的结果,还是女儿可贵。

理"去结束的事，当时就把大老板也找来，商议的结果，是极委婉地复一封信，措词再三斟酌，并赔不是，把两千块钱写上去，求宽宥，且加上"若果照来信所说办去，只见得两方都不利"的话。然而这话实在是无证据，不过除了这样一说，要找出更其有力的话时，在但会打算盘的三老板手笔下，也不是很容易的。

信由三老板执笔，写成后，托从八蛮山脚下进城的乡下人带了去，一切一切，还不让大妹妹知道。

道义侄儿英鉴：

二十一那天得到你一个信，舅舅念我听，你意思我通晓得了。你大妹妹有那么大一个人了，我年来又总是病缠身子，也愿意帮她早早找一处合式人家的。你既喜欢你大妹妹，就把来送给你，我有什么不愿意？但你说是要送上山来，这就太使我为难了！

山上哪里是你大妹妹住的地方呢？这不但不是你大妹妹住的，也不是你长久住的！山上不是人住的地方（阿弥陀佛，我并不是说你现在住到那里，就不是人），现刻大妹妹就多病瘦弱，要她上山，就是要她速死！

况且，我们是孤儿寡母不中用的人，靠到三两个亲戚帮忙，守着你伯伯遗下这点薄薄产业，平时没有事，还时常被不三不四的滥族歪戚来欺侮，借重那些披老虎皮的军队来捐来刮。果真像你所说的话，把你大妹妹一轿子送上山去，事情一张扬，怕他官兵不深更半夜来抄你伯妈的家吗？可怜你伯伯，从小时候受了许多苦，由学徒弟担布担子飘乡起，挨了多少风雪，费了多少心血，积下这一点薄薄产业，不能给自己受用，不能给儿孙受用，还来由你大妹妹的事丢掉！老人家地下有知，心中总也会不安吧。

这都莫说了。我们的铺子，同我这条老命，即或都不要了，但你大妹妹父亲的故土要不要？他们官兵，什么事做不出？他晓得这事，他不会用刨挖你伯伯的坟山暴尸露骨来恐吓人吗？倘若是他们同你当真这样翻脸起来，为你大妹妹一人的缘故，把手边守着这点先人血汗一齐丢掉，还得使睡在地下安息了的老骨头暴露，让猪狗来拖，我这病到快完事了的人，一天三不知，油尽灯熄，到地下会到你伯伯，要我拿什么脸来对他？

你纵不怕官兵，我是舍不得你伯伯的故土的。照你的话，宋家的一切是完了，就是你所喜欢的大妹妹，也未必活得下去。

许多事得你照料到，即如前次抢场那一次，街上搅乱得什么样子，宅下却连一匹鸡毛也不失，我们娘女都时常求菩萨保佑你的。大概你也还记得你大妹妹的父亲在生时，对你的一些好处。如今你大妹妹的爹不在了，将来的许多事，还都要你看顾！

你年纪有那么大了，本来是应得找个屋里人，将来养儿育女，也好多有点人口。不然，你大哥又才去世，你又是这样跑四方的人，剩下个嫂嫂，躲到乡下去，抱起你大哥灵牌子守节，总不是事！我是平素就喜欢你为人，有作有为，胆子大，聪明强干，大妹妹的父亲在时，也就时常说到你是一个将来的英雄的。你大妹妹虽说读了两句书，从小见面的，想来也不会不愿意帮助你建功立业。不过你现今走的是这样一条路，就说是暂时，且不出于本心，万一有一天事情不顺手，落到军队手上，他们能原谅你不是出于本心的暂时落草，就让你无事吗？

你能把事业放下了（大丈夫应得建功立业，从大路上走去，这是你知道的），只要你喜欢你大妹妹，大妹妹总还是你的。以后什么事也不要做，守着你大妹妹，在我身边，我是能养得活你的，只要你愿意。

或者，山上实在是寂寞，找不出个人来体贴，我这里拿两千块钱去，请人到别县去买个好一点的小妇，将来招安后，再慢慢商量也不迟！若是要用钱，我就叫人告知龙潭庄上拨付。

这信是我在你大妹妹的三舅旁边口讲，要他代写的。你看到别人欺侮我孤儿寡母，都是要来打抱不平的。我把这事情照你所说的利害，实在也比较一下了，我说这些话也不尽是为我着想，我这老骨头活到世上也活厌了，要死也很死得了。我的话实在不为你相信时，横顺人是在里耶的，你要来惊动街坊，我也没有法子。

　　在观音堂住的杨秃子死了，外面人都说是你们绑去撕票的。都是同街长大的人，何必作这种孽？什么地方不可以积阴功增福气？

　　阿弥陀佛，愿菩萨保佑你！

宋刘氏敛衽
三月二十四日

此信于二十五早上收到。

　　　这信是我在你大妹妹的三舅旁边口讲，要他代写的。你看到别人欺侮我孤儿寡母，都是要来打抱不平的。

第三信

"人来!"大王在参谋处叫人。

"嚛。"一个小喽啰在窗下应着,气派并不比一个大军官的兵弁两样。

山寨的一切,还没有说过,想来大家都愿意知道。这是一个旧庙,在不知何年就成了无香火的庙了。化缘建庙的人,当时即让他会算,要算到这庙将来会做一个大本营,而且,神面前那一张案桌,就是特为他日大王审羊仔奸细用的案桌,怕也不近情理吧。如今是这样:正中一间,三清打坐的地方,就是大王爷同军法判案的地方。案桌上比为菩萨预备时洁净多了,上面不伦不类用一床花绒毡子盖上,绒毡上放签筒、笔架。案桌移出来了一点,好另外摆一把大王坐的"虎皮金交椅"。这正殿很大,所以就用簟子隔成了三间,左边为参谋处,右边为秘书处,大王则住在正殿对面的一个大戏台上。这三处重要地方,都用白连纸裱糊得极其干净,白天很明亮,办事方便,夜间这三处都有一盏大洋汽灯,也不寂寞。参谋处比秘书处多了一架钟,秘书处比参谋处却多了一幅大山水中堂:两处相同的是壁上都有四支盒子枪。要说及大王的卧室时,那简直是一间——简直是一间……是一间什么?我说不出!顶会做梦的人,恐怕也梦不到这么一间房来吧。房是一个戏台。南方庙中的戏台,都是一个样子,见过别的庙中戏台的,大概也就想得到这个戏台的式样。不过这戏台经大王这一装置,我们认不出它是戏台了。四四方方,每一方各有一口大皮箱,箱就搁到楼板上,像把箱子当成茶几似的,一个箱上摆了一架大座钟,一个箱子上摆了一个大朱砂红的瓷瓶,瓶中插了一把前清分别品级的孔雀尾,瓶口边还露出一个短刀或剑的鞘尖子。其他两个箱子都不空,近他床那个箱子上,还有几本书,一本是黑色皮

化缘建庙的人，当时即让他会算，要算到这庙将来会做一个大本营，而且，神面前那一张案桌，就是特为他日大王审羊仔奸细用的案桌，怕也不近情理吧。

面的官话《新约》。大王的床在中间，占了戏台全面积之三分之一，床是漆金雕空花的大梨木合欢床，没有蚊帐，没有棉被，床上重重叠叠堆了十多条花绒毯子。两支京七响的小手枪，两支盒子炮，各悬挂于床架上的一角。戏台圆锥形顶上吊起那盏洋汽灯，像佛爷头上那大鹏金翅鸟样，正覆罩在床上。我还忘记说一进房那门帘了，这是一幅值钱的东西。红缎织金，九条龙在上面像要活了的样子。这样顶阔气的门帘，挂到这地方未免可惜，但除了这地方，谁也不配悬挂那么一幅门帘！

这庙一共是二十多间房子，师爷副官的奶奶太太住的剩下来，

这庙一共是二十多间房子，师爷副官的奶奶太太住的剩下来，就都是弟兄伙所有了。

就都是弟兄伙所有了。至于羊仔的栖身处，那是去此间还有半里路远的一个灵官殿。

大王一个人在参谋处翻了一会羊仔名册，想起什么事了。

把弁兵叫进后。

"把第二十三号沙村住的纪小伙子喊来——听真着了么？"

"回司令，听真着了！"

"那快去！"

"嘛。"喽啰出去了。

不一刻，带进一个瘦怯怯的少年。

"转去吗？"少年的眼圈红了，"我一连去了几封信，都是催我妈快一点，说是山中正要款子有用，不知他们怎么的，总不……"

"回司令，二十三号票来了。"

大王出来时，瘦少年不知所措地脚腿想弯曲下去。

"不，不，不，不要害怕。你今天可以转去了，我放你回去，家中的款子不必送来了！"

"转去吗？"少年的眼圈红了，"我一连去了几封信，都是催我妈快一点，说是山中正要款子有用，不知他们怎么的，总不……"

"朋友，莫那么软巴巴的吧，二十岁的男子汉呀！"喽啰带笑地揶揄，"你不听司令刚说的话？今天转去了，不要你钱！"

少年误会了"转去"两个字，以为是转老家去的意思，更伤心了。

"听我说！"大王略略发怒了，但气旋平了下来，"你看你，哭是哭得了的？我是同你来说正经话！我看你家中一时实在是找不出款来，我们山上近来也不要什么款，所以我想放你回去，就便帮我办桩事情。庆记布庄你熟吗？"

"那是表婶娘——司令是不是说宋老板娘？"

"对了，表婶娘，那我们还是亲戚咧。你下山去，你帮我去告给她说，回信我收到了。我的意思还是上一次信上的意思。我这里现放到好几万块钱，还正愁无使用处，我要她两千块钱做什么？她说的那些话太说得好听了，以为把那类话诉到我面前，我就把心收下，那是她错了！我同她好商好量她不依，定要惹得我气来，一把火烧她个净净干干，我不是不能做的。我同她好说，就是正因为宋老板以前对我的一些好处。但我也总算对得住她家了。就是这次我要做的事，也并不是想害她全家破败。若说我存心是想害她，我口皮动一下，她产业早就完了。现在你转去，就专为我当面报她个信，请她决定一下。日子快要到了，我已遣人下汉口去办应用东西去了。……你记得到我所说的话吗？"

"记得，记得，报她司令的意思还是第一次信上所说的意思，不要她那几个钱，只要她——只要她——""要她答应那事。"大王笑

"……你记得到我所说的话吗？""记得，记得，报她司令的意思还是第一次信上所说的意思，不要她那几个钱，只要她——只要她——"

时，更其和蔼可亲。

"是，只要她答应那事，照所定的日子。司令这方面也不愿同她多谈，说的是本情话，其所以先礼后兵的意思都是为的当年宋老板对司令有些好处——""并且是有点亲戚关系。"大王又在旁边添了一句。

"是，并且还有，有点亲戚关系，所以才同表婶娘来好商好量。若表婶娘不懂到司令这方面的好处，不体贴司令，那时司令会发怒，发怒的结果，是带领弟兄们！……"少年一口气把大王所嘱咐的使命背完了。

"对了，就是这样。你赶快走——王勇，你拿那支小令引他出司令部，再要个弟兄送他出关隘，说这人是我要他下山有事的——听到了吗？"

"听到了。"一声短劲的回答，小喽啰拉着还想叩一个头的怯少年走了。

第三封信就用怯少年口上传语，意思简单，归拢来是：大妹妹得如他所指定的期内上山，若不遵他所行办理，里耶全地方因此要吃一点亏，不单是庆记布庄。

第四信

怯少年纪小伙子下山后四天，这位年青大王，另外又写了封信送宋伯娘，信中的话，就是嘱咐怯少年口传的一件事，不过附带中把上次那个杨秃子的事也说了点。关于杨秃子这个人，他信上说：

……至于上月黄坳杨秃子事，那是因为弟兄们恨他平日无

……倖幸你俚男元宵夜里,到三门滩去"请客",有事归来,在渡口碰到了这野杂种,才把他吊上山去。

恶不作,为人且是刻薄,吃印子钱,太混账了。有一次你俚男遣派弟兄下山缝制军服,为他所见(认得是山上弟兄的人当然很多,但你俚男对本街人总算对得住,他们也从来不相拖扯)。你俚男平日与秃子一无冤二无仇,谁知鬼弄了他,他竟即刻走到省军营中报告。到事情末了,是那两个被捉去的弟兄,受严刑拷打,把脚杆扳断,悬了半天的半边猪,再才牵去到场头上把脑壳砍下来示众。有别个弟兄亲眼所见,我们被砍的弟兄,首级砍了,还为他们省军开腔破腹,取了胆去。若非杨秃子讨好省军,走去报告,弟兄们哪能受此等惨苦?此外他还屡番屡次,到省军营中去攻讦你侄男,想害你侄男的命。虽说任他去怎么设计挖坑,你侄男是不怕,但这狗养的我同他有什么深仇?不是当到老人家面前敢放肆,说句不好听的话,我又不同到他妈相好过!……侥幸你侄男元宵夜里,到三门滩去"请客",有事归来,在渡口碰到了这野杂种,才把他吊上山去。

弟兄们异口同声地说:"也不要他银钱,也不要他谷米,也不要他妻女——我们所要的是他的命!"他自己正像送到我们手边来了,再放他过去,就是我们的罪过!

的的确确,要寻他是寻不到的,如今正是他自己碰到你侄男处来。如今再不送他一点应得的苦吃,他在别一个时候,别一个地方,会有许多夸张!这夸张就是对你侄男他日见面时的下不去。不好好地整治他一番,他时他会拿你侄男来当成前次那两个进城缝衣的弟兄一样:砍了脑壳不算数,还得取出胆来给他堂客治心气痛。你侄男的胆难道是为堂客们治心气痛的东西?

依其他火性的弟兄们主张,捉他上山第二天,就要拿他来照省军处治我们弟兄的法子办了。还是你侄男不答应,说要审问他一下。到后审问他时,他哭哭啼啼,只是一味磕头。说是平素就非常钦佩司令为人,还正恨无处进行到手下来做一个小司书,好侍候司令,见一点识面,学习点公文,把楷字也抄好,哪里还敢同司令来做对头呢。至于从前事情,那是他全不知情,连梦也不梦见。说是因为他的告密,致令弟兄们受刑就义,这必是别一个同他有仇的人诬冤他,而且诬冤他的总不出两个人以外:一个是同庆记布庄隔壁住家的蒋锡匠,因为蒋锡匠曾偷过他家的鸡,被发觉过。另一个是住白石滩的船夫,这人也同他不对。……还一边磕头,一边诉说怎样怎样的可怜,家中才得个小孩,内人又缺奶,这次到渡口去,就是告知岳丈得了小孩子,好使他放心。并向岳丈借点钱转家去,为他太太买一只鸡吃,补一补空虚。到后为个弟兄把从他身边搜索出的一卷票子同三张借据掷到他面前，他才不分辩了。然而头还在磕。看那三张字据，明写着"立借字人渡口周大，今因缺钱使用，凭中廖表嫂，借到黄村杨秃子先生名下铜元……"一些字，另一张是吴乡约出名，另一张是吴乡约家舅子出名，一总都写的是他做借主。

"这是谁的东西？"问他他不敢说，鼻涕眼泪不知忌惮地只顾流。到末了，且说出极无廉耻的话来，愿意把屋里人收拾收拾，送上山来赎罪，且每月帮助白米十石、盐三十斤，只求全一条活命回家去，好让他自新。

你侄男同诸弟兄见他那副软弱无耻的样子，砍了他虽不难，但问弟兄们，谁都不愿用英雄的刀去砍这样一个不值价的狗！所以如他希望放了他转去，不期望临出营门时，有个伙夫心里不平，以为这样轻松放他过去太便宜他了，一马刀去就砍了他一只左手。这东西就像故意似的倒到地下晕死过去了。弟兄

弟兄们以为他当真死去，才拖到白狼岩边丢下岩去。谁知这条狗不晕死也不跌死，醒转来后居然还奔到家里才落气！

们以为他当真死去，才拖到白狼岩边丢下岩去。谁知这条狗不晕死也不跌死，醒转来后居然还奔到家里才落气！这狗养的本来是该千门万刀剐碎拿去喂山上老鸹吃，才合乎他应得的报应的，算是他祖宗有德，能奔到家里也罢了。

昨天你侄男派了两弟兄进城探听城里的消息，据弟兄说，这次招安，不能接洽妥帖，就是因为秃子近来死去的事。他的妻竟告到营中，说是你侄男害了他，且请省军将你侄男招安以后再设法诱住法办，以图报仇。这婊子女人果真是这样做事狠心，不知死活地要来同你侄男作对，我有一天是要做个样子给她看的。招安成功不成功，你侄男一点儿都不着急，弟兄们也正是同一个意思。山上有的是油盐米酒猪牛，倘或是省军高兴，定要来到山脚下挑战，热热闹闹一番，你侄男是不必同他们客气的。喜欢理他们，要弟兄捆起劈山炮轰他几下，同他敲几枪；不喜欢他们时，关起寨门睡觉。让他们在山下愿意围几个月就围几个月。三个月也好，两个月也好，把派捐得的粮食吃尽，他们自会打起旗子吹起号转原防去！你侄男这里见样东西都有了预备，不怕他们法宝多！

第五信

大妹妹禀承母亲的意旨，写信给驻耶军营中的书记官太太。这位太太是她的同学。三月二十一日所吃的喜酒，就是这个同学出阁做书记官太太的前一日，如今算来，又是半个多月了。

信很简单。大妹妹用她平素最天真乐观的笔调，写出亲昵的诙谐的话，信如下：

三月二十一日所吃的喜酒，就是这个同学出阁做书记官太太的前一日，如今算来，又是半个多月了。

妈妈的意思，是想从书记官太太谈话中，得到些近来山上同省军议和招安的消息。

四姐：

　　我答应你的话，今天可应验了。我说我妈会念着你请你来我家吃饭的，果不其然呀，她早上要我写信邀你。

　　客并不多，除了你以外只有我，因为这是妈说的。这次算是她老人家请客，所以她把我也请到里头了——到另一次作为我请你时，我把我妈也做成一个客！

　　客既这样少，所以也不特别办什么菜。前次有人送来一个金华腿，我们就蒸火腿吃。此外有你我所极喜欢吃的干红曲鱼，同菌油豆腐、酸辣子（小米的）。有我所不喜欢但你偏高兴的黑豆腐乳。不少了，再添一点，就是四盘四碗，待新嫁娘也不算麻絮吧。早来一点，我们午时可以吃各人自己手包的水饺子。

我妈还说有话要问你。我想，总不出"姐夫相貌脸嘴怎么样"，老人家是极关心侄女们姑爷这些事的。

我看到我三舅舅从外面进来，那一脸鬅鬅胡胡，就想到你。你一吃了早饭就快来吧，我想到细看看你的嘴巴，是不是当真印得有姐夫的胡子印记……还要看的都在前一行点点中了，愿一切快活！

你的妹妹宋×× 四月七日晨

妈妈的意思，是想从书记官太太谈话中，得到些近来山上同省军议和招安的消息。这一点，写信的大妹妹却不知道，可知关于山上要她做押寨夫人的事，还在睡里梦里！

第六信

守备队的副兵送来，从铺上取了个收据回去了。这信封面写"呈宋小姐"字样。此是请了客以后的初九日。

妹妹：

我第一句话要说的是为我谢伯妈。前天太快活了，不知不觉酒也逾了量。回去循生说我脸灼热，不久就睡了。

伯妈是请我一次了，妹妹你的主人哪一天才能做？我得时时刻刻厚起脸来问你，免得善忘的妹妹忘记。若是妹妹当真要做

一次主人,我请求做主人的总莫把菌油豆腐同火腿忘掉!换别样菜我是不领情的。饺子也得同前天一样。

你报伯妈,她老人家所想知道的事,我去问循生,你姐夫说招安是一定了,但条件来得太苛,省军还要听常德军部消息才能定准。如果是两方拿诚心来商量,你姐夫说总不至再复决裂的。近来营部还有开拔消息,也就是好在招安后要山中人移驻到里耶来的缘故。……请伯妈安心。循生今天到部里去办事,若有更可靠的信息时,再当函告。

……不久,我将为妹妹贺喜了!

你的四姐　九日

> 凡是一个十六岁以上的女孩儿,你如其对她说贺喜的话时,像是一种本能,她会一想就想到自己婚事上去的,而且脸会为这话灼红。

信后为妹妹贺喜的话,使大妹有点疑惑了。

……招安不成,第一吃亏的应说是全市的人。第二是守备队。第三,第三就算是落到自己家里,但招安以后,又有什么可以对我贺喜的地方?布铺的损失,未必因招安不成而更大。贺喜些什么?……贺喜的事,大妹凭她处女的敏感,猜到一半了,她猜来必是自己的婚姻。凡是一个十六岁以上的女孩儿,你如其对她说贺喜的话时,像是一种本能,她会一想就想到自己婚事上去的,而且脸会为这话灼红。

大妹一个人研究着这"贺喜"两个字的意义,全身的重量都压在心上，脸上也觉着在烧了。

极漠茫的，在眼前幻着许多各样不同的面模来。第一个，他曾在四姐的喜事日见过的那个蚕业专门毕业的农会长，长长的瘦瘦的身个儿来在面前动着了。第二个，守备队那位副官，云南毕业的军官生，时常骑匹马到大街上乱冲，一个痱子样的油滑脸庞。第三个，亨记油号的少老板，雅里学校的学生。……还有，三舅舅的儿子，曾作过诗赞美过自己，苍白的小脸，同时也在眼前晃悠。

从婚事上出发，她又想出许多与自己像是切近过或爱慕过的男子来，万没料那个山上的大王是她的未婚夫。

自己搜索是不能得到任何结果的，到后只好把来信读给母亲听了。到最后，母亲叹了口气，又勉强地笑了一回。

大妹妹觉得母亲正用了一种极有意思的眼光在觑着她，大妹妹躲避着母亲的眼光，最后取的手段是把头低下去望自己的脚。

母亲太不体谅人了，将大妹脸灼成两朵山茶花后还在觑！

"妈这是什么意思呢？"话轻到自己亦没有听真着的地步。意思是问母亲觑她的缘故，也是四姐来信中"贺喜"两个字的用意。

"说什么？"母亲明明看到大妹口动。

大妹又缩住了。

略停，大妹又想着个假道的法子来了，说："妈，我想此间招安以后，沿河下行必不再怕什么了。节后下长沙去补点功课，我好秋季到北京去考女子高师学校。"

"又不要你当教员，到外面找钱来养我，远远地去做什么？"

"你不是答应过我，河道清平以后，就把家搬到汉口去住吗？"

"知道哪时河道才能清平？"

"四姐的信，不是才说到招安的事？山上的人既全体可以招安，河道如何不会清平？"

"招了安我们就更不能搬走了。"

大妹有点意见想申述。"你有什么话要说,可以同她说。等她来时,她也会告你许多你想知道的话。"

"怎么招安以后我们倒不能搬走?"这句话大妹并没说出口。把此话说后所产生的恐惧或惊喜权衡了一下,怕此时的母亲同自己都载不住,所以不再开口,把一句已在口边的话咽下了。刚来的四姐那封信,还在大妹手上。

"妈,四姐要我们再请她吃饭,定什么日子?"

"就是明天吧。她欢喜火腿,叫厨房王师傅把明天应吃的留下,剩下那半个都拿去送她。菌油也帮她送一罐去。告诉她,等到有好菌子时我另为她做新鲜的。"

"我想自己去邀她。"

母亲像知道大妹要亲自去邀请四姐的用意似的，且觉得如果大妹要明了这事，由四姐说出，比自己说好多了，就说："好吧，你自己去，一定要她来，我还有事请她。……"

"……"大妹有点意见想申述。

"你有什么话要说，可以同她说。等她来时，她也会告你许多你想知道的话。"

"我没有什么话可说，我看妈意思像心里有……"大妹低低地说。

"心里不快么？不是，不是。妈精神非常好。找四姐来，她会同你说我要说的话。你们姐姐妹妹可以到另一个地方——书房也好，你自己房中也好——你们可以好好谈一回……"

"妈你怎么……"大妹见到母亲眼睛红湿了，心极其难过。

"没有，没有。妹你今天就去吧，要你四姐今天来——这时就去也好，免得她又出门到别处去。"

"好。"大妹一出房门，就不能再止住想泻出的眼泪了。

第七信

四月十六，山上有人到城，送来一信，并一个小拜帖匣子。送信的已不是先前第一次寄信那个喽啰了。这人长袍短褂，一派斯文样子。年纪二十多岁，白白面庞，戴顶极其好看的博士帽。脸上除了嘴巴边留了一小撮胡子外，还于鼻梁上挂了副眼镜。手上一支小方竹手杖，包有铜头，打着地"剥剥"地响。后面一个小孩，提了一个小皮包，又拿着一根长长的牙骨烟管。……这是个一切都表示地位尊贵的上等人。三老板一见他进铺，以为守备队的秘书，或别处来此什么委

员上门做生意来了,忙立起来。那人一脸极和气的微笑,对着三老板:"阁下想来是三老板了?"同时把信陈列柜台上,另于信旁置了一张小名片。

　　……主任参谋
　　　　陆钰
　　　　　金玉酉阳

"哦,陆参谋!请,请,请,请到客厅坐……"隔个柜台,那来人伸出一只手来,三老板也懂得是要行外国礼握手了,忙也伸过一只手来,相互捏了一会。

那人并不忙着进客厅，把袖口搂着，对布庄柜台上那个大钟拨动手表时，三老板偷瞧了一下，表是金色崭新的。

姓陆的虽会听到三老板在谦虚中自己把"草字问珊"提出，但他竟很客气地把三老板称为亲长了。

"请亲长这边凡事预备一下。"那是姓陆的同三老板告别鞠躬时一再说了几次的话。

那日宋伯娘没有在家。来人受过吩咐，若宋伯娘不能出面，则三老板亦可以，所以就把大王所嘱预备同宋老太所谈的一概与三老板说了，那个拜帖匣中聘礼也都点交件数留下。

夜间在宋伯娘的房中，三老板念山上陆参谋捎来的书信。

大妹虽说早已知道此事，但因为对此终有点羞涩，在未念信以前就走开到自己房中去了。

信中口辞变了，开首已把"宋伯妈"三字改称"岳母大人"了。信如下：

岳母大人尊鉴，敬禀者：

前数函知均达览，复示诲以自新之道，且允于招安之后，将大妹妹于归，备主中馈，尤臻爱怜，实增感激！

近来因岳母大人同大妹故，以是

左图：

三老板一见他进铺，以为守备队的秘书，或别处来此什么委员上门做生意来了，忙立起来。

右图：

大妹虽说早已知道此事，但因为对此终有点羞涩，在未念信以前就走开到自己房中去了。

婿将对省方提出之条件已特别减至无可再减的地步，且容纳省方派员将部队枪支检验之律令。果无临时变化发生，谅招编事已不成问题了。

编收以后，婿之部伍将全队移住耶市，守备队下拔移驻花垣，让出防地归婿负责。

沿河一带治安，亦由婿部担任，以后有劫船情事，由婿察缉，察缉无从，则应由婿部赔偿。此条虽将婿责加重，但为地方安宁，婿固当有所牺牲也。

此后支队部（改为清乡第三支队司令），婿意拟设于天王庙，地势好点，亦可备万一别种事情发生时，退守方便。

……十六至二十，三天中，婿所部全队即可开进耶市大街，到时再来谒见大人。

大妹喜事，婿拟照先时所约定之日举行。岳母方面，亦不必多事花费，婿知道岳母极爱热闹，到时此间有许多兵士，固能帮助一切也。

前派陆参谋来同省中代表接洽一切，并嘱其将此函并些须聘礼饰物呈达于长者。所有未尽之意，统由陆参谋面呈，此人系婿至友，亦由学校出身，祈大人略加以颜色，婿实幸甚！

谨此恭叩福安

小婿道义谨禀

附聘礼饰物单如左
赤金钏镯一对
赤金戒四枚（二枚嵌小宝石）
赤金丝大珍珠耳环一对
赤金簪压发各一件
赤金项链一件
赤金项链一件（有宝石坠子）

净圆珍珠项链一件

金打簧手表一枚

白金结婚戒一枚

白金结婚心形胸饰一枚

白金镶钻石扣针一枚

上等法国香水两瓶（瓶悬小纸签标明每瓶价值，一值二十四元，一值六十元）

法国香粉二盒（标明值三十元）

此即大王在另一函中曾经提过，说是派人往湖北去办的。那位老太，听着三老板把信同聘礼单念完，看看桌上那一堆各在一个小盒子里的东西，忽然放声大哭了。

这时的泪，不是觉得委屈了女儿，也不是觉得委屈了自己，或是对不住大妹的父亲。她是像把一件压在心上的石头，骤然解除，忽然想到过去的惶恐同将来的欢喜，心里载不住这两种不同的压力，不知不觉从眼眶中挤出泪了。

哭了不久，这老太就走到大妹的房中去送大妹看信。

既不怕抄家，也不怕谁来刨挖大妹父亲的坟山，在这位老太太看来，真是没有什么理由来说不愿意将大妹嫁给一个大王的话了！何况大王如今又已成了正果，所以老太太把信掷到大妹妹面前时，眼中已无

大妹妹的婚事热闹、阔绰，出了里耶人经验以外。

些子泪痕。

　　大妹妹的婚事热闹、阔绰，出了里耶人经验以外。一切布置的煊赫，也出了宋伯娘在期待中所能猜想的以外。迎亲那日，八个黄色呢制服的人，斜斜佩着红绿绸子，骑在马上，各扛着一面绸旗，都是副官之类。

　　一对喇叭，后面一队兵士；一对喇叭，后面一队兵士……几乎近于是迎接"抚台"样，一直从天王庙支队司令部起，到宋家门前止，新的灰线布制服上佩着一朵红纸花的，是昨日的喽啰（今日的兵士）。军队是这样接接连连。满地红的小爆仗，也是那么接接连连，毫不休息。花轿过路时，喇叭嘀嘀嗒嗒吹着各样喜庆的曲子。

　　宋宅杀了两只猪六只羊犒赏兵士还不够，到后还加了两只肥猪才分得开堂，即此一端，参与此番喜事的人之多可想而知了。

　　大王彪壮、年青、有钱，里耶市中人尽他们所能夸赞的话拿去应用还总觉不够，到后只好把类于妒嫉的羡慕落到那宋家母女身上。

第八信

　　结了婚约两个月，大妹有给驻花垣守备队营中书记官太太的一封信。

　　四姐：
　　　我不知要同你说些什么话，关于我的事，这时想来可笑极了。在以前，我刚知道他要强迫我妈行他所欲行的事时，我想着一切的前途，将葬送到一个满烧着魔鬼的火的窟中，伤心得几乎想自杀了。四姐你是知道的，一个女人，为一点比这小许多的事也会以死做牺牲的。但我当时还想着我妈。我妈已是这么可怜的人，若是我先死，岂不是把悲哀都推给她了吗？我想走，当时我就想走。到后又用做女儿的心再三衡量，恐怕即能走脱，他也会把我妈捉去，所以后来走也不走了。……日子一天一天过去，拼我死命，等那宣告我刑罚的可咒的五月初五来到，我身不由己地为母亲缘故跳进一个坟坑里。

结了婚约有两个月，大妹有给驻花垣守备队营中书记官太太的一封信。

在期待中，想死不能时，我也是同一般为许多力量压着不能挣扎的女人样，背着母亲，在自己的房中去低声地哭，已不知有过多少次了。我那时想象他，一个杀人放火无事不做的大王，必是比书上所形容那类恶人还可怕！必是黑脸或青脸，眼睛绯红，比庙中什么判官还可怕！真是除了哭没有法子。眼泪是女人的无尽宝藏，再多流一点也不会干，所以我在五月五日以前，是只知道终日以泪洗面的。……过去的都是梦样过去：雷霆是当日的雷霆，风雨也是当日的风雨，不必同四姐说了；我只告你近来的情形。

近来要我说，我又不知怎么来说起。我不是怕羞，在四姐跟前，原是不应当再说到害羞的事的。我真不知要怎样地来说一个

他什么事都能体贴，用极温柔驯善的颜色侍奉我，听我所说，为我去办一切的事。

同我先时所拟想的地狱极相反的一种生活！

你不要笑，我自己觉得是很幸福的人，我是极老实地同你说，我生活是太幸福了。幸福不是别的，是他——我学你说，是你妹夫。你妹夫以前是大王，每日做些事，是撒旦派下来的工作，手上终日染着血，吃别人的血与肉，把自己的头用手提着，随时有送给另一个人的恐惧绕在心中。但他和我所猜想的恶处离远了。他不是青脸同黑脸，他没有庙中判官那么凶恶。他样子同我三舅舅的儿子一个面样，我说他是很标致，你不会疑我是夸张。……他什么事都能体贴，用极温柔驯善的颜色侍奉我，听我所说，为我去办一切的事。（他对外是一只虎，谁都怕他；

前几天，我们俩到他以前占据的山寨看望一次，住了两天。那里还有一连人把守。

又聪明有学识，谁都爱敬他。）他在我面前却只是一匹羊，知媚它的主人是它的职务。他对我的忠实，超越了我理想中情人的忠实。……

　　前几天，我们俩到他以前占据的山寨看望一次，住了两天。那里还有一连人把守。四姐，你猜那里像个什么样子呢？比唱戏还可笑，比唱戏还奇怪。一切一切，你看了不会怕，不会战抖，只有笑！不伦不类的一切一切，你从《七侠五义》一类小说上所看到的人物景致，到这里都可见到了。我问你妹夫以前是怎么生活来的。他告我，有时手上抱着两支枪打盹。我们那天就到他那间奇奇怪怪的房中睡了一晚。第二天，又到各处去看，又走

至于那些里耶人呢，凡是在那年五月五日对宋家母女有过妒嫉的心的，无用的妒嫉，还是依然存在。

了半天。

…………

　　一个女人所能得到的男子的爱,我已得到了。我还得了一些别的人不能得到的爱。若是这时是在四姐面前,我真要抱住你用哭叫来表示我生命的快适了!四姐呵,同姐夫说说,转里耶来住两天吧。我可以要他派几个人来接。我妈还会为你办菌油豆腐吃!

　　我妈近来也很好,你不要挂念!

　　你妹同你妹夫照来张相赠你,快制一个木框,好悬挂在墙上,表示你还不忘记你妹妹。你妹妹是无一时能忘记你的,就是他,这时也在我写信桌子的旁边,要我替他问你同姐夫的好。

你的妹
七月十日

尾

　　大妹近来就是这样,同一个年青、彪壮、有钱、聪明、温柔、会体贴她的大王生活着,相互在华贵的生活中、光荣的生活中过着恋爱的生活,一切如春天,正像她自己信上所说样:雷霆是当日的雷霆,风雨是当日的风雨,都不必再去说了。过去的担心、疑虑、眼泪,都找到比损失更多许多倍数的代价了。

　　至于那些里耶人呢,凡是在那年五月五日对宋家母女有过妒嫉的心的,无用的妒嫉,还是依然存在。

一九二六年于西山

逃的前一天

　　这时节行雨已过前山,太阳复出了。还可以看前山成块成片的云,像被猎人追赶的野猪,只飞奔。

雨后

"我明白你会来,所以我等。"

"当真等我?"

"可不是。我看看天,雨快要落了。谁知道这雨要落多大多久。天又是黑的,我喊了五声,或者七声。我说,四狗,四狗,你是怎么啦!雨快要落了,不怕么?落雨了,打雷了,你这个人!全不曾回声。我以为你回家了。我又算……雨可真来了。哗啦哗啦,这里树叶子响得多怕人,我不怕,可只担心你。我知道你不曾拿斗篷的。雨水可真大。我躲在那株大楠木下。就是那株楠木,我们俩……忘记了么?你装痴。我要问你到底打哪儿来。身上也不湿多少,头又是光的,我问你,躲到什么洞里?"

四狗笑。四狗不答。他不说从家中来,她便明白的。

他坐到那人身边去,挤拢去坐,垫坐当成褥子的是桐木叶。

这时节行雨已过前山,太阳复出了。还可以看前山成块成片的云,像被猎人追赶的野猪,只飞奔。四狗坐处四围是虫声,是树木枝叶上积雨下滴的声音。上有个棚,雨后太阳蒸得每个山头出热气,四狗头上却阴凉。头上虽凉心却热热的,原来四狗的腰已被两只柔软的

"我告诉你,我也总有一天要枯的——一切全要枯,到八月九月。我总比你们枯得更早。"

手围着了。

"四狗——"女的想说什么不及说,便打一声唿哨。

因为对山有同伴,同伴这时正吹着口哨找人。

同伴是在落雨时各藏躲岩下树下,雨止以后又散在山头摘蕨菜的,这时陪四狗身边坐的也是摘蕨人。

在两人背后有一背笼,是女人的。四狗便回头扳那背笼看。

"今天怎么只得这一点?……喔,花倒得了不少。还有莓咧。我口正渴,让我吃莓吧。下了一阵雨,莓已洗淡了,这个可是雨前摘的。这个大的归我吃。我喂你一颗,算我今天赔礼,不成吗?"

"要你赔礼？我才……"

她把围着四狗的腰的两只手放松了，去采地上的枯草。

"四狗，我告诉你，我也总有一天要枯的——一切全要枯，到八月九月。我总比你们枯得更早。"她记起一册唱本书，自古红颜多命薄。一个女人没有着落，书本上可记起的故事太多了。

四狗莫名其妙。他说道：

"我的天，我听不懂你的话。"

"我也不一定要你懂，你总有一天懂的。"

"让我在这儿便懂，成不成？"

"你要懂，就懂了，待不得我说。"她又想，"聋子耳边响大雷——空事情"，就哧地笑了。

四狗不再吃莓了，用手扳定并排坐的人头，细细地鉴赏。黑色的皮肤，红红的薄嘴，大大的眼睛与长长的眉毛，四狗这时重新来估价。鼻子小，耳朵大，下巴是尖的，这些地方四狗却放过了。他捏她辫子。辫子是在先盘在头上，像一盘乌梢蛇，这时这条蛇已挂在背后了，四狗不怕蛇咬人，从头捏至尾。

"你少野点。"女的说了却并不回头。

四狗渐渐明白自己的过错了。通常便如此，非使人稍稍生气，不会明白的。于是他亲她的嘴——把脸扭着不让这么办，所亲的只是耳下的颈子。四狗为这个情形倒又笑了。他算计得出，这是经验过的，像看戏一样，每戏全有"打加官"。"打加官"以后是……末了到唱杂戏，热闹之至。

女的稍停停，不让四狗看见，背了脸，也笑了。四狗不必看也完全清楚。

四狗说："好人，莫发我的气好了。"

"怎么还说人发你的气。女人敢惹男子吗？……嘘，七妹子，你莫癫！"

后面说的话声音提得极高,为的是应付对山上一个女人的唱歌。对山七妹子,知道这一边山草棚下有阿姐与四狗在一起,就唱歌作弄人。

七妹唱的是——

> 天上起云云重云,
> 地下埋坟坟重坟,
> 娇妹洗碗碗重碗,
> 娇妹床上人重人。

> 天上起云云起花,
> 芭谷林里种豆荚,
> 豆荚缠坏芭谷树,
> 娇妹缠坏后生家。

四狗是不常常唱歌的,除非是这时人隔一重山——然而如今隔一层什么?他的手,那只拈吃过特意为他摘来的三月莓的手,已大胆无畏从她胁下伸过去,抓定一件东西了。

但仍然得唱,唱的是:

> 大姐走路笑笑底,
> 一对奶子翘翘底。
> 心想用手摸一摸,
> 心子只是跳跳底。

四狗的心跳,说大话而已。习惯事情已不能使这个男子心跳,除非是把桐木叶子做她的褥,四狗的身做她的被,那时的四狗只想学狗打滚。

对山的七妹子,像看清四狗唱这歌情形下的一切,便大声地喊:

"四狗!四狗!你又撒野了,我要告他们去。"

"七妹子,你再发疯,你让我捶你!"

做妹的怕姐姐,经过一阵吓,便顾自规规矩矩扯蕨去了。这里的四狗不久两只手全没了空。

四狗不认字,所以当前一切全无诗意。然而听一切大小虫子的鸣叫,听晾干了翅膀的蚱蜢各处飞,听树叶上的雨点向地下跳跃,听在傍近身边一个人的心怦怦跳,全是诗。

然而听一切大小虫子的鸣叫,听晾干了翅膀的蚱蜢各处飞,听树叶上的雨点向地下跳跃,听在傍近身边一个人的心怦怦跳,全是诗。

到底给什么，四狗也说不出口。于是就被呕了，也不争这一口气。把傻话说出来，难道算聪明么？

"请你念一句诗给我听。"

因为她读过书，而且如今还能看小说，四狗就这样请求。

明白她是读书人，也就容易明白先时同四狗说话的深意了。她从书上知道的事，全不是四狗从实际上所能了解的事。为的要枯了，女人只是一朵花，开得再好也要枯。好花开不长，知道枯得比其他快，便应当更深地爱。然而四狗不是深深地爱吗？虽然深深地爱，总还有什么不够，这应当是认字的过错。四狗不认字。然而若同样认字识书，在这样天气下不更好些么？

说是请念一句诗，她就想：念深了又不能懂，浅了又赶不上山歌好，她只念："落花人独立，微雨燕双飞。"景不洽，但情绪正好是这样情绪。总还有比这个更好的诗，她不能一一去从心中搜索了。

四狗说："人，这诗真好。"——不是说诗好，他并不懂诗。他意思不过是说念诗的人与此时情景好罢了。他说不出他的快乐。他很快乐。他要撒野。

"这样天气是不准人放荡的天气，不知道么？"

四狗听到说天气，才像去注意天气一样，望望天。天上蓝分分，还有白的云。白的云若能说像绵羊，则这羊是在蓝海中走动的。四狗虽没见过海，但是那么大，那么深，那么一望无边，天也可以说是海了。

"我说天气太好了，又凉，又清，又……"

"你要成痨病才快活。"

"我成痨病时，你给我的要有好多！"四狗意思是个人身体强壮如豹子，纵听过人说年青人不注意身体随意胡闹就会害痨病，然而痨病不是一时能起的事。

"给你的——给你的什么？呸！"

到底给什么，四狗也说不出口。于是就被呸了，也不争这一口气。把傻话说出来，难道算聪明么？

到后他想到另外一个事情，要她把舌子让他咬。顽皮的章法，是四狗以外的别一个人想不出，不是四狗她也不会照办的。

她抿了一下嘴说道：

"四狗你真坏，跟谁学来这个下流行动？"

四狗不答。仍然那么坏。他心想：什么叫作下流？他不懂这两个字的意义。

"四狗……你去好了。"

"我去，你一个人在这里待着成？"

她却笑了，望四狗。身子只是那么找不到安置处，想同四狗变成一个人。有点迷乱，有点……

过了一会儿，她把眼闭了，还是说："四狗，你去了吧。"

四狗要走，可也得待一会儿。

他眼看她着急。这是有经验的。他仍然不松不紧地在她面前歪缠。他有道理。一种神圣的游戏正刚要开始。她口上虽说"四狗，你讨厌，你真讨厌"，结果她将承认四狗在她面前放肆是必要的一件事。四狗人坏，至少在这件事上有点坏，然而这是有个纵容四狗学坏的人，不应当由四狗一人负责。

"讨厌的人，我让你摆布，可是你让我……"

一切照办，四狗到后被问到究竟给了他多少，可糊涂得红脸

一个年青女人得到男人的好处，不是言语或文字可以解说的，所以她不作声……

了。头上是蓝分分海样的天，压下来，真像要压下来的样子，然而有席棚挡驾，不怕被天压死。女人说："四狗，你把我压死了吧。"四狗也像有这样存心，到后可同天一样，做被盖的东西总不是压得人死的。

四狗仿佛若有所得，又仿佛若有所失，预备挪开自己。

四狗得了些什么？不能说明。他得了她所给他的快活。然而快活是用升可以量，还是用秤可以称的东西呢？他又不知道了。她也得了些，她得的更不是通常四狗解释的"快乐"两字。四狗给她一些气力、一些强硬、一些温柔，她用这些东西把自己陶醉，醉到不知人事。到后她恢复了，有点微倦，全身还软软的，心境却很好。所读的书全忘掉了。

一个年青女人得到男人的好处，不是言语或文字可以解说的，所以她不作声，仰天望，望得见四狗的大鼻子同一口白牙齿。

"四狗，你真讨厌！"

"我不讨厌。"

"你是个坏人。"

"我不是坏人。"

"四狗，不许到井边吃那个冷水！"

在草棚躺着的她，望着向下山的四狗遥喊时，四狗已走过了小溪涧，转到竹子林中，被竹子拦了她的眼睛了。

天气还早，不是烧夜火时候。雨已不落了。她还是躺着，看天上的云，不去采蕨。对山七妹子又唱起来了。

娇家门前一重坡，
别人走少郎走多，
铁打草鞋穿烂了，
不是为你为哪个？

一九二八年作
一九三五年重改

逃的前一天

从碾坊往上看,看到堡子里比屋连墙,嘉树成荫,正是十分兴旺的样子。

三三

杨家碾坊在堡子外一里路的山嘴路旁。堡子位置在山弯里,溪水沿了山脚流过去,平平地流,到山嘴折弯处忽然转急,因此很早就有人利用它,在急流处筑了一座石头碾坊。这碾坊,不知从什么时候起,就叫杨家碾坊了。

从碾坊往上看,看到堡子里比屋连墙,嘉树成荫,正是十分兴旺的样子。往下看,夹溪有无数山田,如堆积蒸糕,因此种田人借用水力,用大竹扎了无数水车,用椿木做成横轴同撑柱,圆圆的如一面锣,大小不等竖立在水边。这一群水车,就同一群游手好闲人一样,成日成夜不知疲倦地咿咿呀呀唱着意义含糊的歌。

一个堡子里只有这样一座碾坊,所以凡是堡子里碾米的事都归这碾坊包办。成天有人轮流挑了仓谷来,把谷子倒进石槽里去后,抽去水闸的板,枧槽里水冲动了下面的暗轮,石磨盘带着动情的声音,即刻就转动起来了。于是主人一面谈说一件事情,一面清理簸箩筛子,到后头包了一块白布,拿着个长把的扫帚,追逐着磨盘,跟着打圈儿,扫除溢出槽外的谷米,再到后,谷子便成白米了。

到米碾好了,筛好了,把米糠挑走之后,主人全身是糠灰,常常如同一个滚入豆粉里的汤圆。然而这生活,是明明白白比堡子里许多人生活还从容,而为一堡子中人所羡慕的。

凡是到杨家碾坊碾过谷子的,都知道杨家三三。妈妈二十年前嫁给守碾坊的杨,三三五岁,爸爸就丢下碾坊同母女,什么话也不说死去了。爸爸死去后,母亲做了碾坊的主人,三三还是活在碾坊里,吃米饭同青菜、小鱼、鸡蛋过日子,生活毫无什么不同处。三三先是眼见爸爸成天全身是糠灰,到后爸爸不见了,妈妈又成天全身是糠灰……于是三三在哭里笑里慢慢地长大了。

妈妈随着碾槽转,提着小小油瓶,为碾盘的木轴铁心上油,或者很兴奋地坐在屋角拉动架上的筛子时,三三总很安静地自己坐在另一角玩。热天坐到风凉处吹风,用苞谷秆子做小笼,捉蝈蝈、纺织娘玩。冬天则伴同猫儿蹲到火桶里,拨灰煨栗子吃。或者有时候从碾米人手上得到一个芦管做成的唢呐,就学着打大傩的法师神气,屋前屋后吹着,半天还玩不厌倦。

这碾坊外屋上墙上爬满了青藤,绕屋全是葵花同枣树,疏疏树林里,常常有三三葱绿衣裳的飘忽。因为一个人在屋里玩厌了,就出来坐在废石槽上洒米头子给鸡吃。在这时,什么鸡逞强欺侮了另一只鸡,三三就得赶逐那横蛮无理的鸡,直等到妈妈在屋后听到声音,代为讨情才止。

这碾坊上游有一潭,四面有大树覆荫,六月里阳光照不到水面。碾坊主人在这潭中养得有几只白鸭子,水里的鱼也比上下溪里多。照当地习惯,凡靠自己屋前的水,也算是自己财产的一份。水坝既然全为了碾坊而筑成的,一乡公约不许毒鱼下网,所以这小溪里鱼极多。遇不甚面熟的人来钓鱼,看潭边幽静,想蹲一会儿,三三见到了时,总向人说:"不行,这鱼是我家潭里养的,你到下面去钓吧。"人若顽皮一点,听到这个话等于不听到,仍然拿着长长的竿子,搁到水面上去安闲地吸着烟管,望着小姑娘发笑。三三急了,便高声喊叫她的妈:"娘,娘,你瞧,有人不讲规矩,钓我们的鱼,你来折断他的竿子,你快来!"娘自然是不会来干涉别人钓鱼的。

母亲就从没有照到女儿意思折断过谁的竿子,照例将说:"三三,鱼多咧,让别人钓吧。鱼是会走路的,上面堡子塘里的鱼,因为欢喜我们这里的水,都跑来了。"三三照例应当还记得夜间做梦,梦到大鱼从水里跃起来吃鸭子,听完这个话,也就没有什么可说了,只静静地看着,看这不讲规矩的人,到后究竟钓了多少鱼去。她心里记着数目,回头好告给妈妈。

有时因为鱼太大了一点,上了钓,拉得不合式,撇断了钓竿,三三可乐极了,仿佛娘不同自己一伙,鱼反而同自己是一伙了的神气,那时就应当轮到三三向钓鱼人咧着嘴发笑了。但三三却常常急忙

"娘,娘,你瞧,有人不讲规矩,钓我们的鱼,你来折断他的竿子,你快来!"

跑回去，把这事告给母亲，母女两人同笑。

有时钓鱼的人是熟人，人家来钓鱼时，见到了三三，知道她的脾气，就照例不忘记问："三三，许我钓鱼吧？"三三便说："鱼是各处走动的，又不是我们养的，怎么不能钓！"同一件事情对待不同，原来是来人讲理，三三也讲理。

钓鱼的是熟人时，三三常常搬了小小木凳子，坐在旁边看鱼上钩，且告给这人，另一时谁个把钓竿撇断的故事。到后这熟人回碾坊时，照例会把所得的大鱼分一些给三三家。三三看着母亲用刀剖鱼，掏出白色的鱼脬来，就放在地上用脚去踹，发声如放一枚小爆仗，听来十分快乐。鱼洗好了，揉了些盐，三三忙取麻线来把鱼穿好，挂到太阳下去晒。等待有客时，这些干鱼同辣子炒在一个碗里待客。母亲如想到折钓竿的话，将说："这是三三的鱼。"三三就笑，心想着："怎么不是三三的鱼？潭里的鱼若不是归我照管，早被村子里看牛孩子捉完了。"

三三如一般小孩，换几回新衣，过几回节，看几回狮子龙灯，就长大了。熟人都说看到三三是在糠灰里长大的。一个堡子里的人，都愿意得到这糠灰里长大的女孩子做媳妇，因为人人都知道这媳妇的妆奁是一座石头做成的碾坊。照规矩，十五岁的三三，要招郎上门，也应当是时候了。但妈妈有了一点私心，记得一次签上的话语，不大相信媒人的话语，所以这碾坊还是只有母女二人，一时节不曾有谁添入。

三三大了，还是同小孩一样，一切得傍着妈妈。母女两人把饭吃过后，在流水里洗了脸，眺望行将下沉的太阳，一个日子就打发走了。有时听到堡子里的锣鼓声音，或是什么人接亲，或是什么人做斋事，"娘，带我去看"，又像是命令又像是请求地说着；若无什么别的理由推辞时，娘总得答应同去。去一会儿，或停顿在什么人家喝一杯蜜茶，荷包里塞满了榛子、胡桃，预备回家时，有月亮天，什么也不用，就可以走回家。遇到夜色晦黑，燃了一把油柴，毕毕剥剥地响

三三在母亲身旁，说的是母亲全听得懂的话；那些凡是母亲不明白的，差不多都在溪边说去。

着爆着，什么也不必害怕。若到寨子里去玩时，还常有人打了灯笼火把送客，一直送到碾坊外边。三三觉得只有这类事是顶有趣味的事情。在雨里打灯笼走夜路，三三不能常常得到这机会，却常常梦到一人那么拿着小小红纸灯笼，在溪旁走着，好像只有鱼知道这回事。

当真说来，三三的事情，鱼知道的比母亲应当还多一点，也是当然的。三三在母亲身旁，说的是母亲全听得懂的话；那些凡是母亲不明白的，差不多都在溪边说去。溪边除了鸭子就只有那些水里的鱼。鸭子成天自己嘎嘎地叫个不休,哪里还有耳朵听别人说话!

这个夏天,母女两人一吃了晚饭,不到日黄昏,总常常过堡子里一个姓宋的熟人家去,陪一个行将远嫁的姑娘谈天,听一个从小寨来的人唱歌。有一天,照例又进堡子里去,却因为谈到绣花,要三三回碾坊来取样子,三三就一个人赶忙跑回碾坊来。快到屋边时,黄昏里望到溪边有两个人影子,有一个人到树下,拿着一根竿子,好像要下钩的神气,三三心想,这一定是来偷鱼的,因此照规矩喊着:"不许钓鱼,这鱼是有主人的!"一面想走上前去看是些什么人。

就听到一个人说:"谁说溪里的鱼也有主人?难道溪里活水也可养鱼吗?"

另一人又说:"这是碾坊里小姑娘说着玩的。"

先说话的一个人就笑了。

旋即又听到第二个人说:"三三,三三,你来,你鱼都被人捉完了!"

三三听到人家取笑她,声音好像是熟人,心里十分不平。就冲过去,预备看是谁在此撒野,以便回头告给母亲。走过去时,才知道那第二回说话的人是堡子里一个管事先生,另外是一个从不见面的年青男人。那男人手里拿的原来只是一个拐杖,不是什么钓竿。那管事先生认得三三,三三也认识他,所以当三三走近身时,就取笑说:

"三三,怎么鱼是你家养的?你家养了多少鱼呀?"

三三见是堡子里管事先生,什么话也不说了,只低下头笑。头虽低低的,却望到那个好像从城里来的人白裤白鞋,且听到那个男子说:"这女孩倒很聪明,很美,长得不坏。"管事的又说:"这是我堡子里美人。"两人这样说着,那男子就笑了。

到这时,她猜测男子是对她望着发笑。三三心想:"你笑我干吗?"又想:"你城里人只怕狗,见了狗也害怕,还笑人,真亏你不羞。"她好像这句话已说出了口,为那人听到了,故打量趁此跑去。

管事先生知道她要害羞跑了，故说："三三，你别走，我们是来看你碾坊的。你娘呢？"

"娘不在碾坊。"

"到堡子里听小寨人唱歌去了，是不是？"

"是的。"

"你怎么不欢喜听唱歌？"

"你怎么知道我不欢喜？"

管事先生笑着说："因为看你一个人回来，还以为你是听厌了那歌，担心这潭里鱼被人偷尽，所以赶回来看看，好小气！"

三三同管事先生说着，慢慢地把头抬起，望到那生人的脸目了，白白的脸好像在什么地方看见过，就估计：莫非这人是唱戏的小生，忘了擦去脸上的粉，所以那么白？……那男子见到三三已不再怕人，就问三三：

"这是你的家吗？"

三三说："怎么不是我家！"

因为这答话很有趣味，那男子就说：

"你住在这个山沟边，不怕大水把你冲去吗？"

"嗨。"三三抿着小小的美丽嘴唇，狠狠地望了这陌生男子一眼，心里想："狗来了，你这人吓到落到水里，水就会冲去你。"想着当真冲去的情形，一定很是好笑，就不理会这两人，笑着跑去了。

从碾坊取了花样子回向堡子走去的三三，在潭边再上游一点，望到那两个白色影子还在前面，不高兴又同这管事先生打麻烦，于是故意跟到这两个人身后，慢慢地走着。听两个人说到城里什么人什么事情，听到说开河，又听到说学务局要办学校。因为这两人全都不知道有人在后面，所以自己觉得很有趣味。到后又听管事先生提起碾坊，提起妈妈怎么好，更极高兴。再到后，就听那城里男人说：

"女孩子倒真俏皮，照你们乡下习惯，应当快放人了。"

那管事的先生笑着说:"少爷欢喜,要总爷做红叶,可以去说说。不过这碾坊是应当由姑爷管业的。"

三三轻轻地呸了一口,停顿了一下,把两个指头紧紧地塞了耳朵,但依然听到那两人的笑声。她想知道那个由城里来好像唱小生的人还要说些什么,所以不久就继续跟上前去。

那小生说些什么,可听不明白,就只听那个管事先生一人说话。那管事先生说:"做了碾坊主人,别的不说,成天可有新鲜鸡蛋吃,也是很值得的!"话一说完,两人又笑了。

三三这次可再不能跟上去了,就坐在溪边的石头上,脸上发着烧,十分生气。心里想:"你要我嫁你,我偏偏不嫁你!我家里的鸡就是成天下二十个蛋,我也不会给你一个吃。"坐了一会,凉凉的风吹到脸上,水声淙淙使她记忆起先一时估计中那男子为狗吓倒跌在溪里的情形,可又快乐了,就望到溪里水深处,一人自言自语说:"你怎么这样不中用,管事的救你,你可以喊他救你!"

到宋家时,宋家婶子正说起一件已经说了一会儿的事情,只听宋家妇人说:"……他们养病倒稀奇,说是养

左图:
　那管事的先生笑着说:"少爷欢喜,要总爷做红叶,可以去说说。不过这碾坊是应当由姑爷管业的。"

右图:
　"谁清楚城里人那些病名字。依我想,城里人欢喜害病,所以病的名字特别多……"

病,日夜睡在廊下风里让风吹。……脸儿白得如闺女,见了人就笑。……谁说是团总的亲戚,团总见他那种恭敬样子,你还不见到。福音堂洋人还怕他,他要媳妇有多少!"

母亲就说:"那么他养什么病?"

"谁知道是什么病?横顺成天吃那些甜甜的药,什么事情不做,在床上躺着。在城里是享福,到乡里也是享福。老庚说,害第三期的病,又说是痨病,说也说不清楚。谁清楚城里人那些病名字。依我想,城里人欢喜害病,所以病的名字特别多。我们不能因害病耽搁事情,所以除打摆子就只发烧肚泻,别的名字的病,也就从不到乡下来了。"

另外一个妇人因为生过瘰病,不大悦服宋家妇人武断的话,就说:"我不是城里人,可是也害城里人的病。"

"你舅妈是城里人！"

"舅妈管我什么事？"

"你文雅得像城里人，所以才生痨子！"

这样说着，大家全笑了起来。

母女两人回去时，在路上三三问母亲："谁是白白脸庞的人？"母亲就照先前一时听人说过的话，告给三三，堡子里如何来了一位城里的病人，样子如何俊，性情如何怪。一个乡下人，对于城中人隔膜的程度，在那些描写里是分明易见的，自然说得十分好笑。在平常某个时节，三三对于母亲在叙述中所加的批评与稍稍过分的形容，总觉得母亲说得极其俨然，十分有味，这时不知如何却不相信这话了。

走了一会，三三忽问："娘，娘，你见到那个城里白脸人没有呢？"

妈妈说："我怎么会见他？我这几天又不到团总家里去。"

三三心想：你不见人怎么说了那么半天。

三三知道妈妈不见到的，自己倒早见到了，便把这件事保守秘密，却十分高兴。以为只有自己明白这件事情，此外凡是说到城里人的都不甚可靠。

两人到潭边，三三又问：

"娘，你见到团总家管事先生没有？"

若是娘说没有见过，反问她一句，那么，三三就预备把先前遇到那两个人的一切，都说给妈妈听了。但母亲这时正想起别一个问题，完全不关心三三的话，所以三三把方才的事情瞒着母亲，一个字不提。

第二天，三三的母亲到堡子里去，在团总家门前，碰着那个从城里来的白脸客人，同团总的管事先生，正在围城边看马打滚。那管事先生告她，说他们昨天曾到碾坊前散步，见到三三。又告给三三母亲说，这客人是从城里来养病的客人。到后就又告给那客人，说这个

人就是碾坊的主人杨伯妈。那人说，真很同小三姐相像。那人又说三三长得很好，很聪明，做母亲的真福气。说了一阵话，把这老妇人说快乐了，在心中展开了一个幻景，想起自己觉得有些近于糊涂的事情，忙匆匆地回到碾坊去，望到三三痴笑。

三三不知母亲为什么今天特别乐，就问母亲到了什么地方，遇着了谁。

母亲想，应当怎么说才好？想了许久才开口：

"三三，昨天你见到谁？"

三三说："我见到谁？没有！"

那人又说三三长得很好，很聪明，做母亲的真福气。说了一阵话，把这老妇人说快乐了，在心中展开了一个幻景……

娘就笑了："三三你记记，晚上天黑时，你不看见两个人吗？"

三三以为是娘知道一切了，就忙说："人有两个，一个是团总家管事的先生，一个是生人……怎么？"

"不怎么。我告你，那个生人就是城里来的先生。今天我看见他们，他们说已经和你认识了，所以我们说了许多话。那人真像个姑娘样子。"母亲说到这里时，想起一件事好笑。

三三以为妈妈是在笑她，偏过头去看土地上灶马，不理会母亲。

母亲说："他们问我要鸡蛋，你下半天送二十个去，好不好？"

三三听到说鸡蛋，打量昨天两个男人说的笑话都为母亲知道了，心里很不高兴，说道："谁去送他们鸡蛋？娘，娘，我说……他们是坏人！"

望着清清的溪水，记起从前有人告诉她的话，说这水流下去，一直从山里流一百里，就流到城里了。

母亲奇怪极了，问："怎么是坏人？什么地方坏？"

三三红了脸不愿答应。母亲说：

"三三，你说什么事？"

迟了许久，三三才说："他们背地里要找团总做媒，把我嫁给那个白脸人。"

母亲听到这天真话什么也不说，笑了好一阵。到后估计看到三三要跑了，才拉着三三说："小报应，管事先生他们说笑话，这也生气吗?谁敢欺侮你!……"

说到后来,三三也被说笑了。

三三到后来就告给娘城里人如何怕狗的话,母亲听到不作声,好久以后,才说:"三三,你真还像个小丫头,什么也不懂。"

第二天,妈妈要三三送鸡蛋到寨子里去,三三不说什么,只摇头。妈妈既然答应了人家,就只好亲自送去。母亲走后,三三一个人在碾坊里玩,玩厌了,又到潭边去看白鸭,看了一会鸭子,等候母亲还不回来,心想莫非管事先生同妈妈吵了架,或者天热到路上发了痧?……心里老不自在,回到碾坊里去。

但是过了一会,母亲可仍然回来了。回到碾坊一脸的笑,跨着脚如一个男子神气。坐到小凳上,不住抹额头上汗水,告给三三如何见到那先生,那先生如何要她坐到那个用粗布做成的软椅子上去,摇着荡着像一个摇网,怪舒服怪不舒服。又说到城里人说的三三为何不念书,城里女人全念书。又说到……

三三正因为等了母亲半天,十分不高兴。如今听母亲说的话,莫名其妙,不愿意再听,所以不让母亲说完就走了。走到外边站在溪岸旁,望着清清的溪水,记起从前有人告诉她的话,说这水流下去,一直从山里流一百里,就流到城里了。她这时忖想……什么时候我一定也不让谁知道,就要流到城里去,一进城里就不回来了。但是如当真要流去时,她倒愿意那碾坊、那些鱼、那些鸭子,以及那一匹花猫,和她在一处流去。同时还有,她很想母亲永远和她在一处,她才能够安安静静地睡觉。

母亲看不见三三,站在碾坊门前喊着:

"三三,三三,天气热,你脸上晒出油了,不要远走,快回来!"

三三一面走回来,一面就自己轻轻地说:"三三不回来了!"

下午天气较热,倦人极了,躺到屋角竹凉床上的三三,耳中听

好像又是那一天的那种情景，天上全是红霞，妈妈不在家，自己回来原是忘了把鸡关到笼子里，因此赶忙跑回来捉鸡的。

着远处水车陆续的懒懒的声音，眯着眼睛觑母亲头上的髻子，仿佛一个瘦人的脸，越看越活，蒙蒙眬眬便睡着了。

她还似乎看到母亲包了白帕子，拿着扫帚追赶碾盘，绕屋打着圈儿，就听到有人在外面说话，提起她的名字。

只听人说："三三到什么地方去了，怎么不出来？"

她奇怪这声音很熟，又想不起是谁的声音，赶忙走出去，站在门边打望，才望到原来又是那个白脸的人，规规矩矩坐在那儿钓鱼。过细看了一下，却看见那个钓竿，原来是团总家管事先生的烟杆，一头还冒烟。

拿一根烟杆钓鱼，倒是极新鲜的事情，但身旁似乎又已经得到了许多鱼，所以三三非常奇怪。正想去告母亲，忽然管事先生也从那边走来。

好像又是那一天的那种情景，天上全是红霞，妈妈不在家，自己回来原是忘了把鸡关到笼子里，因此赶忙跑回来捉鸡的。如今碰到这两个人，管事先生同那白脸城里人，都站在那石礅子上，轻轻地在商量一件事情。这两人声音很轻，三三却听得出是一件关于不利于自己的行为。因为听到说这些话，又不能嗾人走开，又不能自己走开，三三就非常着急，觉得自己的脸上也像天上的霞一样。

那个管事先生装作正经人样子说："我们是来买鸡蛋的，要多少钱把多少钱。"

那个城里人，也像唱戏小生那么把手一扬，就说："你说错了，要多少金子把多少金子。"

三三因为人家用金子恐吓她，所以说："可是我不卖给你，不想你的钱。你搬你家大块金子来，到场上去买老鸦蛋吧。"

管事先生于是又说："你不卖行吗？别人卖的凤凰蛋我也不会稀罕。你舍不得鸡蛋为我做人情，你想想，妈妈以后写庚帖，还少得了管事先生吗？"

那城里人于是又说："向小气的人要什么鸡蛋，不如算了吧。"

三三生气似的大声说："就算我小气也行。我把鸡蛋喂虾米，也不卖给人！我们赌咒不羡慕别人的金子宝贝。你和别人去说金子，恐吓别人吧。"

可是两个人还不走，三三心里就有点着急，很愿意来一只狗向两个人扑去。正那么打量着，忽然从家里就扑出来一条大狗，全身是白色，大声汪汪地吠着，从自己身边冲过去，凶凶地扑到两人身边去，即刻就把这两个恶人冲落到水里去了。

于是溪里的水起了许多水花，起了许多大泡，管事先生露出一个光光的头在水面，那城里人则长长的头发，缠在贴近水面的柳树根上，情景十分有趣。

可是一会儿水面什么也没有了，原来那两个人在水里摸了许多鱼，上了岸，拍拍身上的水点，把鱼全拿走了。

三三想去告给妈妈，一滑就跌下了。

刚才的事原来是做一个梦。母亲似乎是在灶房煮夜饭，因为听到三三梦里说话，才赶出来的。见三三醒了，摇着她问："三三，三三，你同谁吵闹？"

三三定了一会儿神，望妈妈笑着，什么也不说。

妈妈说："起来看看，我今天为你焖芋头吃。你去照照镜子，脸睡得一片红！"虽然依照母亲说的，去照了镜子，还是一句话不说。人虽早清醒，还记得梦里一切的情景。到后来又想起母亲说的同谁吵闹的话，才反去问母亲，究竟听到吵闹些什么话。妈妈自然不注意这些，说听不分明，三三也就不再问什么了。

直到吃饭时，妈妈还说到脸上睡得发红，所以三三就告给老人家先前做了些什么梦，母亲听来笑了半天。

第二次送鸡蛋去时，三三也去了。那时是下午，吃过饭后不久，两人进了团总家的大院子。在东边偏院里，看到城里来的那个客，正躺在廊下藤椅上，眺望天上飞的老鹰。管事的不在家，三三认得那个男子，不大好意思上前去，就让母亲过去，自己站在月门边等候。母亲上前去时节，三三又为出主意，要妈妈站在门边大声说"送鸡蛋的来了"，好让他知道。母亲自然什么都照三三主意做去。三三听到母亲说这句话，说到第三次，才引起那个白白脸庞的城里人注意，自己就又急又笑。

三三这时是站在月门外边的。从门罅里向里面窥看，只见到那白脸人站起身来又坐下去，正像梦里那种样子。同时就听到这个人同母亲说话，说起天气和别的事情，妈妈一面说话一面尽掉过头来望到

三三这时是站在月门外边的。从门罅里向里面窥看,只见到那白脸人站起身来又坐下去,正像梦里那种样子。

三三所在的一边。白脸人以为她就要走去了,便说:

"老太太,你坐坐,我同你说说话。"

妈妈于是坐下了,可是同时那白脸城里人也注意到那一面门边有一个人等候了,"谁在那里,是不是你的小姑娘?"

看到情形不好,三三就想跑。可是一回头,却望到管事先生站在身后,不知已站了多久。打量逃走自然是难办到的,到后就被拉着袖子,牵进小院子来了。

听到那个人请自己坐下,听到那个人同母亲说那天在溪边看见自己的情形,三三眼望另一边,傍到母亲身旁,一句话不说,巴不得即刻离开,可是想不出怎么就可以离开。

坐了一会儿,出来了一个穿白袍戴白帽装扮古怪的女人。三三先还以为是男子,不敢细细地望。后来听这女人说话,且看她站在城里人身旁,用一根小小白色管子塞进那白脸男子口里去,又抓了男子的手捏着,捏了好一会,拿一支好像笔的东西,在一张纸上写了些什么记号。那先生问:"多少'豆'?"就听到回答说:"'豆瘦'同昨天一样。"且因为另外一句话听到这个人笑,才晓得那是一个女人。这时似乎妈妈那一方面,也刚刚才明白这是一个女人,且听到说"多少'豆'",以为奇怪,所以两人互相望望,都抿着嘴笑了起来。

看到这母女生疏的情形,那白袍子女人也觉得好笑,就不即走开。

那白脸城里人说:"周小姐,你到这地方来一个朋友也没有,就同这个小姑娘做个朋友吧。她家有个好碾坊,在那边溪头,有一个动人的水车,前面一点还有一个好堰坝。你同她做朋友,就可到那儿去玩,还可以钓些鱼回来。你同她去那边林子里玩玩吧,要这小姑娘告你那些花名、草名。"

这周小姐就笑着过来,拖了三三的手,想带她走去。三三想不走,望到母亲,母亲却做样子努嘴要她去,不能不走。

可是到了那一边,两人即刻就熟了。那看护把关于乡下的一切,这样那样问了她许多。她一面答着,一面想问那女人一些事情,却找不出一句可问的话,只很稀奇地望到那一顶白帽子发笑。觉得好奇怪,怎么顶在头上不怕掉下来。

过后听母亲在那边喊自己的名字,三三也不知道还应当同看护告别,还应当说些什么话,只说"妈妈喊我回去,我要走了",就一个人忙忙地跑回母亲身边,同母亲走了。

母女两人回到路上走过了一个竹林,竹林里恰正当晚霞的返照,满竹林是金色的光。三三把一个空篮子戴在头上,扮作钓鱼翁的样子,同时想起团总家服侍病人那个戴白帽子的女人,就和妈妈说:

"娘,你看那个女人好不好?"

母亲说:"你说的哪一个女人?"

三三好像以为这答复是母亲故意装作不明白的样子,因此稍稍有点不高兴,向前走去。

妈妈在后面说:"三三,你说谁?"

三三就说:"我说谁,我问你先前那个女子,你还问我!"

母女两人回到路上走过了一个竹林,竹林里恰正当晚霞的返照,满竹林是金色的光。

"我怎么知道你是说谁?你说那姑娘,脸庞红红白白的,是说她吗?"

三三才停着了脚,等着她的妈。且想起自己无道理处,悄悄地笑了。母亲赶上了三三,推着她的背:"三三,那姑娘长得好体面,你说是不是?"

三三本来就觉得这人长得体面,听到妈妈先说,所以就故意说:"体面什么?人高得像一条菜瓜,也是体面!"

"人家是读过书来的,你没看她会写字吗?"

"娘,那你明天要她拜你做干娘吧。她读过书,娘,你近来只欢喜读书的。"

"人家是读过书来的,你没看她会写字吗?""娘,那你明天要她拜你做干娘吧。她读过书,娘,你近来只欢喜读书的。"

"嗨,你瞧你!我说读书好,你就生气。可是……你难道不欢喜读书的吗?"

"男人读书还好,女人读书讨厌咧。"

"你以为她讨厌,那我们以后讨厌她得了。"

"不,干吗说'讨厌她得了'?你并不讨厌她!"

"那你一人讨厌她好了。"

"我也不讨厌她!"

"那是谁该讨厌她?三三,你说。"

"我说,谁也不该讨厌她。"

母亲想着这个话就笑,三三想着也笑了。

三三于是又匆匆地向前走去。因为黄昏太美，三三不久又停顿在前面枫树下了，还要母亲也陪她坐一会，送那片云过去再走。母亲自然不会不答应的。两人坐在那石条子上，三三把头上的竹篮儿取下后，用手整理发辫，就又想起那个男人一样短短头发的女人。母亲说："三三，你用围裙揩揩脸，脸上出汗了。"三三好像没听到妈妈的话，眺望另一方，她心中出奇，为什么有许多人的脸，白得像茶花。她不知不觉又把这个话同母亲说了，母亲就说，这是他们称呼作"城里人"的理由，不必擦粉，脸也总是很白的。

三三说："那不好看。"母亲也说："那自然不好看。"三三又说："宋家的黑子姑娘才真不好看。"母亲因为到底不明白三三意思所在，拿不稳风向，所以再不敢插言，就只貌作留神地听着，让三三自己去做结论。

三三的结论就只是故意不同母亲意见一致，可是母亲若不说话时，自己就不须结论，也闭了口，不再作声了。

另外某一天，有人从大寨里挑谷子来碾坊的，挑谷子的男人走后，留下一个女人在旁边照料一切。这女人欢喜说白话，且不久才从六十里外一个寨上吃喜酒回来，有一肚子的故事、许多乡村消息，得和一个人说说才舒服，所以就拿来与碾坊母女两人说。母亲因为自己有一个女儿，有些好奇的理由，专欢喜问人家到什么地方吃喜酒，看见些什么体面姑娘，看到些什么好嫁妆。她还明白，照例三三也愿意听这些故事。所以就向那个人，问了这样又问那样，要那人一五一十说出来。

三三却静静地坐在一旁，用耳朵听着，一句话不说。有时说的话那女人以为不是女孩子应当听的，声音较低时，三三就装作毫不注意的神气，用绳子结连环玩，实际上仍然听得清清楚楚。因为听到些怪话，三三忍不住要笑了，却扭过头去悄悄地笑，不让那个长舌妇人注意到。

到后那两个老太太,自然而然就说到团总家中的来客,且说及那个白袍白帽的女人了。那妇人说她听人说,这白帽白袍女人,是用钱雇来的,雇来照料那个先生,好几两银子一天。但她却又以为这话不十分可靠,她以为这人一定就是城里人的少奶奶,或者小姨太太。

三三的妈妈意见却同那人的恰恰相反,她以为那白袍女人,绝不是少奶奶。

那妇人就说:"你怎么知道不是少奶奶?"

三三的妈说:"怎么会是少奶奶?"

三三则把客人带到溪下游一点有水车的地方去,玩了好一阵,在水边摘了许多金针花……

那人说:"你告诉我些道理。"

三三的妈说:"自然有道理,可是我说不出。"

那人说:"你又看不见,你怎么会知道?"

三三的妈说:"我怎么看不见?……"

两人争着不能解决,又都不能把理由说得完全一点,尤其是三三的母亲,又忘记说是听到过那一位喊叫过"周小姐"的话,用来做证据。三三却记到许多话,只是不高兴同那个妇人去说,所以三三就用别种的方法打乱了两人不能说清楚的问题。三三说:"娘,莫争这些闲事情,帮我洗头吧,我去热水。"

到后那妇人把米碾完挑走了。把水热好了的三三,坐在小凳上一面解散头发,一面带着抱怨神气向她娘说:

"娘,你真奇怪,欢喜同那老婆子说空话。"

"我说了些什么空话?"

"人家媳妇不媳妇,管你什么事!"

…………

母亲想起什么事来了,抿着口痴了半天,轻轻地叹了一口气。

过几天,那个白帽白袍的女人,却同寨子里一个小女孩子到碾坊来玩了。玩了大半天,说了许多话。妈妈因为第一次有这么一个稀客,所以走出走进,只想杀一只肥母鸡留客吃饭,但又不敢开口,所以十分为难。

三三则把客人带到溪下游一点有水车的地方去,玩了好一阵,在水边摘了许多金针花,回来时又取了钓竿,搬个矮脚凳子,到溪边去陪白帽子女人钓鱼。

溪里的鱼好像也知道凑趣。那女人一根钓竿,一会儿就得了四条大鲫鱼,使她十分欢喜。到后应当回去了,女人不肯拿鱼回去,母亲可不答应,一定要她拿去。并且听白帽子女人说南瓜子好吃,又另外取了一口袋的生瓜子,要同来的那个小女孩代为拿着。

再过几天,那白脸人同管事先生也来钓了一次鱼,又拿了许多礼物回去。

再过几天,那病人却同女人一块儿来了,来时送了一些用瓶子装的糖,还送了些别的东西,使得主人不知如何措置手脚。因为不敢留这两个人吃饭,所以到临走时,三三母亲还捉了两只活鸡,一定要他们带回去。两人都说留到这里生蛋,用不着捉去,还不行。到后说等下一次来再杀鸡,那两只鸡才被开释放下了。

自从这两个客人到来后,碾坊里有点不同过去的样子,母女两人说话,提到"城里"的事情就渐渐多了。城里是什么样子,城里有些什么好处,两人本来全不知道。两人只从那个白脸男子、白袍女人的神气,以及平常从乡下人听来的种种,作为想象的根据,摹拟到城里的一切景况,都以为城里是那么一种样子:有一座极大的用石头垒就的城,这城里就竖了许多好房子。每一栋好房子里面住了一个老爷同一群少爷。每一个人家都有许多成天穿了花绸衣服的女人,装扮得同新娘子一样,坐在家里,什么事也不必做。每一个人家,房子里一定还有许多跟班同丫头,跟班的坐在大门前接客人的名片,丫头便为老爷剥莲心,去燕窝毛。城里一定有很多条大街,街上全是车马。城里有洋人,脚杆直直的,就在大街上走来走去。城里还有大衙门,许多官都如"包龙图"一样,威风凛凛,一天审案到夜,夜了还得点了灯审案。虽有一个包大人,坏人还是数不清。城里还有好些铺子,卖的是各样稀奇古怪的东西。城里一定还有许多大庙小庙,成天有人唱戏,成天也有人看戏。看戏的全是坐在一条板凳上,一面看戏一面剥黑瓜子。坏女人想勾引人就向人打瞟瞟眼。城门口有好些屠户,都长得胖墩墩的。城门口还有个王铁嘴,专门为人算命打卦。

这些情形自然都是实在的。这想象中的都市,像一个故事一样动人,保留在母女两人心上,却永远不使两人痛苦。她们在自己习惯生

活中得到幸福，却又从幻想中得到快乐，所以若说过去的生活是很好的，那到后来可说是更好了。

但是，从另外一些记忆上，三三的妈妈却另外还想起了一些事情，因此有好几回同三三说话到城里时，却忽然又住了口不说下去。三三询问这是什么意思，母亲就笑着，仿佛意思就只是想笑一会儿，什么别的意思也没有。

三三可看得出母亲笑中有原因，但总没有方法知道这另外原因究竟是什么。或者是妈妈预备要搬到城里，或者是做梦到过城里，或者是因为三三长大了，背影子已像一个新娘子了，妈妈惊讶着，这些躲在老人家心上一角儿的事可多着呐。三三自己也常常发笑，且不让母亲知道那个理由。每次到溪边玩，听母亲喊"三三你回来吧"，三三一面走一面总轻轻地说："三三不回来了，三三永不回来了。"为什么说不回来，不回来又到什么地方去落脚，三三并不曾认真打量过。

有时候两人都说到前一晚上梦中去过的城里，看到大衙门大庙的情形，三三总以为母亲到的是一个城里，她自己所到又是一个城里。城里自然有许多，同寨子差不多一样，这个三三老早就想到了的。三三所到的城里一定比母亲那个还远一点，因为母亲凡是梦到城

每次到溪边玩，听母亲喊"三三你回来吧"，三三一面走一面总轻轻地说："三三不回来了，三三永不回来了。"

里时,总以为同团总家那堡子差不多,只不过大了一点,却并不很大。三三因为听到那白帽子女人说过,一个城里看护至少就有两百,所以她梦到的,就是两百个白帽子女人的城里!

妈妈每次进寨子送鸡蛋去,总说他们问三三,要三三去玩,三三却怪母亲不为她梳头。但有时头上辫子很好,却又说应当换干净衣服才去。一切都好了,三三却常常临时又忽然不愿意去了。母亲自然是不强着三三的。但有几次母亲有点不高兴了,三三先说不去,到后又去;去到那里,两人却都很快乐。

人虽不去大寨,等待妈妈回来时,三三总很愿意听听说到那一面的事情。母亲一面说,一面注意三三的眼睛,这老人家懂得到一点三三心事。她自己以为十分懂得三三,所以有时话说得也稍多了一点。譬如关于白帽子的女人如何照料白脸男子那一类事,母亲说时总十分温柔,同时看三三的眼睛,也照样十分温柔。于是,这母亲,忽然又想到了远远的什么一件事,不再说下去;三三也想到了另外一件事,不必妈妈说话了。母女二人就沉默了。

寨子里人有次又过碾坊来了,来时三三已出到外边往下溪水车边采金针花去了。三三回碾坊时,望见母亲同那个人商量什么似的在那里谈话,一见到三三,就笑着什么也不说。三三望望母亲的脸,从母亲脸上颜色,她看出像有些什么事,很有点蹊跷。

那人一见三三就说:"三三,我问你,怎么不到堡子里去玩,有人等你!"

三三望望自己手上那一把黄花,头也不抬说:"谁也不等我。"

"你的朋友等你。"

"没有人是我的朋友。"

"一定有人!想想看,有一个人!"

"你说有就有吧。"

"你今年几岁,是不是属龙的?"

三三望望自己手上那一把黄花，头也不抬说："谁也不等我。"

三三对这个谈话觉得有点古怪，就对妈妈看着，不即作答。

"你不说我也知道，你妈妈还刚刚告我，四月十七，你看对不对？"

三三心想，四月十七、五月十八你都管不着，我又不稀罕你为我拜寿。但因为听说是妈妈告的，三三就奇怪，为什么母亲同别人谈这些话。她就对母亲把小小嘴唇撇了一下，怪着她不该同人说到这些。本来折的花应送给母亲，也不高兴了，就把花放在休息着的碾盘旁，跑出到溪边，拾石子打飘飘梭去了。

不到一会儿，听到母亲送那人出来了，三三赶忙用背对着大路，装作眺望溪对岸那一边牛打架的样子，好让他们走去。那人见三三在水边，却停顿到路上，喊三姑娘，喊了好几声，三三还故意不理会，又才听到那人笑着走了。

到了晚上，母亲因为见三三不大说话，与平时完全不同了，母亲说："三三，怎么，是不是生谁的气？"

三三口上轻轻地说"没有"，心里却想哭一会儿。

过两天，三三又似乎仍然同母亲讲和了，把一切事都忘掉了，可是再也不提到大寨里去玩，再也不提醒母亲送鸡蛋给人了。同时母亲那一面，似乎也因为了一件事情，不大同三三提到城里的什么，不说是应当送鸡蛋到大寨去了。

日子慢慢地过着，许多人家田间的新稻，为了好的日头同恰当的雨水，长出的禾穗全垂了头。有些人家的新谷已上了仓，有些人家摘着早熟的禾线，舂出新米各处送人尝新了。

因为寨子里那家嫁女的好日子快到了，搭了信来接母女两人过去陪新娘子。母亲正新给三三缝了一件葱绿布围裙，要三三去住两天。三三没有什么理由可以说不去，所以母女两人就带了些礼物到寨子里来了。到了那个嫁女的家里，按照一乡的风气，在女人未出阁以前，有展览妆奁的习惯，一寨子的女人都可来看，就见到了那个白帽子的女人。她因为在乡下除了照料病人就无什么事情可做，所以一个月来在乡下就成天同乡下女人玩玩，如今随同别的女人来看嫁妆，碰到了三三母女两人。

一见面，这白帽子女人便用城里人的规矩，怪三三母亲，问为什么多久不到总爷家里来看他们；又问三三，为什么忘了她。这母女两人自然什么也不好说，只按照一个乡下人的方法，望着略显得黄瘦了的白帽子女人笑着。后来这白帽子的女人就告给三三妈妈，说病人的病还不怎么好，城里医生来了一次，以为秋天还要换换地方，预备八月里回城去，再要到一个顶远的有海的地方去养息。因为不久就要走了，所以她自己同病人，都很想念母女两人，和那个小小碾坊。

这白帽子女人又说，曾托过人带信要她们来玩的，不知为什么她们不来。又说，她很想再来碾坊那小潭边钓鱼，可是因为天气热了一点，不好出门。

这白帽子女人，看见三三的新围裙，裙上还扣了朵小花，式样秀美，充满了一种天真的妩媚，就说：

"三三，你这个围腰真美，妈妈自己做的是不是？"

三三却因为这女人一个月以来脸晒红多了，就只望着这个人的红脸好笑,笑中包含了一种纯朴的友谊。

母亲说:"我们乡下人,要什么讲究东西,只要穿得上身就好了。"因为母亲的话不大实在,三三就轻轻地接下去说:"可是改了三次。"

那白帽子女人听到这个话,向母女笑着:"老太太你真有福气,做你女儿的也真有福气。"

"这算福气吗?我们乡下人,哪里比得城里人好。"

因为有两个人正抬了一盒礼物过去,三三追上前想看看是什么时,白帽子女人望着三三的背影:"老太太,你三姑娘陪嫁的,一定比这家还多。"

母亲也望那一方说:"我们是穷人,姑娘嫁不出去的。"

这些话三三都听到,所以看完了那一抬礼,还不即过来。

说了一阵话,白帽子女人想邀母女两人讲寨子里去看看病人,母亲见三三神气有点不高兴,同时且想起是空手,乡下人照例又不好意思空手进人家大门,所以就答应过两天再去。

又过了几天,母女二人在碾坊,因为谈到新娘子敷水粉的事情,想起白帽子女人的脸,一到乡下后就晒红了许多的情形,且想起那天曾答应人家的话了,所以妈妈问三三,什么时候高兴去寨子里看"城里人"。三三先是说不高兴,到后又想了一下,去也不怎么要紧,就答应母亲,不拘哪一天去都行。既然不拘什么时候,那么,自然第二天就可以去了。

因为记起那白帽子女人说的话,很想来碾坊玩,故三三要母亲早上同去,好就便邀客来,到了晚上再由三三送客回去。母亲则因为想到前次送那两只鸡,客人答应了下次来吃,所以还预备早早地回来,好杀鸡款客。

一早上,母女两人就提了一篮鸡蛋,向大寨走去。过桥,过竹林,过小小山坡,道旁露水还湿湿的。金铃子像敲钟一样,叮叮地从草里发出声音来，喜鹊喳喳地叫着从头上飞过去。母亲走在三三的后面，看到三三苗条如一根笋子，拿着棍儿一面走一面打道旁的草，记起从前团总家管事先生问过她的话，不知道究竟是什么意思。又想到几天以前，白帽子女人说及的话，就觉得这些从三三日益长大快要发生的事情，不知还有许多。

她零零碎碎就记起一些属于别人的印象来了……一顶凤冠，用珠子穿好的，搁到谁的头上？二十抬贺礼，金锁金鱼，这是谁？……床上撒满了花，同百果、莲子、枣子，这是谁？……这是谁？……那三三是不是城里人？……

若不是滑了一下，向前一蹿，这梦还不知如何放肆做下去。

因为听妈妈口上连作呸呸，三三才回过头来："娘，你怎么？想些什么？差点儿把鸡蛋篮子也摔了。你想些什么？"

"我想我老了，不能进城去看世界了。"

"你难道欢喜城里吗？"

"你将来一定是要到城里去的！"

"怎么一定？我偏不上城里去！"

"那自然好极了。"

两人又走着，三三忽然又说："娘，娘，为什么你说我要到城里去？你怎么个想起这件事？"

母亲忙分辩说："你不去城里，我也不去城里。城里天生是给城里人预备的；我们有我们的碾坊，自然不会离开的。"

不到一会儿，就望到大寨那门楼了，门前有许多大榆树和梧桐。两人进了寨门向南走，快要走到时，就望见榆树下面，有许多人站立，好像在看热闹，其中还有些人，忙手忙脚地搬移一些东西，看情形一定是发生了什么事情，或者来了远客，或者还有别的原因。母女两人也不怎么出奇，依然慢慢地走过去。三三一面走一面说："莫非是衙门的委员来了？娘，我在这里等你，你先过去看看

有许多人站立,好像在看热闹,其中还有些人,忙手忙脚地搬移一些东西,看情形一定是发生了什么事情……

这时恰巧有个妇人抱了自己孩子向北走,预备回家,看见三三了,就问:"三三,怎么你这样早,有些什么事?"

吧。"妈妈随随便便答应着,心里觉得有点蹊跷,就把篮子放下,要三三等着,自己赶上前去了。

这时恰巧有个妇人抱了自己孩子向北走,预备回家,看见三三了,就问:"三三,怎么你这样早,有些什么事?"但同时却看到了三三篮里的鸡蛋了,"三三,你送谁的礼呢?"

三三说:"随便带来的。"因为不想同这人说别的话,于是低下头去,用手盘弄那个盘云的葱绿围腰扣子。

那妇人又说:"你妈呢?"

三三还是低着头用手向南方指着："过那边去了。"

那女人说："那边死了人。"

"是谁死了？"

"就是上个月从城中搬来养病的少爷。只说是病，前一些日子还常常出外面玩，谁知忽然犯病就死了。"

三三听到这个，心里一跳，心想，难道是真话吗？

这时节，母亲从那边也知道消息了，匆匆忙忙地跑回来，心门口咚咚跳着，脸儿白白的，到了三三跟前，什么话也不说，拉着三三就走。好像是告三三，又像是自言自语地说："就死了，就死了，真不像会死！"

但三三却立定了，问："娘，那白脸先生死了吗？"

"都说是死了的。"

"我们难道就回去吗？"

母亲想想："真的，难道就回去？"

因此母女两人又商量了一下，还是过去看看，好知道究竟是什么原因。三三且想见见那白帽子女人，找到白帽子女人一切就明白了。但一走进大门边，望见许多人站在那里，大门却敞敞地开着。两人又像怕人家知道他们是来送礼的，不敢进去。在那里就听到许多人说到这个病人的一切，说到那个白帽子女人，称呼她为病人的媳妇，又说到别的。都显然证明这些人并不和这两个城里人有什么熟识。

三三脸白白的，拉着妈妈的衣角，低声地说："娘，走。"两人于是就走了。

到了碾坊，因为有人挑了谷子来在等着碾米，母亲提着蛋篮子进去了。三三站立溪边，眼望一泓碧流，心里好像掉了什么东西。极力去记忆这失去的东西的名称，却数不出。

母亲想起三三了，在里面喊着三三的名字，三三说："娘，我在

三三站立溪边,眼望一泓碧流,心里好像掉了什么东西。极力去记忆这失去的东西的名称,却数不出。

看虾米呢。"

"来把鸡蛋放到坛子里去,虾米在溪里可以成天看!"因为母亲那么说着,三三只好进去了。水闸门的闸板已提起,磨盘正开始在转动,母亲各处找寻油瓶,为碾盘轴木加油。三三知道那个油瓶挂在门背后,却不作声,尽母亲乱乱地各处去找。三三望着那篮子,就蹲到地下去数篮里的鸡蛋,数了半天。后来碾米的人问为什么那么早拿鸡蛋到别处去,送谁。三三好像不曾听到这个话,站起身来又跑出去了。

一九三一年八月写成于青岛

一九四一年十一月在昆明重看

一九五七年三月校正

逃的前一天

　　秋天来溪水清个透亮，活活地流，许多小虾子脚攀着一根草，在浅水里游荡，有时又躬着个身子一弹，远远地弹去，好像很快乐。

贵生

贵生在溪沟边磨他那把镰刀,锋口磨得亮堂堂的。手试一试刀锋后,又向水里随意砍了几下。秋天来溪水清个透亮,活活地流,许多小虾子脚攀着一根草,在浅水里游荡,有时又躬着个身子一弹,远远地弹去,好像很快乐。贵生看到这个也很快乐。天气极好,正是城市里风雅人所说"秋高气爽"的季节;贵生的镰刀如用得其法,也就可以过一个有鱼有肉的好冬天。秋天来,遍山土坎上芭茅草开着白花,在微风里轻轻地摇,都仿佛向人招手似的说:"来,割我,有力气的大哥,趁天气好磨快了你的刀,快来割我,挑进城里去,八百钱一担,换半斤盐好,换一斤肉也好,随你的意!"贵生知道这些好处。并且知道十担草就能够换个猪头,揉四两盐腌起来,十天半月后,那对猪耳朵,也够下酒两三次!一个月前打谷子时,各家田里放水,人人用鸡笼在田里罩肥鲤鱼,贵生却磨快了他的镰刀,点上火把,半夜里一个人在溪沟里砍了十来条大鲤鱼,全用盐揉了,挂在灶头用柴烟熏得干干的。现在磨刀,就准备割草,挑上城去换年货,正像俗话说的:两手一肩,快乐神仙。村子里住的人,因几年来城里东西样样贵,生活已大不如从前。可是一个单身汉子,年富力强,遇事肯动手,平时又不胡来乱为,过日子总还容易。

贵生住的地方离大城二十里,离张五老爷围子两三里。五老爷是当地财主员外,近边山坡田地大部分归五老爷管业,所以做田种地的人都和五老爷有点关系。五老爷要贵生做长工,贵生以为做长工不是住围子就得守山,行动受管束,不愿意。自己用镰刀砍竹子,剥树皮,搬石头,在一个小土坡下,去溪水不远处,借五老爷土地砌了一幢小房子,帮五老爷看守两个种桐子的山坡,作为借地住家的交换,住下来砍柴割草为生。春秋二季农事当忙时,有人要短工帮忙,他邻近五里无处不去帮忙(食量抵两个人,气力也抵两个人)。逢年过节村子里头行人捐钱扎龙灯上城去比赛,他必在龙头前斗宝,把个红布绣球舞得一团火似的,受人喝彩。春秋二季答谢土地,村中人合伙唱戏,他扮王大娘补缸匠、卖柴耙的程咬金。他欢喜喝一杯酒,可不同人酗酒打架。他会下盘棋,可不像许多人那样变成棋迷。间或也说句笑话,可从不用口角伤人。为人稍微有点子憨劲,可不至于出傻相。虽是个干穷人,可穷得极硬朗自重。有时到围子里去,五老爷送他一件衣服、一条裤子,或半斤盐。白受人财物他心中不安,必在另外一时带点东西去补偿。他常常进城去卖柴卖草,就把钱换点应用东西。城里住有个五十岁的老舅舅,给大户人家做厨子,不常往来,两人倒很要好。进城看望舅舅时,他照例带点礼物,不是一袋胡桃、一袋栗子,就是一只山上装套捕住的黄鼠狼,或是一只野鸡。到城里有时住在舅舅处,那舅舅晚上无事,必带他上河沿天后宫去看夜戏,消夜时还请他吃一碗牛肉面。

在乡下,远近几里村子上的人,都和他相熟,都欢喜他。他却乐意到离住处不远桥头一个小生意人铺子里去。那开杂货铺的老板是沅水中游浦市人,本来飘乡做生意,每月一次挑货物到各个村子里去和乡下人做买卖,吃的用的全卖。到后来看中了那个桥头,知道官路上往来人多,与其从城里打了货四乡跑,还不如在桥头安个家,一

贵生 151

头上长年裹一块长长的黑色绸绸首帕，把眉毛拔得细细的。一张口甜甜的，见男的必称大哥，女的称嫂子，待人特别殷勤。

面做各乡生意，一面搭个亭子给过路人歇脚，就近做过路人买卖。因此就在桥头安了家。住处一定，把老婆和一个十三岁的小女孩也接来了。浦市人本来为人和气，加之几年来与附近各村子各大围子都有往来，如今来在桥头开铺子，生意发达是很自然的。那老婆照浦市人中年妇女打扮，头上长年裹一块长长的黑色绸绸首帕，把眉毛拔得细细的。一张口甜甜的，见男的必称大哥，女的称嫂子，待人特别殷勤。因此不到半年，桥头铺子不特成为乡下人买东西地方，并且也成为乡下人谈天歇憩地方了。夏天桥头有三株大青树，特别凉爽，无事躺到树下睡睡，风吹得一身舒泰。冬天铺子里土地上烧的是大树根和油枯饼，火光熊熊——真可谓无往不宜。

贵生和铺子里人大小都合得来，手脚又勤快，几年来，那杂货铺老板娘待他很好，他对那个女儿也很好。山上多的是野生瓜果，栗子、榛子不出奇，三月里他给她摘大莓，六月里送她地枇杷，八九月里还有出名当地、样子像干海参、瓢白如玉如雪的八月瓜，尤其逗那女孩子欢喜。女孩子名叫金凤。那老板娘一年前因为回浦市去吃喜酒，害蛇钻心病死掉了，随后杂货铺补充了个毛伙，全身无毛病，只因为性情活跳，取名叫作"癞子"。

贵生不知为什么总不大欢喜那癞子，两人谈话常常顶板，癞子却老是对他嘻嘻笑。贵生说："癞子，你若在城里，你是流氓；你若在书上，你是奸臣。"癞子还对他笑。贵生不欢喜癞子，那原因谁也不明白，杂货铺老板倒知道，因为贵生怕癞子招郎上门，从帮手改成驸马。

贵生其时正在溪水边想癞子会不会做"卖油郎"，围子里有人搭口信来，说五爷要贵生去看看南山坡的桐子熟了没有，看过后去围子里回话。

贵生听了信，即刻去山上看桐子。

贵生上了山，山上泥土松松的。树根蓬草间，到处有秋虫鸣叫。一下脚，大而黑的油蛐蛐、小头尖尾的金铃子各处乱蹦。几个山头看了一下，只见每株树枝都被饱满坚实的桐木油果压得弯弯的；好些已落了地，山脚草里到处都是。因为一个土塍上有一片长藤，上面结了许多颜色乌黑的东西，一群山喜鹊喳喳地叫着，知道八月瓜已成熟了，赶忙跑过去。山喜鹊见人来就飞散了。贵生把藤上八月瓜全摘下来，装了半斗笠，带回去打量捎给桥头金凤吃。

贵生看过桐子回到家里，晚半天天气还早，就往围子去禀告五爷。

到围子时，见院子里搁了一顶轿子，几个脚夫正闭着眼蹲在石碌碡上吸旱烟管。贵生一看知道城里来了人，转身往仓房去找鸭毛伯

"一个月七块六,伙食三块三除外还剩多少?不剃头,不缝衣,留下钱来一年还不够玩一次,我的伯伯,你就让我胡闹,我从哪里闹起!"

伯。鸭毛伯伯是五老爷围子里老长工,每天坐在仓房边打草鞋。仓房不见人,又转往厨房去,才见着鸭毛伯伯正在小桌边同几个城里来的年青伙子坐席,用大提子从黑色瓮缸里舀取烧酒,煎干鱼下酒。见贵生来就邀他坐下,参加他们的吃喝。原来新到围子的是四爷,刚从河南任上回城,赶来看五爷,过几天又得往河南去。几个人正谈到五爷和四爷在任上的种种有趣故事。

一个从城里来的小秃头,老军务神气,一面笑一面说:

"人说我们四老爷实缺骑兵旅长是他自己玩掉的。一个人爱玩,衣禄上有一笔账目,不玩见阎王销不了账,死后下一生还是玩。上年军队扎在汝南,一个月他玩了八个,把那地方尖子货全用过了,还说:'这是什么鬼地方,女人都是尿脬做成的,要不得。一身白得像灰面,松塌塌的,一点儿无意思,还装模作态,这样那样。'你猜猜他花多少钱?四十块一夜,除王八外快不算数。你说,年青人出外胡闹不得,我问你,你我哥子们想胡闹,成不成?一个月七块六,伙食三块三除外还剩多少?不剃头,不缝衣,留下钱来一年还不够玩一次,我的伯伯,你就让我胡闹,我从哪里闹起!"

另一高个儿将爷说:

"五爷人倒好,这门路不像四爷乱花钱。玩也玩得有分寸,一百八十随手撒,总还定个数目。"

鸭毛伯伯说:

"牛肉炒韭菜,各人心里爱。我们五爷花姑娘弄不了他的钱,花骨头可迷住了他。往年同老太太在城里住,一夜输二万八,头家跟五爷上门来取话。老太太爱面子,怕五爷丢丑,以后见不得人,临时要我们从窖里挖银子,元宝一对一对刨出来,点数给头家。还清了债,笑着向五爷说:'上当学乖,下不为例。手气不好,莫下注给人当活元宝啃,说张家出报应!'"

"别人说老太太是怄气病死的。"

"可不是!花三万块钱挣了一个大面子,再有涵养也不能不心疼!明明白白五爷上了人的当,哑子吃黄连,怎不生气?一包气闷在心中,病了四十天,完了,死了。"

"可是五爷为人有孝心,老太太死时,他办丧事做了七七四十九天道场,花了一万六千块钱,谁不知道这件事!都说老太太心好命好,活时享受不尽,死后还带了万千元宝锞子,四十个丫头老妈子照管箱笼,服侍她老人家一路往西天,热闹得比段老太太出丧还人多,执事挽联一里路长。有个孝子尽孝,死而无憾。"

鸭毛伯伯说:"五爷怕人笑话,所以做面子给人看。因为老太太生前爱面子,五爷又是过房的;一过来就接收偌大一笔产业。老太太如今归天了,五爷花钱再多也应该。花了钱,不特老太太有面子,五爷也有面子。人都以为五爷傻,他才真不傻!若不是花骨头迷心,他有什么可愁的!"

"不多久,在城里听说又输了五千。后来想冲一冲晦气,要在潇湘馆给那南花湘妃挂衣,六百块钱包办一切,还是四爷帮他同那老婊子办好交涉的。不知为什么,五爷自己临时又变卦,去美孚洋行打那三抬一的字牌,一夜又输八百。六百给那'花王'开苞他不干,倒花八百去熬一夜，坐一夜三顶拐轿子，完事时让人开玩笑说：'谢谢五爷送礼。'真气坏了四爷。"

"花脚狗不是白面猫，这些人都各有各的脾气。银子到手哗啦哗啦花，你说莫花，这哪成！这些人一事不做偏偏就有钱，钱财像命里带来的。命里注定它要来，门板挡不住；命里注定它要去，索子链子缚不住。王皮匠捡了锭银子，睡时搂在怀里睡，醒来银子变泥巴。你说怪不怪？你我是穷人，和什么都无缘，就只和酒有点缘分。我们喝完了这碗酒，再喝一碗吧。贵生，同我们喝一碗，都是哥子弟兄，不要拘拘泥泥。"

贵生不想喝酒，捧了一大包板栗子，到灶边去，把栗子放在热灰里煨栗子吃。且告给鸭毛伯伯，五爷要他上山看桐子，今年桐子特别好，过三天就是白露，要打桐子也是时候了。哪一天打，定下日子，他好去帮忙。看五爷还有不有话吩咐，无话吩咐，他回家了。

鸭毛伯伯去见五爷禀白："溪口的贵生已经看过了桐子，山向阳，今年霜降又早，桐子全熟了，要捡桐子差不多了。贵生看五爷还有什么话吩咐。"

五爷正同城里来的四爷谈卜术相术，说到城里中街一个杨半痴，如何用哲学眼光推人流年吉凶和命根贵贱，信口开河，连福音堂洋人也佩服得了不得。五爷说得眉飞色舞，听说贵生来了，就要鸭毛叫贵生进来有话说。

贵生进院子里时，担心把五爷地板弄脏，赶忙脱了草鞋，赤着脚去见五爷。

五爷说："贵生，你看过了我们南山桐子吗？今年桐子好得很，城里油行涨了价，挂牌二十二两三钱，上海汉口洋行都大进。报上说欧洲整顿海军，预备世界大战，买桐油油大战舰，要的油多。洋毛子欢喜充面子，不管国家穷富，军备总不愿落人后。仗让他们打，我们中国可以大发洋财！"

贵生说:"五爷,您老说明天就明天,我家里烧了茶水,等五爷、四爷累了歇个脚。没有事我就走了。"

贵生一点不懂五爷说话的意思,只是带着一点敬畏之忱站在堂屋角上。

鸭毛伯伯说:"五爷,我们什么时候打桐子?"

五爷笑着:"要发洋财得赶快,外国人既然等着我们中国桐油油船打仗,还不赶快一点?明天打后天打都好。我要自己去看看,就便和四爷打两只小毛兔玩。贵生,今年山上兔子多不多?趁天气好,明天去吧。"

贵生说:"五爷,您老说明天就明天,我家里烧了茶水,等五爷、四爷累了歇个脚。没有事我就走了。"

五爷说："你回去吧。鸭毛，送他一斤盐、两斤片糖，让他回家。"

贵生谢了谢五爷，正转身想走出去，四爷忽插口说："贵生，你成了亲没有？"一句话把贵生问得不知如何回答，望着这退职军官私欲过度的瘦脸，把头摇着，只是好笑。他心中想起几句流行的话语："婆娘婆娘，磨人大王，磨到三年，嘴尖尾巴长。"

鸭毛接口说："我们劝他看一门亲事，他怕被人迷住了，不敢办这件事。"

四爷说："贵生，你怕什么？女人有什么可怕？你那样子也不是怕老婆的。我和你说，看中了什么人，尽管把她弄进屋里来。家里有个婆娘，对你有好处，你不明白？尽管试试看，不用怕。"

贵生因为记起刚才在厨房里几个人的谈话，所以轻轻地说："一个人有一个人的衣禄，勉强不来。"随即同鸭毛走了。

四爷向五爷笑着说："五爷，贵生相貌不错，你说是不是？"

五爷说："一个大憨子，讨老婆进屋，我恐怕他还不会和老婆做戏！"

贵生拿了糖和盐回家，绕了点路过桥头杂货铺去看看。到桥头才知道当家的已进城办货去了，只剩下金凤坐在酒坛边纳鞋底，见了贵生，很有情致地含着笑看了他一眼，表示欢迎。贵生有点不大自然，站在柜前摸出烟管打火镰吸烟，借此表示从容："当家的快回来了？"

金凤说："贵生，你也上城了吧，手里拿的是什么？"

"一斤盐、两斤糖，五老爷送我的。我到围子里去告他们打桐子。"

"你五老爷待人可好。"

"城里四老爷也来了，还说明天要来山上打兔子。"贵生想起四

只剩下金凤坐在酒坛边纳鞋底，见了贵生，很有情致地含着笑看了他一眼，表示欢迎。

爷先前说的一番话，咕咕地笑将起来。

金凤不知什么好笑，问贵生："四爷是个什么样人物？"

"一个大军官，听说做过军长、司令官。一生就是欢喜玩，把官也玩掉了。"

"有钱的总是这样过日子，做官的和开铺子的都一样。我们浦市源昌老板，十个大木簰从洪江放到桃源县，一个夜里这些木簰就完了。"

贵生知道这是个老故事，所以说："都是女人。"

金凤脸绯红，向贵生瞅着，表示抗议："怎么，都是女人！你见过多少女人！女人也有好有坏，和你们男子一样，不可一概而论！"

"我不是说你！"

"你们男子才真坏！什么四老爷、五老爷，有钱就是大王，糟蹋人，不当数。……"

其时，正有三个过路人，过了桥头到铺子前草棚下，把担子从肩上卸下来，取火吸烟，看有什么东西可吃。买了一碗酒，三人共同用苞谷花下酒。贵生预备把话和金凤接下去，不知如何说好。三个人不即走路，他就到桥下去洗手洗脚。过一阵走上来时，见三人正预备动身，其中一个顶年青的，打扮得像个玩家，很多情似的，向金凤瞟着个眼睛，只是笑。掏钱时故意露出衣下扣花抱肚上那条大银链子，并且自言自语说："银子千千万，难买一颗心。易求无价宝，难得有情郎。"话是有意说给金凤听的。三人走后，金凤低下头坐在酒坛上出神，一句话不说。贵生想把先前未完的话接续说下去，无从开口。

到后看天气很好，方说："金凤，你要栗子，这几天山上油板栗全爆了口。我前天装了个套机，早上去看，一只松鼠正拱起个身子，在那木板上嚼栗子吃，见我来了不慌不忙地一溜跑去，真好笑。你明天去捡栗子吧，地下多的是！"

金凤不答理他，依然为刚才过路客人几句轻薄话生气。贵生不大明白，于是又说："你记不记得，有一年在我沙地上偷栗子，不是跑得快，我会打断你的手！"

金凤说："我记得我不跑。我不怕你！"

贵生说："你不怕我，我也不怕你！"

金凤笑着："现在你怕我。……"

贵生好像懂得金凤话中的意思，向金凤眯眯笑，心里回答说："我一定不怕。"

毛伙割了一大担草回来了，一见贵生就叫唤："贵生，你不说上山割草吗？"

贵生不理会，却告给金凤，在山上找得一大堆八月瓜，她想要，明天自己到家去拿；因为明天打桐子，他得上山去帮忙，五爷、四爷又说要来赶兔子，恐怕没空闲。

贵生走后，毛伙说："金凤，这憨子，人大空心小，实在。"

金凤说："你莫乱说，他生气时会打扁你。"

毛伙说："这种人不会生气。我不是锡酒壶，打不扁。"

忽然一个年青女人在篱笆边叫唤贵生,声音又清又脆。贵生赶忙跑出去,一会儿又进来,抱了那堆八月瓜走了。

  第二天,天一亮,贵生带了他的镰刀上山去。山脚雾气平铺,犹如展开一片白毯子,越拉越宽,也越拉越薄。远远地看到张家大围子嘉树成荫,几株老白果树向空挺立,更显得围子里正是家道兴旺。一切都像浮在云雾上头,缥缈而不固定。他想围子里的五爷、四爷,说不定还在睡觉做梦,梦里也是五魁八马、白板红中!
  可是一会儿田塍上就有马项铃晃啷晃啷响,且闻人语嘈杂,原来五爷、四爷居然赶早都来了,贵生慌忙跑下坡去牵马。来的一共是十二个男女长工、四个跟随，还有几个围子里捡荒的小孩子。大家一到地，即刻就动起手来，从山顶上打起，有的爬树，有的在树下用竹竿巴巴地打，草里泥里到处滚着那种紫红果子。

四爷五爷看了一会儿，也各捞着一根竹竿子打了几下，一会会就厌烦了，要贵生引他们到家里去。家中灶头锅里的水已沸腾，鸭毛给四爷、五爷冲茶喝。四爷见屋角斗笠里那一堆八月瓜，拿起来只是笑。

"五爷，你瞧这像个什么东西？"

"四爷，你真是孤陋寡闻，八月瓜也不认识。"

"我怎么不认识？我说它简直像……"

贵生因为预备送八月瓜给金凤，耳听到四爷口中说了那么一句粗话，心里不自在，顺口说道：

"四爷五爷欢喜，带回去吃吧。"

五爷取了一枚，放在热灰里煨了一会儿，捡出来剥去那层黑色硬壳，挖心吃了。四爷说那东西腻口、甜，不吃，却对于贵生家里一支钓鱼竿称赞不已。

四爷因此从钓鱼谈起，溪里、河里、江里、海里，以及北方芦田里钓鱼的方法如何不同，无不谈到。忽然一个年青女人在篱笆边叫唤贵生，声音又清又脆。贵生赶忙跑出去，一会儿又进来，抱了那堆八月瓜走了。

四爷眼睛尖，从门边一眼瞥见了那女的白首帕、大而乌光的发辫，问鸭毛女人是谁。鸭毛说："是桥头上卖杂货浦市人的女儿。那老板去年热天回娘家吃喜酒，在席面上害蛇钻心病死掉了，就只剩下这个小毛头，今年满十六岁，名叫金凤。其实真名字倒应当是'观音'！卖杂货的早已看中了贵生，又憨又强一个好帮手，将来会承继他的家业。贵生倒还拿不定主意，等风向转。真是白等。"

四爷说："老五，你真是宣统皇帝，住在紫禁城里傻吃傻喝，围子外民间疾苦什么都不知道。山清水秀的地方一定地贵人贤，为什么不……"

鸭毛搭口说："算命的说女人八字重，克父母，压丈夫，所以人都不敢动她。贵生一定也怕克。……"正说到这里，贵生回来了，脸庞红红的，想说一句话，可不知说什么好，只是搓手。

五爷说："贵生，你怕什么？"

贵生先不明白这句话意思所指，茫然答应说："我怕精怪。"

一句话引得大家笑将起来，贵生也不由得笑了。

几人带了两只瘦黄狗，去荒山上赶兔子，半天毫无所得。响午时又回转贵生家过午。五爷问长工今年桐子收多少，知道比往年好，就告给鸭毛，分三担桐子给贵生酬劳，和四爷骑了马回围子去了。回去本不必从溪口过身，四爷却出主张，要五爷同他绕点路，到桥头去看看。在桥头杂货铺买了些吃食东西，和那生意人闲谈了好一阵，也好好地看了金凤几眼，才转回围子。

回到围子里，四爷又嘲笑五爷，以为"在围子里做皇帝，真正是不知民间疾苦"。话有所指，五爷明白意思。

五爷说："四爷你真是，说不得一个人还从狗嘴里抢肉吃！"

左图：

五爷欢喜玩牌，自己老以为输牌不输理，每次失败只是牌运差，并非功夫不高。

右图：

日月交替，屋前屋后狗尾巴草都白了头在风里摇。大路旁刺梨一球球黄得像金子，早退尽了涩味，由酸转甜。

四爷在五爷肩头打了一掌说:"老五,别说了。我若是你,我就不像你,把一块肥羊肉给狗吃。你不看见:眉毛长,眼睛光,一只画眉鸟,打雀儿!"

五爷只是笑,再不说话。一个人有一个人的分定:五爷欢喜玩牌,自己老以为输牌不输理,每次失败只是牌运差,并非功夫不高。五爷笑四爷见不得女人,城市里大鱼大肉吃厌了,注意野味。

这方面发生的事情贵生自然全不知道。

贵生只知道今年多得了三担桐子,捡荒还可得两三担。家里有几担桐子沤在床底下,一个冬天夜里够消磨了。

日月交替,屋前屋后狗尾巴草都白了头在风里摇。大路旁刺梨一球球黄得像金子,早退尽了涩味,由酸转甜。贵生上城卖了十多回草,且卖了几篮刺梨给官药铺。算算日子,已是小阳春的十月了。天气转暖了一点，溪边野桃树有开花的。杂货铺一到晚上，毛伙就地烧一个树根，火光熊熊，用意像在向邻近住户招手，欢迎到桥头来，大家向火谈天。在这时节畜生草料都上了垛，谷粮收了仓，红薯也落了窖，正好是大家休息休息的时候，所以日里晚上都有人在那里。天气好时晚上尤其热闹，因为间或还有告假回家的兵士，和猴子坪大桐岔贩朱砂的客人，到杂货铺来述说省里新闻，天上地下摆龙门阵，说来无不令众人神往意移。

贵生到那里，照例坐在火旁不大说话，一面听他们说话，一面间或瞟金凤一眼。眼光和金凤眼光相接时，血行就似乎快了许多。他也帮杜老板做点小事，也帮金凤做点小事。落了雨，铺子里他是唯一客人时，就默默地坐在火旁吸旱烟，听杜老板在美孚灯下打算盘滚账，点数余存的货物。贵生心中的算盘珠也扒来扒去，且数点自己的家私。他知道城里的油价好，二十五斤油可换六斤棉花、两斤板盐。他今年有好几担桐子，真是一注小财富！年底鱼呀肉呀全有了，就只差个人。有时候那老板把账结清后，无事可做，便从酒坛间找出一本红纸面的文明历书，来念那些附在历书下的"酬世大全""命相神数"。一排到金凤的八字，必说金凤八字怪，斤两重，不是"夫人"就是"犯人"，克了娘不算过关，后来事情多。金凤听来只是抿着嘴笑，完全不相信这些斯文胡说。

或者正说起这类事，那杂货铺老板会突然向客人发问："贵生，你想不想成家？你要讨老婆，我帮你忙。"

贵生瞅着面前向上的火焰说："老板，你说真话假话？谁肯嫁我！"

"你要就有人。"

"我不相信。"

"谁相信天狗咬月亮？你尽管不信，到时天狗还是把月亮咬了，不由人不信。我和你说，山上竹雀要母雀，还自己唱歌去找。

你得留点心,学'归桂红,归桂红!''婆婆酒醉,婆婆酒醉归!'"

话把贵生引到路上来了,贵生心痒痒的,不知如何接口说下去,于是也学杜鹃叫了几声。

毛伙间或多插一句嘴,金凤必接口说:"贵生,你莫听癞子的话,他乱说。他说会装套捉狸子,捉水獭,在屋后边装好套,反把我那只小花猫捉住了。"金凤说的虽是毛伙,事实却在用毛伙的话,岔开那杜掌柜提出的问题。

半夜后,贵生晃着个火把走回家去,一面走一面想:卖杂货的也在那里装套,捉女婿。不由得咕咕笑将起来。一个存心装套,一个甘心上套,事情看来也就简单。困难不在人事在人心。贵生和一切乡下人差不多,心上多少也有那么一点儿迷信。女的脸儿红中带白,眉毛长,眼角向上飞,是个"克"相;不克别人得克自己,到十八岁才过关!金凤今年满十六岁。因这点迷信,他稍稍退后了一步,杂货商人装的套不灵,不成功了。可是一切风总不会老向南吹,终有个转向时。

有天落雨,贵生留在家里搓了几条草绳子,扒开床下沤的桐子看看,已发热变黑,就倒了半箩桐子剥,一面剥桐子,一面却想他的心事。不知哪一阵风吹换了方向,他忽然想起事情有点儿险。金凤长大了,心窍子开了,毛伙随时都可以变成金凤家的驸马。此外在官

"贵生,你莫听癞子的话,他乱说。他说会装套捉狸子,捉水獭,在屋后边装好套,反把我那只小花猫捉住了。"

路上来往卖猪攀乡亲的浦市客人，上贵州省贩运黄牛收水银的辰州客人，都能言会说，又舍得花钱，在桥头过身，机会好，有个见花不采？闪不知把女人拐走了，那才真是一个"莫奈何"！人总是人，要有个靠背，事情办好，大的小的就都有了靠背了。他想得自然简单一点、粗俗一点，但结论却得到了，就是"热米打粑粑，一切得趁早"，再耽误不得。风向真是吹对了。

他预备第二天上城去同那舅舅商量商量。

贵生进城去找他的舅舅。恰好那大户人家正办席面请客，另外请得有大厨师掌锅，舅舅当了二把手，在砧板上切腰花。他见舅舅事忙，就留在厨房帮同理葱剥豆子。到了晚上，把席面撤下时，已经将近二更，吃了饭就睡了。第二天那家主人又要办什么公公婆婆粥，桂圆莲子、鱼呀肉呀煮了一大锅，又忙了一整天，还是不便谈他的事情。第三天舅舅可累病了。贵生到测字摊去测个字，为舅舅拈的是一个"爽"字，自己拈了一个"回"字。测字的杨半仙说："人逢喜事精神

左图：
测字的杨半仙说："人逢喜事精神爽，若问病，有喜事病就会好。"

右图：
那舅舅听说有这种好事，岂有不快乐道理。……一听外甥有意接媳妇，且将和卖杂货的女儿成对，当然一下就决定了主意，把钱"投资"到这件事上来了。

爽，若问病，有喜事病就会好。"又说："'回'字'喜'字一半，'吉'字一半，可是'言'字也是一半。口舌多，要办的事赶早办好，迟了恐不成。"他觉得这个杨半仙的话满有道理。

回到舅舅病床边时，就说他想成亲了，溪口那个卖杂货的女儿身家正派，为人贤惠，可以做他的媳妇。她帮他喂猪割草好，他帮她推磨打豆腐也好。只要好意思开口，可拿定七八成。掌柜的答应了，有一点钱就可以趁年底圆亲。多一个人吃饭，也多一个人补衣捏脚，有坏处，有好处，特意来和舅舅商量商量。

那舅舅听说有这种好事，岂有不快乐道理。他连年积下了二十块钱，正拿不定主意，不知道把它预先买副棺木好，还是买几只小猪托人喂好。一听外甥有意接媳妇，且将和卖杂货的女儿成对，当然一

下就决定了主意，把钱"投资"到这件事上来了。

"你接亲要钱用，不必邀会，我帮你一点钱。"厨子起身把存款全部从床脚下砖土里掏出来后，就放在贵生手里，"你要用，你拿去用。将来养了儿子，有一个算我的小孙子，逢年过节烧三百钱纸，就成了。"

贵生吃吃地说："舅舅，我不要那么些钱，开铺子的不会收我财礼的！"

"怎么不要？他不要，你总得要。说不得一个穷光棍打虎吃风，没有吃时把裤带紧紧。你一个人草里泥里都过得去，两个人可不成！人都有个面子，讨老婆就得有本事养老婆、养孩子。不能靠桥头杜老板，让人说你吃裙带饭。钱拿去用，舅舅的就是你的！"

两人商量好了，贵生上街去办货物。买了两丈官青布、两丈白布、三斤粉条、一个猪头，又买了些香烛纸张，一共花了将近五块钱。东西办齐后，贵生高高兴兴带了东西回溪口。

出城时碰到两个围子里的长工，挑了箩筐进城，贵生问他们赶忙进城有什么要紧事。

一个长工说："五爷不知为什么心血来潮，派我们到城里'义胜和'去办货！好像接媳妇似的，开了好长一张单子，一来就是一大堆！"

贵生说："五爷也真是五爷，人好手松，做什么事都不想想。"

"真是的，好些事都不想想就做。"

"做好事就升天成佛，做坏事可教别人遭殃。"

长工见贵生办货不少，带笑说："贵生，你样子好像要还愿，莫非快要请我们吃喜酒了？"

另一个长工也说："贵生，你一定到城里发了洋财，买那么大一个猪头，会有十二斤吧？"

贵生知道两人是打趣他，半认真半说笑地回答道："不多不少，一个猪头三斤半,正预备焖好请哥们喝一杯!"

分手时一个长工又说:"贵生,我看你脸上气色好,一定有喜事不说,瞒我们。这不成的!哥子兄弟在一起,不能瞒!"几句话把贵生说得心里轻轻松松的,只是笑嚷着:"哪里,哪里,我才不会瞒人!"

贵生到晚上下了决心,去溪口桥头找杂货铺老板谈话。到那里才知道杜老板不在家,有事出门去了。问金凤父亲什么地方去了,什么时候回来,金凤却神气淡淡地说不知道。转问那毛伙,毛伙说老板到围子里去了,不知什么事情。贵生觉得情形有点怪,还以为也许两父女吵了嘴,老的斗气走了,所以金凤不大高兴。他依然坐在那条矮凳上,用脚去拨那地炕的热灰,取旱烟管吸烟。

毛伙忍不住忽然失口说:"贵生,金凤快要坐花轿了!"

贵生以为是提到他的事情,眼瞅着金凤说:"不是真事吧?"

金凤向毛伙盯了一眼:"癞子,你胡言乱说,我缝你的嘴!"

毛伙萎了下来,向贵生憨笑着:"当真缝了我的嘴,过几天要人吹唢呐可没人。"

贵生还以为金凤怕难为情,把话岔开说:"金凤,我进城了,在我那舅舅处住了三天。"

金凤低着个头,神气索寞地说:"城里可好玩!"

"我去城里有事情。我和我舅舅打商量……"他不知怎么把话说下去好,于是转口向毛伙,"围子里五爷又办货要请客人,什么大事!"

"不只请客……"

毛伙正想说下去,金凤却借故要毛伙去瞧瞧那鸭子栅门关好了没有。

坐下来,总像是冰锅冷灶似的。杜老板很久还不回来,金凤说话要理不理。贵生看风头不大对,话不接头。默默地吹了几筒烟,只好

逃的前一天

金凤在桥下洗衣……一条大而乌光辫子上簪了一朵小小红花，正低头捶衣。

走了。

回到家里从屋后搬了一个树根，捞了一把草，堆地上烧起来，捡了半箩桐子，在火边用小剜刀剥桐子。剥到深夜，总好像有东西咬他的心，可说不清楚是什么。

第二天正想到桥头去找杂货商人谈话，一个从围子里来的人告他说，围子里有酒吃，五爷纳宠，是桥头浦市人的女儿。已看好了日子，今晚进门，要大家煞黑前去帮忙，抬轿子接人！听到这消息，贵生好像头上被一个人重重地打了一闷棍，呆了半天转不过气来。

那人走后，他还不大相信，一口气跑到桥头杂货铺去，只见杜老板正在柜台前低着头用红纸封赏号。

那杂货铺商人一眼见是贵生，笑眯眯地招呼他说："贵生，你到什么地方去了？好几天不见你，我们还以为你做薛仁贵当兵去了。"

贵生心想："我还要当土匪去！"

杂货铺商人又说："你进城好几天，看戏了吧？"

贵生站在外边大路上结结巴巴地说："大老板，大老板，我有句话和你说。听人说你家有喜事，是真的吧？"

杜老板举起那些小包封说："你看这个。"一面只是笑，事情不言而喻。

贵生听桥下有捶衣声,知道金凤在桥下洗衣,就走近桥栏杆边去,看见金凤头上孝已撤除,一条大而乌光辫子上簪了一朵小小红花,正低头捶衣。贵生说:"金凤,你有大喜事,贺喜贺喜!"金凤头也不抬,停了捶衣,不声不响。贵生从神情上知道一切都是真的,自己的事情已完全吹了,完了。一切都完了。再说不出话。回到铺子里对那老板狠狠看了一眼,拔脚就走了。

晚半天,贵生依然到围子里去。

贵生到围子里时,见五老爷穿了件春绸薄棉袍子,外罩一件宝蓝缎子夹马褂,正在院子里督促工人扎喜轿,神气异常高兴。五爷一见贵生就说:"贵生,你来了,很好。吃了没有?厨房里去喝酒吧。"又说:"你生庚属什么?属龙晚上帮我抬轿子,过溪口桥头上去接新人。属虎属猫就不用去,到时避一避,不要冲犯!"

贵生呆呆怯怯地说:"我属虎,八月十五寅时生,犯双虎。"说后依然如平常无话可说时那么笑着,手脚无放处。看五爷分派人做事,扎轿杆的不当行,就走过去帮了一手忙。到后五爷又问他喝了没有,他不作声。鸭毛伯伯已换了一件新毛蓝布短衣,跑出来看轿子,见到贵生,就拉着他向厨房走。

厨房里有五六个长工坐在火旁矮板凳上喝酒,一面喝一面说笑。因为都是派定过溪口接亲的人,其中有个吹唢呐的,脸喝得红嘟嘟的,信口胡说:"杜老板平时为人慷慨大方,到那里时一定请我们吃城里带来的嘉湖细点,还有包封。"

另一个长工说:"我还欠他二百钱,记在水牌上,真怕见他。"

鸭毛伯伯接口打趣他:"欠的账那当然免了,你抬轿子小心点就成了。"

一个毛胡子长工说:"你们抬轿子,看她哭多远,过了大坳还像猫儿那么哭,要她莫哭了,就和她说:'大姐,你再哭,我就抬你回去!'她一定不敢再哭。"

"她还是哭你怎么样?"

"我们当真抬她回去。"

"将来怎么办?"

"再把她抬进围子里,可是不许她哭,要她哈哈大笑!"

"她不笑?"

"她不笑?我敢赌个手指头,她会笑的。"所有人都哄然大笑起来。

吹唢呐的会说笑话,随即说了一个新娘子三天回门的粗糙笑话,装成女子的声音向母亲诉苦:"娘,娘,我以为嫁过去只是服侍公婆,承宗接祖,你哪想到小伙子人小心子坏,夜里不许我撒尿!"大家更大笑不止。

贵生不作声,咬着下唇,把手指骨捏了又捏,看定那红脸长鼻子,心想打那家伙一拳。不过手伸出去时,却端了土碗,咕嘟嘟喝了大半碗烧酒。

几个长工打赌,有的以为金凤今天不会哭。有的又说会哭,还说看那一双水汪汪的眼睛,就是个会哭的相。正乱着,院中另外那几个扎轿子的也来到厨房,人一多话更乱了。

贵生见人多话多,独自走到仓库边小屋子里去。见有只草鞋还未完工,就坐下来搓草编草鞋。心里实在有点儿乱,不知道怎么好。身边还有十六块钱,紧紧地压在腰板上。他无头无绪想起一些事情。三斤粉条、两丈官青布、一个猪头,有什么用?五斛桐子送到姚家油坊去打油,外国人大船大炮到海里打大仗,要的是桐油。卖纸客人做眉弄眼,"易求无价宝,难得有情郎",有情郎就来了。四老爷一个月玩八个辫子货,还说妇人身上白得像灰面,无一点意思。你们做官的,总是糟蹋人!

看看天已快夜了。

院子里人声嘈杂,吹唢呐的大约已经喝个六分醉,把唢呐从厨

正屋里还点了蜡烛,挂了块红。住在围子里的佃户人家妇女小孩都站在院子里,等新人来看热闹。

房吹起,一直吹到外边大院子里去。且听人喊燃火把放炮动身,两面铜锣当当地响着,好像在说:"我们走,我们走,我们快走!"不一会儿,一队人马果然就出了围子向南走去了。去了许久还可听到一点接亲队伍在傍着小山坡边走去时,那唢呐呜咽声音。贵生过厨房去看看,只见几个佃户家临时找来帮忙的女人正在预备汤果,鸭毛伯伯见贵生就说:"贵生,我还以为你也去了。帮我个忙,挑几担水吧。等会儿还要水用。"

贵生担起水桶一声不响走出去。院子里烧了几堆油柴,正屋里还点了蜡烛,挂了块红。住在围子里的佃户人家妇女小孩都站在院子里,等新人来看热闹。贵生挑水走捷径必从大门出进,却宁愿绕路，从后门走。到井边挑了七担水，看看水平了缸，才歇手过灶边去烘草鞋。

阴阳生排八字，女的属鼠，宜天断黑后进门。为免得和家中人冲犯，凡家中命分上属大猫小猫，到轿子进门时都得躲开。鸭毛伯伯本来应当去打发轿子接人的，既得回避，因此估计新人快要进围子时，就邀贵生往后面竹园子去看白菜萝卜，一面走一面谈话。

"贵生，一切真有个定数，勉强不来。看相的说邓通是饿死的相，皇帝不服气，送他一座铜山，让他自己造钱，到后还是饿死。城里王财主，原本挑担子卖饺饵营生，气运来了，住身在那个小土地庙里，落了半个月长雨，墙脚淘空了，墙倒坍了，两夫妇差点儿压死。待到两人从泥灰里爬出来一看，原来墙里有两坛银子，从此就起了家。……不是命是什么！桥头上那杂货铺小丫头，谁料到会做我们围子里的人？五爷是读书人，懂科学，平时什么都不相信，除了洋鬼子看病，照什么'挨挨试试'光，此外都不相信。上次进城一输又是两千，被四爷把心说活了。四爷说：五爷，你玩不得了，手气痞，再玩还是输。找个'原汤货'来冲一冲运气看，保准好。城里那些毛母鸡，谁不知道用猪肠子灌鸡血，到时假充黄花女。横到长的眼睛只见钱，竖到长的眼睛只作伪，有什么用！乡下有的是人，你想想看。五爷认真了，凑巧就看上了那杂货铺女儿，一说就成，不是命是什么！"

贵生一脚踹到一个烂笋瓜上头，滑了一下，轻轻地骂自己："鬼打岔，眼睛不认货！"

鸭毛伯伯以为话是骂杜老板女儿，就说："这倒是认货不认人！"

鸭毛伯伯接着又说："贵生，说真话，我看杂货铺杜老板和那丫头，先前对你倒很有心，旁观者清，当局者迷，你还不明白。其实只要你好意思亲口提一声，天大的事定了。天上野鸭子各处飞，捞到手的就是菜。二十八宿闹昆阳,阵势排好了,先下手为强,后下手遭殃。你不先下手,怪不得人!"

贵生说:"鸭毛伯伯,你说的是笑话。"

鸭毛伯伯说:"不是笑话!一切都是命,半点不由人。十天以前,我相信那小丫头还只打量你同她俩在桥头推磨打豆腐!你自己拿不定主意,这怪不得人!"说的当真不是笑话,不过说到这里,为了人事无常,鸭毛伯伯却不由得笑起来了。

两人正向竹园坎上走去,上了坎,远远地已听到唢呐呜呜咽咽的声音,且听到爆竹声,就知道新人的轿子快来了。围子里也骤然显得热闹起来。火炬都点燃了,人声杂沓。一些应当避开的长工,都说说笑笑跑到后面竹园来,有的还毛猴一般爬到大南竹上去眺望,看

唢呐越来越近,院子里人声杂乱起来了,大家知道花轿已进营盘大门,一些人先虽怕冲犯,这时也顾不得了,都赶过去看热闹。

一会儿有人急忙跑到围子里来报信,才知道桥头杂货铺烧了,同时贵生房子也走了水。

人马进了围子没有。

唢呐越来越近,院子里人声杂乱起来了,大家知道花轿已进营盘大门,一些人先虽怕冲犯,这时也顾不得了,都赶过去看热闹。

三大炮放过后,唢呐吹"天地交泰",拜天地祖宗,行见面礼,一会儿唢呐吹完了,火把陆续熄了,鸭毛伯伯知道人已进门,事已完毕,拉了贵生回厨房去,一面告那些拿火把的人小心火烛。厨房里许多人都在解包封,数红纸包封里的赏钱,争着倒热水到木盆里洗脚,一面说起先前一时过溪口接人,杜老板发亲时如何慌张的笑话。且说杜老板和癞子一定都醉倒了，免得想起女儿今晚上事情难受。鸭毛伯伯重新给年青人倒酒，把桌面摆好，十几个年青长工坐定时，才发现贵生早已溜了。

半夜里，五爷正在雕花板床上细麻布帐子里拥了新人做梦，忽然围子里所有的狗都狂叫起来。鸭毛伯伯起身一看，天角一片红，远处起了火。估计方向远近，当在溪口边上。一会儿有人急忙跑到围子里来报信，才知道桥头杂货铺烧了，同时贵生房子也走了水。一把火两处烧，十分蹊跷，详细情形一点不明白。

鸭毛伯伯匆匆忙忙跑去看火，先到桥头，火正壮旺，桥边大青树也着了火，人只能站在远处看。杜老板和癞子是在火里还是走开了，一时不能明白。于是又赶过贵生处去，到火场近边时，见有些人围着看火，谁也不见贵生。人是烧死了还是走开了，说不清楚。鸭毛伯伯用一根长竹子试向火里捣了一阵，鼻子尽嗅着，人在火里不在火里，还是弄不出所以然。他心中明白这件事。火究竟是怎么起的，一定有个原因。转围子时，半路上碰着五爷和新姨。五爷说："人烧坏了吗？"

鸭毛伯伯结结巴巴地说："这是命，五爷，这是命。"回头见金凤正哭着，心中却说："丫头，做小老婆不开心？回去一索子吊死了吧，哭什么！"

几人依然向起火处跑去。

一九三七年三月作，五月改作于北京
一九四〇年三月二十二日校改。时大风发木，猛雨打窗人人这样不吝惜赞美她,因为她能做事、治家,同时不缺少一个逗人心宽的圆脸。

一个女人

在近亲中，三翠的名字是与贤惠美德放在一块的。人人这样不吝惜赞美她，因为她能做事、治家，同时不缺少一个逗人心宽的圆脸。

小的、白皙的、有着年青的绯色的三翠的脸，成为周遭同处的人欢喜原因之一，识相的，就在这脸上加以估计，说将来是有福气的脸。似乎也仿佛很相信相法那样事的测断，三翠对于目下生活完全乐观。她成天做事，做完了——不，是做到应当睡觉的时候了——她就上到家中特为预备的床上，这床是板子上垫有草席、印花布的棉被，她除了热天，全是一钻进了棉被就睡死了。睡倒了，她就做梦，梦到在溪里捉鱼，到山上拾菌子，到田里捡禾线，到菜园里放风筝。那全是小时做女儿时的事的重现。日里她快乐，在梦中她也是快乐的。在梦中，她把推磨的事忘掉了，把其余许多在日里做来觉得很费神的事也忘掉了。有时也有为噩梦惊吓的时候，或者是见一匹牛发了疯，用角触人，或者是涨了水，满天下是水。她知道是梦，就用脚死劲抖，即刻就醒了。醒了时，她总是听到远处河边的水车声音，这声音是像同谁说话，成天絮絮叨叨的，就是在梦中，她也时常听到它那俨然老婆子唱歌神气的声音。虽然为梦所吓，把人闹醒，但是，看看天，窗边还是黑魆魆的不见东西，她就仍然把眼睛闭上，仍然又梦到溪里捉鱼去了。

她的房后是牛栏，小牛吃奶大牛嚼草的声音，帮助她甜睡。牛栏上有板子，板子上有一个年纪十八岁的人，名字是苗子，她喊他作哥哥，这哥哥是等候这比他小五岁的三翠到十五岁后，就要同她同床的。她也知道这回事了。她不怕，不羞，只在无别个人在他们身边，他说笑话说两年以后什么时，她才红脸地跑了。她有点知道两年以后的事情了。她才是十三岁的女孩子。她夜里醒时听到牛栏上的打鼾声音，知道他是睡得很好的。

白天，她做些什么事？凡是一个媳妇应做的事她全做。间或有时也挨点骂，伤心了，就躲到厨房或者溪边去哭一会儿，稍过一阵又仍然快乐地做事了。她的生活是许多童养媳的生活，凡是从乡下生长的，从内地来的，都可以想象得到。就是她那天真、那勤快，也是容易想象得到的事。稍不同的是许多童养媳成天在打骂折辱中过日子，她却是间或被做家长的教训罢了。为什么这样幸福？因为上面只有一个爹爹。

至于那个睡在牛栏上的人呢，那是"平衡"的人，还不如城市中知道男子权利的人，所以她笑的时候比其余的童养媳就多了。

鸡叫了，天亮了，光明的日头渐渐由山后爬起，把它的光明分给了地面，到烟囱上也镀了金黄的颜色时，她起床了。起了床就到路旁井边去提水，身后跟的是一只小狗。露水湿着脚，嗅着微带香气的空气，脸为湿湿的风吹着，她到了井边，把水一瓢一瓢地舀到桶中。水满了桶，歪着身，匆促地转到家中，狗先进门。即刻用纸煤把灶肚内松毛引燃了。即刻锅中有热水了。狗到门外叫过路人去了。她在用大竹帚打扫院子了。这时在牛栏上那个人起身了，爹爹起身了，蹲到院落里廊檐下吸烟，或者编草鞋耳子，望到三翠扫地。不到一会，三翠用浅边木盆把洗脸水舀来了，热气腾腾，放到廊下，父子又蹲着擦脸，用那为三翠所手作的牛肚布帕子，拧上一把，掩覆到脸上。盆边还有皂荚，搋得稀融，也为三翠所做。洗完脸，就问家长："煮苕还是煮饭？""随便。"或者在牛栏上睡觉那个人说"饭"，而爹爹又说"吃红薯"，那她折中，两者全备，回头吃的却是苕拌饭。吃的东西有时由三翠出主意，就是听到说"随便"以后，则三翠较麻烦，因为自己是爱好的人，且知道他们欢喜的东西。把早饭一吃，大家出门。到山上的上山，到田中的下田，人一出门，牛也出门，狗也出门了，家中剩三翠一人。捡拾碗筷，捡拾……她也出门了。她出门下溪洗衣，或到后园看笋子，摘菜花，预备吃中饭用。

到了午时把饭预备好，男子回家了。到时不回，就得站到门外高

捡拾碗筷，捡拾……她也出门了。她出门下溪洗衣，或到后园看笋子，摘菜花，预备吃中饭用。

坎上去，锐声地喊爹喊苗哥。她叫那在牛栏上睡的人叫苗哥，是爹爹所教的。喊着，像喊鸡，于是人回来了。三翠欢喜了，忙了。三人吃中饭。小猫咪咪叫着，鸡在桌子脚下闹着，为了打发鸡，常常停了自己吃饭，先来抓饭和糠，用手拌搅着，到院中去。"翠丫头，菜冷了！"喊着。"来了。"答应着。真来了。但苗哥已吃完了，爹也吃完了，她于是收碗，到灶屋吃去。小猫翘起了尾，跟在身后到灶屋，跃到灶头上，竟吃碗中的饭，就抢到手上忙吃，对小猫做凶样子："小黑，你抢我饭，我打你！"虽然这样说，到后却当真把饭泡汤给猫吃了，自己卷了袖子在热水锅里洗碗。

夜间，仍然打发人，打发狗，打发猫……春天同夏天生活不同，但在事务繁杂琐碎方面却完全一样。除了做饭、烧水，她还会绩麻、纺棉纱、纳鞋、缝袜子。天给她工作上的兴趣比工作上的疲劳还多，所以她在生活中看不出她的不幸。

她忙着做事，仍然也忙着同邻近的人玩。舂碓的、推磨的、浆洗衣裳的，不拘什么事人要她帮忙时，她并不想到推辞。

见到这样子活泼，对三翠，许多人是这样说过了："三翠妹子，天保佑你，菩萨保佑你，有好丈夫，有福气。"听到了，想起好笑。什么保佑不保佑！那睡在牛栏上打鼾的人，有福气，戴金穿绸，进城去坐轿子，坐在家中打点牌，看看戏，无事可做就吃水烟袋烤火，这是乡下人所说的福气了。要这些有什么好处？她想：这是你们的，"你们"指的是那夸奖过了她的年长伯妈婶婶。她自己是年青人，年青人并不需要享福。

她的门前是一条溪。水落了，有蚌壳之类在沙中放光，可以拾作宝贝玩。涨了水，则由坝上掷下大的水注，长到一尺的鱼有时也可以得到。这溪很长，一直上到五里以上十里以上的来源。她还有一件事同这溪有关系的，就是赶鸭子下水。

每早上，有时还不到烧水那时，她就放鸡放鸭，鸡一出笼各处

飞，鸭子则从屋前的高坎上把它们赶下溪边。从高下降，日子一多，鸭子已仿佛能飞了，她每早要这鸭子飞！天气热，见到鸭子下水时，欢欢喜喜地嘎嘎地叫，她就拾石子打鸭子，一面骂："扁毛，打死你，你这样欢喜！"其实她在这样情形下，自己也莫名其妙地欢喜快乐了。她在这溪边，并且无时不快乐到如鸭子见水。

时间过去。

三翠十四岁了。

除了身个子长高，一切不变：所做的事，地方所有的习惯，溪中的水。鸡鸭每早上遗留在笼中的卵，须由三翠用手去探取，回头又得到溪边洗手，这也不变。

爹爹同苗哥在烤火，在火边商量一件事。"苗子，你愿意，就看日子。"爹爹说着这样话时，三翠正走过房门外。

是冬天。天冷，落了雪，人不出门，爹爹同苗哥在火堆边烤火取暖。在这房子里，可以看出这一家人今年的生活穷通。火的烟向上蹿，仿佛挡了这烟的出路的，是无数带暗颜色的成块成方的腊肉。肉用绳穿孔悬挂在那上面钩上。还有鸡、鸭、野兔、麂子，一切的为过年而预备的肉，也挂在那里，等候排次排件来为三翠处置成下酒的东西。

爹爹同苗哥在烤火，在火边商量一件事。

"苗子，你愿意，就看日子。"

爹爹说着这样话时，三翠正走过房门外。她明白看日子的意义，如明白别的事一样，进到房中，手上拿的是一碗新蒸好的红薯，手就有点抖。她把红薯给爹爹，笑，稍稍露出忸怩的神气。

"爹。有锅巴了。这次顶好。"

爹取了，应当给苗哥，她不给，把碗放到桌上走出去。慢慢地走。她不知自己是怎么回事，同时想起是今早上听到有接亲的从屋前过去吹唢呐。

"丫头，来，我问你。"

听到爹喊，她回来了，站到火边烘手。

爹似乎想了一会，又不说话，就笑了。苗哥也笑。她也笑。她又听着远处吹唢呐的声音了，且打铜锣，还放炮，炮仗声音虽听不到，但她想，必定有炮仗的。还有花轿，有拿缠红纸槁把的伴当，有穿马褂的媒人，新嫁娘则藏在轿里哭娘，她都能想得出。

见到两个人鬼鬼地笑，她就走到灶屋烧火处去了，用铁铗搅灶肚内的火，心里有刚才的事情存在。

她想得出，这时他们必定还在说那种事情，商量日子，商量请客，商量……

以后，爹爹来到灶房了，要她到隔邻院子王干爹家去借历书，她不作声，就走到王家去。王家先生是教书的秀才，先生娘是瘫子，终日坐到房中大木椅中，椅子像桶，这先生娘就在桶中过日子，得先生服侍，倒养得肥胖异常。三翠来了，先到先生娘身边去。

"干妈，过午了？"

"翠翠，谢你昨天的粑粑。"

王家先生是教书的秀才，先生娘……终日坐到房中大木椅中……

"还要不要？那边屋里多咧，多会放坏。"

"你爹不出门？"

"通通不出门。"

"翠翠，你胖了，高了，像大姑娘了。"

她笑，想起别的事。

"年货全了没有？"

"爹爹进城买全了，有大红曲鱼，干妈，可以到我那里过年去。"

"这里也有大鱼，村里学生送的。"

"你苗哥？"

"他呀，他——"

"爹爹？"

"他要我来借历书。"

"做什么？是不是烧年纸？"

"我不知道。"

"这几天接媳妇的真多。（这瘫婆子又想了一会。）翠丫头，你今年多少年纪？"

"十四，七月间满的。干妈为我做到生日，又忘了！"

"进十五了，你像个大姑娘了。"

说到这话，三翠脸有点发烧。她不作声，因为谈到这些事上时照例小女子是无分的，就改口问："干妈，历书在不在？"

"你同干爹说去。"

她就到教书处厢下去，站到窗下，从窗子内望先生。

先生在教《诗经》。说"关关雎鸠"，解释那些书上的字义。三翠不即进去，她站在廊下看坪中的雪，雪上有喜鹊足迹。喜鹊还在树上未飞去，不喳喳地叫，只咯咯地像老人咳嗽。喜鹊叫有喜。今天似乎是喜事了，她心中打量这事，然而看不出喜不喜来。

先生过一会，看出窗下的人影了，在里面问："是谁呀？"

"我。三翠。"

"三，你来干吗？"

"问干爹借历书看日子。"

"看什么日子？"

"我不知道。"

"莫非是看你苗哥做喜事的日子？"

她有点发急了："干爹，历书有不有？"

"你拿去。"

她这才进来，进到书房，接历书。一眼望去，一些小鬼圆眼睛都望到自己，接了历书，走出门她轻轻地呸了一口。把历书得到，她仍然到瘫子处去。

"干妈，外面好雪！"

"我从这里也看得到，早上开窗，全白哩。"

"可不是。一个天下全白了。……"

远处又吹唢呐了。又是一个新娘子。她在这声音上出了神。唢呐的声音，瘫子也听到了，瘫子笑。

"干妈你笑什么？"

"你真像大人了，你爹怎么不——"

她不听。借故事忙，忙到连这一句话也听不完，匆匆地跑了。跑出门就跌在雪里。瘫子听到滑倒的声音，在房里问：

"翠翠，你跌了？忙什么？"

她站起掸身上的雪，不答应，走了。

过了十四天，距过年还有七天，那在牛栏上睡觉打呼的人，已经分派与三翠同床，从此在三翠身边打呼了。三翠做了人的妻，尽着妻的义务，初初像是多了一些事情，稍稍不习惯，到过年以后，一切也就完全习惯了。

她仍然在众人称赞中做着一个妇人应做的事。把日子过了一年。

一个女人　　187

在十五岁上她就养了一个儿子，为爹爹添了一个孙，让丈夫得了父亲的名分。

在十五岁上她就养了一个儿子，为爹爹添了一个孙，让丈夫得了父亲的名分。当母亲的事加在身上时，她仍然是这一家人的媳妇，成天做着各样事情的。人家称赞她各样能干，就是在生育儿子一事上，也可敬服，她只有笑。她的良善并不是为谁奖励而生的。日子过去了，她并不会变。

但是，时代变了。

因为地方的变动，种田的不能安分地种田，爹爹一死，做丈夫的随了人出外县当兵去了。在家中依傍了瘫子干妈生活的三翠，把儿子养大到两岁，人还是同样的善良，有值得人欢喜的好处在。虽身世遭逢，在一个平常人看来已极其不幸，但她那圆圆的脸，一在孩子面前仍然是同小孩子一样发笑。生活的萧条不能使这人苦楚成另一种人，她才十八岁！

又是冬天。教书的厢房已从十个学生减到四个了，秀才先生所讲的还是"关关雎鸠"一章。各处仍然是乘年底用花轿接新娘子，吹着唢呐打着铜锣地来来去去。天是想落雪还不曾落雪的阴天。有水的地方已结了薄冰，无论如何快要落雪了。

三翠抱了孩子，从干妈房中出来，站在窗下听讲书。她望到屋后那曾有喜鹊做巢的脱枝大刺桐树上的枝干。时正有唢呐声音从门前过身，她就追出门去看花轿，逗小孩子玩，小孩见了花轿就嚷"嫁娘嫁

回到院中，天上飞雪了……天是落雪了，到明天，雪落满了地，这院子便将同四年前一个样子了。

娘"。她也顺到孩子口气喊。到后，回到院中，天上飞雪了，小孩又嚷雪。她也嚷雪。天是落雪了，到明天，雪落满了地，这院子便将同四年前一个样子了。

抱小孩抱进屋，到了干妈身边。

"干妈，落雪了，大得很。"

"已经落了吗？"

"落雪明天就暖和了，现在正落着。"

因为干妈想看雪，她就把孩子放到床上，去开窗子。开了窗，干妈不单是看到了落雪的情形，也听到唢呐了。

"这样天冷，还有人接媳妇。"

三翠不作答，她出了神。

干妈又说："翠翠，过十五年，你毛毛又可以接媳妇了。"

翠翠就笑。十五年，并不快，然而似乎一晃也就可以到眼前，这妇人所以笑了。说这话的干妈，是也并不想到十五年以后自己还活在世界上没有的。因为雪落了，想开窗，又因为有风，瘫子怕风。

"你把窗户关了，风大。"

照干妈意思，她又去把窗子关上。小孩这时闹起来了，就忙过去把小孩抱起。

"孩子饿了？"

"不，喂过奶了。他要睡。"

"你让他睡睡。"

"他又不愿意睡。"

小孩子哭，大声了，似乎有冤屈在胸中。

"你哭什么？小毛，再哭，猫儿来了。"

做母亲的抱了孩子，解衣露出奶头来喂奶，孩子得了奶，吮奶声音如猫吃东西。

"干妈，落了雪，明天我们可做冻豆腐了。"

"我想明天好做点豆豉。"

"我会做。今年我们腊肉太淡了,前天煮那个不行。"前天煮腊肉,是上坟,所以又接着说道,"爹爹在时腊肉总爱咸。他欢喜盐重的,昨天那个他还吃不上口!"

"可惜他看不到毛毛了。"

三翠不答,稍过,又说道:"野鸡今年真多,我上日子打坟前过身,飞起来四只,咯咯咯叫,若是爹爹在,有野鸡肉吃了。"

"苗子也欢喜这些。"

"他只欢喜打毛兔。"

"你们那枪为什么不卖给团上?"

"我不卖它的。放到那里,几时要几时可用。"

"恐怕将来查出要罚,他们说过不许收这东西。我听你干爹说过。"

"他们要就让他们拿去,那值什么钱。"

"听说值好几十!"

"哪里,那是说九子枪!我们的抓子,二十吊钱不值的。"

"我听人说机关枪值一千。一杆枪二十只牛还换不到手。军队中有这东西。"

"苗子在军队里总看见过。"

左图:

做母亲的抱了孩子,解衣露出奶头来喂奶,孩子得了奶,吮奶声音如猫吃东西。

右图:

"过年了,怎么没有信来。苗子是做官了,应当……少爷,莫哭了。你爹带银子回来了。……"

"苗子月里都没有信!"

"开差到××去了,信要四十天,前回说起过。"

这时,孩子已安静了,睡眠了,她们的说话声也轻了。

"过年了,怎么没有信来。苗子是做官了,应当……(门前有接亲人过身,放了一炮,孩子被惊醒,又哭了。)少爷,莫哭了。你爹带银子回来了。银子呀,金子呀,宝贝呀,莫哭,哭了老虎咬你!"

做母亲的也哄着:"乖,莫哭。看雪。落雪了。接嫁娘,吹唢呐;呜呜喇,呜呜喇。打铜锣;铛,团!铛,团!看喔,看喔,看我宝宝也要接一个小嫁娘喔!呜呜喇,呜呜喇。铛,团!铛,团!"

小孩仍然哭着,这时是吃奶也不行了。

"莫非吹了风,着凉了。"

听干妈说，就忙用手摸那孩子的头，呒那小手，且抱了孩子满房打圈，使小孩子如坐船。还是哭。就又抱到门边亮处去。

"喔，要看雪呀！喔，要吹风呀！婆婆说怕风吹坏你。吹不坏的。要出去吗？是，就出去！听，宝宝，呜呜喇……"

她于是又把孩子抱出院中去。下台阶，稍稍地闪了身子一下，她想起上前年在雪中跌了一跤的事情了。那时干妈在房中问的话她也记起来了。她如何跑也记起来了。她就站着让雪在头上落，孩子头上也有了雪。

再过两年。

出门的人没有消息。

儿子四岁。干爹死了，剩了瘫子干妈。

她还是依傍在这干妈身旁过日子。因了她的照料，这瘫妇人似乎

儿子长大了，能走路了，不常须人照料了，她的期望，已从丈夫转到儿子方面了。

还可以永远活下去的样子。这事在别人看来是一件功果还是一件罪孽,那还不可知的。

天保佑她,仍然是康健快乐。仍然是年青,有那逗人欢喜的和气的脸。仍然能做事,处理一切,井井有条。儿子长大了,能走路了,不常须人照料了,她的期望,已从丈夫转到儿子方面了。儿子成了人才真是天保佑了这人。她在期望儿子长成的时间中,却并不想到一个儿子成人,母亲已应如何上了年纪。

过去的是四年,时间似乎也并不很短促,人事方面所有的变动已足证明时间转移的可怕,然而她除了望日子飞快地过去,没有其他希望了。时间不留情不犹豫地过去,一些新的有力的打击,一些不可免的惶恐,一些天灾人祸,抵挡也不是容易事。然而因为一个属于别人幸福的估计,她无法自私,愿意自己变成无用而儿子却成伟大人物了。

自从教书的干爹死了以后,瘫人一切皆需要三翠。她没有所谓不忍之心始不能与这一家唯一的人远离,她也没有要人鼓励才仍然来同这老弱瘫疲妇人住在一起。她是一个在习惯下生存的人,在习惯下她已将一切人类美德与良心同化,只以为是这样才能生活了。她处处服从命运,凡是命运所加于她的一切不幸,她不想逃避也不知道应如何逃避。她知道她这种生活以外还有别种生活存在,但她却不知道人可以选择那机会不许可的事来做。

她除了生活在她所能生活的方式以内,只有做梦一件事稍稍与往日不同了。往日年幼,好玩,羡慕放浪不拘束与自然戏弄的生活,所以不是梦捉鱼就是梦爬山。一种小孩子的脾气与生活无关的梦,到近来已不做了。她近来梦到的总是落雪。雪中她年纪似乎很轻,听到人说及做妇人的什么时,就屡屡偷听一会。她又常常梦到教书先生,取皇历,讲"关关雎鸠"一章。她梦到牛栏上打鼾的那个人,还仍然是在牛栏上打鼾,大母牛在反刍的小小声音也仿佛时在耳边。还有,

她处处服从命运,凡是命运所加于她的一切不幸,她不想逃避也不知道应如何逃避。

爹爹那和气的脸孔,爹爹的笑,完全是四年前。当有时梦到这些事情,而醒来又正听到远处那老水车唱歌的声音时,她想起过去,免不了也哭了。她若是懂得到天所给她的是些什么不幸的戏弄,这人将成天哭去了。

做梦有什么用处?可以温暖自己的童心,可以忘掉眼前,她正像他人一样,不但在过去甜蜜的好生活上做过梦,在未来,也不觉得是野心扩大,把梦境在眼前展开了。她梦到儿子成人,接了媳妇。

她梦到那从前在牛栏上睡觉的人穿了新衣回家,做什长了。她还梦到家中仍然有一只母牛、一只小花黄牛,是那在牛栏上睡觉的人在外赚钱买得的。

日子是悠悠地过去,儿子长大了,居然能用鸟枪打飞起的野鸡了,瘫子更老耄不中用了,三翠在众人的口中的完美并不消失。

到了后来。一只牛,已从她两只手上勤快抓来了。一个儿媳已快进门了。她做梦,只梦到抱小孩子,这小孩子却不是睡在牛栏上那人生的。

她抱了周年的孙儿到雪地里看他人接新嫁娘花轿过身时,她年纪是三十岁。

她抱了周年的孙儿到雪地里看他人接新嫁娘花轿过身时,她年纪是三十岁。

逃的前一天

　　他们在日里时节，生活在一种已成习惯了的简单形式中，吃、喝、走路、骂娘，一切一切觉得已够……

旅店

只有醒的人，去看睡着了的另一种人，才会觉到有意思的。他们是从很远一个地方走来，八十里，或一百里的长途，疲劳了他们的筋骨，因此为熟睡所攫，张了口，像死尸，躺在那用干稻草铺好的硬炕上打鼾。他们在那里做梦，不外乎梦到打架、口渴、烧山、赌钱等等事。他们在日里时节，生活在一种已成习惯了的简单形式中，吃、喝、走路、骂娘，一切一切觉得已够，到可以睡时就把脚一伸，躺下一分钟后就已睡好了。

这样的人在各处全不缺少。生在都会中人，是即或有天才也想不到这些人生在同一世界的。博士是懂得事情极多的一种上等人，他也不会知道这种人的存在的。俄国的高尔基，英国的萧伯纳，中国的一切大文学家，以及诗人、一切教授，出国的长虹，讲民生主义的党国要人，极熟悉文学界情形的赵景深，在女作家专号一书中客串的男作家，他们也无一个人能知道。革命文学家，似乎应知道了，但大部分的他们，去发现组织在革命情绪里的爱去了，也仿佛极其茫然。

中国的大部分的人，是不单生活在被一般人忘记的情形下，同时也是生活在文学家的想象以外的。地方太宽，打仗还不容易，其余无从来发现，这大概也是当然的道理了。这里一件事，就是把中国的中心南京做起点，向南走五千里，或者再多，因此到了一个异族聚居名为苗寨的内地去。这里是说那里某一天的情形的。

天已快亮。

在主人名字名为黑猫的小店中，有四个走长路的人，还睡在一个长大木床上做梦。他们从镇远以上，一个产纸的地方，各人肩上扛了一担纸下来，预备到屈原溯江时所停船的辰阳地方去。路走了将近一半。再有十一天，他们就可以把纸卖给铺子回头了。做着这样仿佛行脚僧事业的人，是为了生儿育女的缘故，长年得奔走的。每一次可以休息十天，通计一年之中有四分之三在各地小旅店中过夜。习惯把这些人变成比他一种商人更能耐劳，旅店与家也近乎是同样的一种地方了。

旅店　199

左图：

这旅店开设在山脚，过湖南界下辰州的是应翻山过去的，走了长路的因此多数在此住宿……

右图：

乌婆族妇女的风流娇俏，在这妇人身上并不缺少，花脚族妇女的热情，她也秉赋很多……

　　这旅店开设在山脚，过湖南界下辰州的是应翻山过去的，走了长路的因此多数在此住宿，预备在一夜中把疲倦了的身体恢复过来，蓄了力上这高山。主人是二十七岁的妇人，属于花脚苗。这妇人为什么被人取名为黑猫，是很难于追溯的事。大概是肌肤微黑，又逗人欢喜的缘故。这名字好像又是这妇人丈夫所取的。为自己妇人取下了这样好名字的丈夫，料不到很早就死去，却把名字留给一切过往客人呼唤了。把名字留给过往客人呼唤，原是不怎么要紧，黑猫的身体，自从丈夫死了以后，倒并不如名字那样被一般人所有！

　　欢喜白皮肤，苗族中并不如汉人嗜好之深。对于黑的认识，在白耳族中男子是比任何中国人还有知识的。然而黑猫自从丈夫死了以后，继续了店中营业，卖饭、卖酒，且款待来往远方的客人住宿，却从不闻谁个人对黑猫能有皮肤以内的认识。凡是出门经商做事的人全不是无眼睛的人，眼睛大部分全能注意到生意以外的妇女们脸孔，但对于黑猫，总像她真是个猫，与男女事无关，与爱情无分。事情也并不怎样奇怪，她不是平常的花脚族妇女。乌婆族妇女的风流娇俏，在这妇人身上并不缺少，花脚族妇女的热情,她也秉赋很多,同时她有那猓猓族妇女的自尊与精明,死去了的丈夫让他死去,她在一种选择中做着寡妇活下来了。

她在寡妇的生活中过了三年,没有见到一个动心的男子。白耳族男子的相貌在她身边失了诱人的功效,巴义族男子的歌声也没有攻克得这妇人心上的城堡。土司的富贵并不是她所要的东西,烟土客的挥霍她只觉得好笑。为了店中的杂事,且为了保镖需人,她用钱雇了一个四十多岁的驼背人助理一切。来到这里的即或心怀不端,也不能多有所得,相约不来则又是办不到的事。这黑猫的本身就是一件招徕生意的东西,至于自黑猫手中做出的菜,吃来更觉得味道真好,也实有其人。

因为这样,黑猫在众人所不能忘的情形下生活,自然幸福与忧患是同时都有得到的方便,她应得到的全来了。在营业上心怀上占了优势的黑猫,在身体上灾难上不可免地也来了。用歌声,与风仪与富贵,完全克服不了黑猫的心,因此有人想起用力来做最后一举的事了。亏了黑猫的机警,仍然不至于被人遂心,其中故事不少。……故事数毕到了最近的今天。

照例天一发白,黑猫是就应当同那驼子起身,为客人热水洗脸,或烫一壶酒,让客人在灶边火光中把草鞋套上,就来开门送客的。把客送走,天若早,又是冬天,还可以再把身子蜷到棉絮中睡一觉。若系三月到九月中任何一日,则大清早各处全是雾,也将走到大路旁井边去担水,把水缸中贮满清水为止。担水的事是黑猫自做的。

黑猫今天特别醒得早,醒时把麻布蚊帐一挂,把床边小小窗子推开,见得满天星子、满院子虫声,冷冷的风吹来使人明白今天的天气一定晴朗。虫声像为露水所湿,星光也像湿的,天气太美丽了。这时节,不知正有多少女人轻轻地唱着歌送她的情人出门越过竹林!不知有多少男子这时听到鸡叫,把那与他玩嬉过一夜的女人从山峒中送转家去!又不知道有多少人在那分别时流泪赌咒!黑猫想

虫声像为露水所湿，星光也像湿的，天气太美丽了。这时节，不知正有多少女人轻轻地唱着歌送她的情人出门越过竹林！

起了这些，倒似乎奇怪自己起来了。别人做过的事她不是无分！别一个做店主妇人的都有权利在这时听一点负心男子在床边发的假誓，她却不能做。别的妇人都有权利在这时从一个山峒中走出，让男子脱下蓑衣代为披上送转家中，她也不能做。

　　一个二十多岁的妇人，结实光滑的身体，长长的臂，健全多感的心，不完全是特意为男子夜来用的么？可是一个有权享受她的男子，却安安静静睡到土里四年，放弃这权利了。其余呢，又都不济。

　　今天的黑猫真有点不同往常，在星光下想起的却是平时不曾想到的男女事情。她本应在算账这些纠葛上感觉到客人好坏的，这时却从另一些说不分明的印象上记起住宿的客人来了。四个客，每年来去约在十五六次左右，来去全在此住宿也已经有数年了。因为熟，她把每一个人的家事全知道得清清楚楚。这些人全有家室是她早知道了的。只要中了意，把家中撇开，来做一点只有夫妻可以有的亲密、不拘形迹的事体，那原无妨于事的。山高水长两人分手又是一个月，正因为难于在一处或者也就更有意思。这些事，在另一时本来她就想到了，不行的仍然是男子中还无一个她所要的男子在。此时的四个纸客，就无一个像与她可以来流泪赌咒的。她即或愿意在这四碗菜中好歹选取一碗，这男子因为太与主人相熟，也就很难自信在这个有名

她觉得应当抓定其中一个，不拘是谁，来完成自己的愿心，在她身边做一阵那顶撒野的行为。

规矩的妇人身上，把野心提起！

但奇怪的是今天这黑猫性情，无端地变了。

一种突起的不端方的欲望，在心上长大，黑猫开始来在这四个客人上面思索那可以光身的人了。她要的是一种力，一种圆满健全的而带有顽固的攻击，一种蠢的变动，一种暴风暴雨后的休息。过去的那个已经安睡在地下的男子，所给她的好经验，使她回忆到自己失去的权利，生出一种对平时矜持的反抗。她觉得应当抓定其中一个，不拘是谁，来完成自己的愿心，在她身边做一阵那顶撒野的行为。她思索这样事情，在这当儿似乎听得有人上山的声音了。

她又从窗口去望天上的星,大小的星群无从数清,极大的星子放出的光作白色,山头上照得出庙宇的轮廓,无论如何天是快明了。

听到鸡叫的声音,听到远处水磨的呜咽声音,且听到狗的声音。狗叫是显然已有人乘早凉上路了。在另一时,她这时自然应当下床了,如今却想到狗的叫声也有是为追逐那无情客人而怀了愤恨的情形的,她懒懒地又把窗关上了。

那驼子原是一个极准确的钟,人上了年纪,一到天亮他非起床不行,这时已在那厨灶边打火镰燃灯,声音为黑猫所听到了。

黑猫在床上,像是生了气,说:"驼子,你这样早是做些什么事?"

"不早了,我知道。今天天气又好,今年的八月真是菩萨保佑!"

驼子照例把灯一燃,就拿灯到客人房中去,于是客人也醒了。

一个客人问驼子:"天气怎么样?"

"好天气!这种天气是引姑娘上山睡觉,比走长路还合式的天气!"

驼子的话把四个客人中有三个引笑了,一个则是正在打哈欠。这打哈欠的人只顾到打哈欠,所以听不真。驼子像有意说话给这四个客人以外另一个人听,接口说:

"如今是变了,一切不及以前好。近来的人成天早早起来做事。从前二十年,年青人的事是不少,起来得也更早,但这件事情却是从他相好的被里爬出回家,或是送女人回家。他们分了手,各在山坡上站立,雾大对面不见人,还可以用口打哨唱歌。如今是完了,女人也很少情浓心干净了。"

主人黑猫在后房听到驼子的话,大声喊他,说:"驼子,你把水烧好,少在那里说呆话!"

"噢,噢。"这驼子答应了,还向这四个客人做一个烂脸神气,

把店门开了,外面的街有两三只狗走过身,她又忙把门关上:"驼子,近来怎么野狗又多起来了!"

表示他所说的话不是无根,主人就是一个不知情趣的女人。他一边走一边自言自语,说的是:"世界变了,女人不好好地在年青时唱歌喝酒,倒来做饭店主人。做了饭店主人,又……"他不把话说完,因为已到了灶边,有灶王菩萨在。大约是天气作的怪,这个人,今天也分外感到主人安分守寡为不应当了。

听到驼子发了感慨的黑猫,这时已起了床,趿了鞋过客人这边房来,衣服还未扣好,一头的发随意盘在头上蓬起像鹰窠,使人想象到在山峒狼皮褥上仰卧的媚金,等候情人不来自杀以前的样子。客人中之一,适听到驼子的不平言语,见到黑猫的苗条身段,见到黑

猫的一对胀起的奶,起了点无害于事的想头,他说:

"老板娘,你晚来睡得好!"

她说:"好呀!我是无晚上不好!"

"你若是有老板在一处,那就更好。"

黑猫在平时,听到这种话,颜色是立刻就会变成严肃的。如今却斜睨这说笑话的客人笑。她估量这客人的那一对强健臂膊,她估他的肩、腰以及大腿,最后又望到这客人的那个鼻子,这鼻子又长又大。

客人是已起床了,各人在那里穿衣、系带,收拾好的全到房外灶边去套草鞋。说笑话的那个客人独在最后。在三个伙伴出去以后,黑猫望到这大鼻子客人,真有一口咬下这大鼻头的潜意识在,所以自己用手揣到自己的奶,把身子摇摆,想同客人说两句话。

这客人虽曾与黑猫说了一句笑话,是想不到黑猫此时欲望的。伙伴去后见到黑猫在身边,倒无一句可说的话了。他慢慢把裹腿绑好,就走出房了。黑猫本应在这时来整理棉被,但她只伏到床上去嗅,像一个装醉的人做的事。

另一个客人,因为找那扎在床头的草烟叶,从外面走来,黑猫赶即起来为客人拿灯照烛,客人把烟叶找到,也像不注意到这妇人的大与往日不同处,又走出去了。

黑猫拿了灯跟出房来,把灯放在灶上,去瞧水缸。水所剩不多了,她得去担水,就拿了扁担在手,又从方桌下拖水桶。

把店门开了,外面的街有两三只狗走过身,她又忙把门关上:"驼子,近来怎么野狗又多起来了!"

"每年一到秋天就来了。我说了多久,要装一个药弩,总不得空。我听人说野狗皮在辰州可卖三四两银子一个,若是打到一对狐种狗,我就可以发财了。"

那大鼻子客人说:"岂止三四两银子?我是亲眼见到有人花十块钱买一个花尾獾子的。"

四个客人把扁担扛上了肩,翻山去了。黑猫主人痴立在门边半天,又坐到灶边去半天,无一句话同驼子可说。

"这话信不得。"另一个客人则有疑惑,因为若果这话可靠,那这纸生意可以改为猎狐生意了。

"谁说谎?他们卖獭是二十两银子,我亲眼见的,可以赌咒。"

"你亲眼见些什么呢?许多事你就不会亲眼见到。若是你有眼睛,早是——"这话是黑猫说的。说了她就笑。

他们都不知道她所说意义何在,也不明白为什么而笑。但这个大鼻子客人,则仿佛有所会心了,他在一种方便中,为众人所忽略时，摸了一下黑猫的腰，黑猫不作声，只用目瞅着这人的鼻子，好像这鼻子是能作怪的一种东西。

虽然有野狗，野狗不是能吃大人的兽物，本用不着害怕的，所以不久黑猫又开门出去担水去了。大鼻客人也含了烟杆跟了出去，预备打狗或者解溲，总有事。这一担水像是在一里路以外挑回的，回来时黑猫一句话不说，坐在灶边烤火。驼子见大鼻客人转来更慢，却说以为客人被狗吃了。或者狗，或者猫，某一个地方总也真有那种能吃人的猫狗吧。被狗吓的是有人，至于猫，那是并不像可怕的东西了，有人问到时，大鼻客人是说得出的。

洗完脸，主人不知何故又特意为客人煮了一碗鸡蛋，把蜂糖放在鸡蛋里吃完后，送了钱，天已大亮，四个客人把扁担扛上了肩，翻山去了。黑猫主人痴立在门边半天，又坐到灶边去半天，无一句话同驼子可说。

过了一个月左右，旅店中又有人住宿了。卖纸人四个中不见了那位大鼻子，问起缘故才知道人是在路上发急症死了。又过了八个月，这旅店中多了一个小黑猫，一些人都说这是驼子的儿子，驼子因为这暧昧流言，所以在小黑猫出世以后，做了黑猫的丈夫。

黑猫是到后真应了那不幸的大鼻客人的话，有老板人更好了。那三个纸客，还是仍然来往住宿到这旅店中，一到了这店里，见到驼子的样子，总奇怪这个人能使黑猫欢喜的理由不知在什么地方。这些事谁能明白？譬如说，以前是同伴四个，到后又成为三个，这件事就谁也不知道清楚。

一九二九年一月十日作

农民虽成为竭泽而渔的对象,本师官佐士兵夫固定薪俸仍然极少,大家过的日子全不是儿戏。

顾问官

驻防湖南省西部地方的三十四师,官佐士兵夫同各种位分的家眷人数约三万,枪支约两万,每到月终造名册具结领取省里协饷却只四万元;此外就靠大烟过境税,和当地各县种户吸户的地亩捐、懒捐、烟苗捐、烟灯捐以及妓院花捐等等支持。军中饷源既异常枯竭,收入不敷分配,因此一切用度都来自对农民的加重剥削。农民虽成为竭泽而渔的对象,本师官佐士兵夫固定薪俸仍然极少,大家过的日子全不是儿戏。兵士十冬腊月还常常无棉衣。从无一个月按照规矩关过一次饷。一般职员单身的,还可以混日子,拖儿带女的就相当恼火。只有少数在部里的高级幕僚红人,名义上收入同大家相差不多,因为可以得到一些例外津贴,又可以在各个税卡上挂个虚衔,每月支领笔干薪,人若会"夺弄",还可以托烟帮商人,赊三五挑大烟,搭客做生意,不出本钱却稳取利息,因此每天无事可做,还能陪上司打字牌,进出三五百块钱不在乎。至于落在冷门的家伙,即或名分上是"高参""上校",生活可就够苦了。

师部的花厅里每天有一桌字牌,打牌的看牌的高级官佐,经常有一桌席位,和八洞神仙一般自在逍遥。一到响午炮时,照例就放下

几张小小矮椅上正坐的有禁烟局长、军法长、军需长同师长四个人,抹着字牌打跑和。

了牌,来吃师长大厨房备好的种种点心。圆的、长的、甜的、淡的、南方的、北方的,轮流吃去。如果幕僚中没有这些贤豪英俊的人才,好些事情也相当麻烦不好办。这从下文就可知道。

这时节,几张小小矮椅上正坐的有禁烟局长、军法长、军需长同师长四个人,抹着字牌打跑和。坐在师长对手的军需长,正和了个"红四台带花",师长恰好"做梦"歇憩,一手翻开那张剩余的字牌,是个大红"拾"字,牌上有数,单是"做梦"的收入就是每人光洋十六块。师长一面哈哈大笑，一面正预备把三十二块大洋钱捡进抽屉匣子里时，忽然从背后伸来一只干瘦姜黄的小手，一把抓捏住了五块洋钱，那只手就想赶快缩回去，哑声儿带点诌媚神气嚷着说：

"师长运气真好，我吃五块钱红！"

拿钱说话的原来是本师少将顾问赵颂三。他那神气似真非真，因为是师长的老部属，平时又会逢场作趣，这时节乘顺水船就来那么一手。他早有了算计，钱若拿不到手，他作为开玩笑，打哈哈；若上了手，就预备不再吃师长大厨房的炸酱面，出衙门赶过王屠户处喝酒去了。他原已站在师长背后看了半天牌，等候机会，所以师长纵不回头，也知道那么伸手白昼行劫的是谁。

师长把头略偏，一手扣定钱，笑着嚷道："这是怎么的？吃红吃到梦家来了！军法长，你说，真是无法无天！查查你那条款，白日行劫，你得执行职务！"

军法长是个胖子，早已胖过了标准，常常一面打牌一面打盹，这时节已输了将近两百块钱，正以为是被身后那一个牵线把手气弄痞了，不大高兴。就带讽刺口气说：

"师长，这是你的福星，你尽他吃五块钱红吧，他帮你忙不少了！"

那瘦手于是把钱抓起赶快缩回，依旧站在那里，唧唧地把几块钱在手中转动。

"师长是将星，我是福星——我站在你身背后，你和了七牌，算算看赢了差不多三百块！"

师长说："好好，福星，你赶快拿走吧。不要再站在我身背后，我不要你这个福星。我知道你有许多重要事情待办，街上有人等着你，赶快去吧。"

顾问本意即刻就走，但是经这么一说，倒似乎不好意思起来了。一时不即开拔，只搭讪着，走过军法长身后来看牌。军法长回过

一面说一面笑着,把手中五块雪亮的洋钱啷啷地转着,摇头摆脑地走出师部衙门上街了。

头来对他愣着两只大眼睛说:

"三哥,你要打牌我让你来好不好?"

话里显然有根刺,这顾问用一个油滑的微笑,拔去了那根看不见的刺,却回口说:

"军法长,你发财,你发财!哈哈,看你今天那额角,好晦气!我俩赌个手指头,你不输掉裤带才真是运气!……"一面说一面笑着,把手中五块雪亮的洋钱啷啷地转着,摇头摆脑地走出师部衙门上街了。

这人一出师部衙门，就赶过东门外王屠户那里去。到了那边，刚好午炮"咚"的一响。王屠户正用大钵头焖了两条牛鞭子，业已稀烂，钵子、酒碗都摊在地下，且团团转蹲了好几个老相好。顾问来得恰是时候，一加入这个饕餮群后，就接连喝了几杯"红毛烧"，还卷起袖子和一个官药铺老板大吼了三拳，一拳一大杯。他在军营中只是个名誉"军事顾问"，在本地商人中却算得是个真正"商业顾问"。大家一面大吃大喝，一面畅谈起来，凡有问的他必回答。

药店中人说：

"三哥，你说今年水银收不得，我听你的话，就不收。可是这一来尽城里'达生堂'把钱赚去了。"

"我看老《申报》，报上说政府已下令不许卖水银给日本鬼子，谁敢做卖国贼秦桧？到后来那个卖南瓜的×××自己卖起国来，又不禁止了。这难道是我的错吗？"

一个杂货商人接口说：

"三哥，你前次不是说桐油会涨价吗？"

"是呀，汉口挂牌十五两五，怎么不涨？老《申报》美国华盛顿通信，说美国赶造军舰一百七十艘，预备大战日本鬼。日本自然也得添造一百七十艘。兵对兵，将对将，老汉对婆娘。油船要的是桐油！谁听诸葛卧龙妙计，谁就从地下捡金子！"

"捡金子！商会上汉口来电报，落到十二两八！"

那顾问听说桐油价跌了，显然军师妙计有了错，有点害臊，便嚷着说：

"那一定是毛子发明了电油。你们不明白科学，不知道毛子科学厉害。他们每天发明一样东西。谁发明谁就专利。正像福音堂牧师'发明'了上帝，牧师就专利一样。报上说，他们还预备从海水里取金子，信不信由你。他们一定发明了电油，中国桐油才跌价！"

王屠户插嘴说：

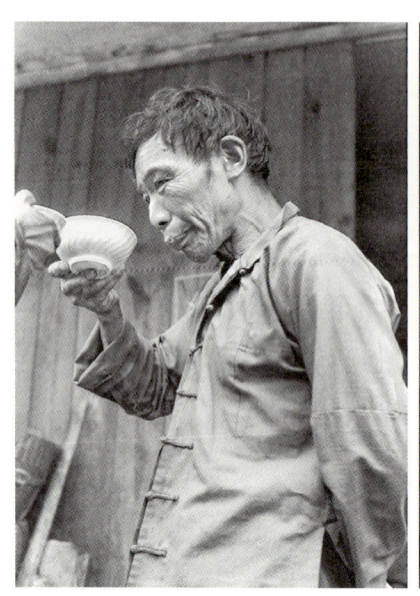

一个杀牛的助手,从前做过援鄂军的兵士,想起湖北荆州、沙市土娼唱的赞美歌,笑将起来了……

这顾问履历是前清的秀才、圣谕宣讲员、私塾教师。入民国又做过县公署科员、警察所文牍员。

"福音堂美国洋人怀牧师讲卫生,买牛里脊带血吃,百年长寿。他见我案桌上大六月天有金蝇子,就说:'卖肉的,这不行,这不行,这有毒害人,不能吃!'(学外国人说中国话调子)还送我大纱布作罩子。×他祖宗,我就偏让金蝇子贴他要的那个,看福音堂耶稣保佑他!"

一个杀牛的助手,从前做过援鄂军的兵士,想起湖北荆州、沙市土娼唱的赞美歌,笑将起来了,学土娼用窄喉咙唱道:

"耶稣爱我,我爱耶稣;耶稣爱我白白脸,我爱耶稣大洋钱……"

到后几人接着就大谈起卖淫同迷信各种故事。又谈到《麻衣》《柳庄》相法。有人说顾问额角放光，像是个发达相，最近一定会做县知事。一面吃喝一面谈笑，正闹得极有兴致，门外屠桌边，忽然有个小癞子头晃了两下。

"三伯，三伯，你家里人到处找你，有要紧事，你就去！"

顾问一看说话的是邻居弹棉花人家的小癞子，知道所说不是谎话。就用筷子拈起一节牛鞭子蘸了盐辣水，把筷子一上一下同逗狗一样："小癞子，你吃不吃牛鸡巴，好吃！"小癞子不好意思吃，只是摇头。顾问把它塞进自己口里，又同王屠户对了一杯，同药店中人对了一杯，同城中土老儿王冒冒对了一杯，且吃了半碗牛鞭酸白菜汤，用衣袖子抹着嘴上油腻，连说"有偏"，辞别众人忙匆匆赶回家去了。

这顾问履历是前清的秀才、圣谕宣讲员、私塾教师。入民国又做过县公署科员、警察所文牍员。（一卸职就替人写状子，做土律师。）到后来不知凭何因缘，加入了军队，随同军队辗转各处。二十年来的湘西各县，既全由军人支配，他也便如许多读书人一样，寄食在军队里，一时做小小税局局长，一时包办屠宰捐，一时派往邻近地方去充代表，一时又当禁烟委员。因为职务上的疏忽，或账目上交替不清，也有过短时间的拘留、查办，结果且短时期赋闲。某一年中事情顺手点，多捞几个外水钱，就吃得油水好些，穿得光彩些，脸色也必红润些；带了随从下乡上衙门时，气派仿佛便是个"要人"，大家也好像把他看得重要得多。一年半载不走运，捞了几注横财，不是输光就是躺在床上打摆子吃药用光了；或者事情不好，收入毫无，就一切胡胡混混，到处拉扯。凡事不大顾全脸面，完全不像个正经人，同事熟人也便敬而远之了。

他家里有一个怀孕七个月的妇人,一个三岁半的女孩子。

近两年来他总好像不大走运,名为师部的军事顾问,可是除了每到月头写领条过军需处支取二十四元薪水外,似乎就只有上衙门到花厅里站在红人背后看牌,就便吸几支三五字的上等卷烟。不看牌便坐在花厅一角翻翻报纸。不过因为细心看报,熟悉上海、汉口那些铺子的名称,熟悉各种新货各种价钱,加之自己又从报纸上得到了些知识,因此一来,他虽算不得"资产阶级",当地商人却把他尊敬成为一个"知识阶级"了。加之他又会猜想,又会瞎说。事实上人也还厚道,间或因本地派捐过于苛刻,收款人并不是个毫无通融的人,有人请顾问帮忙解围,顾问也常常为那些小商人说句把公道话。所以他无日不在各处吃喝,无处不可以赊账。每月薪水二十四元虽不够开销,总还算拉拉扯扯勉强过得下去。

他家里有一个怀孕七个月的妇人,一个三岁半的女孩子。妇人又脏又矮,人倒异常贤惠。小女孩因害痞结病,瘦得剩一把骨头,一张脸黄姜姜的,两只眼睛大大地向外凸出,动不动就如猫叫一般哭泣不已。他却很爱妇人同小孩。

妇人为他孕了五个男孩子,前后都小产了。所以这次怀孕,顾问总担心又会小产。

回到家里,见妇人正背着孩子在门前望街,肚子还是胀鼓鼓的，知道并不是小产，才放了心。

妇人见他脸红气喘，就问他什么原因，气色如此不好看。

"什么原因！小癞子说家里有要紧事，我还以为你又那个！"顾问一面用手摸着她的腹部，做出个可笑姿势，"我以为呱哒一下，又完了。我很着急，想明白你找我做什么！"

妇人说：

"大庸杨局长到城里来缴款，因为有别的事情，当天又得赶回观音寺，说是隔半年不见赵三哥了，来看看你。还送了三斤大头菜。他说你是不是想过大庸玩……"

"他就走了吗？"

"等你老等不来，叫小癞子到苗大处赊了一碗面请局长吃。派马夫过天王庙国术馆找你，不见。上衙门找你，也不见。他说可惜见你不着，今天又得赶到粑粑坳歇脚，恐怕来不及，骑了马走了。"

顾问一面去看大头菜，扯菜叶子给小女孩吃，一面心想这古怪。杨局长是参谋长亲家，莫非这"顺风耳"听见什么消息，上面有意思调剂我，要我过大庸做监收，应了前天那个捡了一手马屎的梦？莫非永顺县出了缺？

胡思乱想心中老不安定，忽然下了决心，放下大头菜就跑。在街上挨挨撞撞，有些市民不知道是什么原因，还跟着他乱跑了一阵。出得城来直向彭水大路追去。赶到五里牌，恰好那局长马肚带脱了，正在那株大胡桃树下换马肚带。顾问一见欢喜得如获"八宝精"，远远地就打招呼：

"局长，局长，你是上天空来朝玉皇？怎不玩一天，喝一杯，就忙走！"

那局长一见是顾问，也显得异常高兴。

"哈，三哥，你这个人！我在城里茅房、门角落灯笼火把哪里不找你，你这个人！简直是到保险柜里去了！"

"嗨,局长,什么都找到,你单单不找到王屠户案桌后边!我在那儿同他们吃牛鸡巴下茅台酒!"

"吓,你这个人!不上忠义堂做智多星,一定要蹲地下划拳才过瘾!"

两人坐在胡桃树下谈将起来,顾问才明白,原来这个"顺风耳"局长果然在城里听说今年十一月的烟亩捐,已决定在这个八月就预借。这好消息真使顾问喜出望外。

原来军中固定薪俸既极薄,在冷门上的官佐,生活太苦,照例到了收捐派捐时,部中就临时分别选派一些监收人,往各县会同当地军队催款。名分上是催款,实际上就调剂调剂,可谓公私两便。这种委员如果机会好,派到好地方,本人又会"夺弄",照例可以捞个一千八百;机会不好,派到小地方,也总有个三百五百。因此每到各种催捐季节,部里服务人员都可望被指派出差。不过委员人数有限,人人希望借此调剂调剂,于是到时也就有人各处运动出差。消息一传出,市面酒馆和几个著名土娼住处都显得活跃起来。

一做了委员,捞钱的方法倒很简便。若系查捐,无固定数目派捐,则收入以多报少。若系照比数派捐或预借,则随便说个附加数目。走到各乡长家去开会,限乡长多少天筹足那个数目;乡长又走到各保甲处去开会,要保甲多少天筹足那个数目;保甲就带排头向各村子里农民去敛钱。这笔钱从保甲过手时,保甲扣下一点点,从乡长过手时,乡长又扣下一点点,其余便到了委员手中。委员懂门径为人厉害歹毒的,可多从乡长、保甲荷包里挖出几个;委员老实胧包的,乡长、保甲就乘浑水捞鱼,多弄几个了。十天半月把款筹足回部呈缴时,这些委员再把入腰包的赃物提出一部分,点缀点缀军需处同参副两处同事,委员下乡的工作就告毕了。

当时顾问得到了烟款预借消息,心中异常快乐,但一点钟前在部里还听师长说今年十一月税款得涓滴归公,谁侵吞一元钱就砍谁

的头。军法长口头上且为顾问说了句好话,语气里全无风声,所以顾问就说:

"局长,你这消息是真是假?"

那局长说:

"我的三哥,亏你是个诸葛卧龙,这件事情还不知道。人家早已安排好了,舅老爷去花垣,表大人去龙山,还有那个'三尾子',也派定了差事。只让你梁山军师吴用坐在鼓里摇鹅毛扇!"

"胖大头军法长瞒我,那猪头三(学上海人口气)刚才还当着我面同师长说十一月让我过乾城!"

"这中风的大头鬼,正想派他小舅子过我那儿去。你赶快运动,

乡长又走到各保甲处去开会,要保甲多少天筹足那个数目;保甲就带排头向各村子里农民去敛钱。

妇人见城里屋价高涨，旁人争起新房子，便劝丈夫买块地皮，盖几栋茅草顶的房子……

热粑粑到手就吃。三哥，迟不得，你赶快那个！"

"局长，你多在城里留一天吧，你手面子宽，帮我向参谋长活动活动，少不得照例……"

"你找他去说那个这个……岂不是就有了边了吗？"

"那自然，那自然，你我老兄弟，我明白，我明白。"

两人嘀嘀咕咕商量了一阵，那局长为了赶路，上马匆匆走了。顾问步履如飞地回转城里，当天晚上就去找参谋长，傍参谋长靠灯效劳，在烟灯旁谈论那个事情。并用人格担保一切照规矩办事。

顾问奔走了三天，盖着巴掌大红印的大庸地方催款委员的委任令，居然就被他弄到手，第四天，便带了个随从，坐了三顶拐轿子出发了。

过了二十一天，顾问押解捐款缴部时，已经变成二千块大洋钱的资产阶级了。除了点缀各方面四百块，孝敬参谋长太太五百块，还足巴巴剩下光洋一千一百块在箱子里。妇人见城里屋价高涨，旁人争起新房子，便劝丈夫买块地皮，盖几栋茅草顶的房子，除自己住不花钱，还可将它分租出去，收二十元月租做家中零用。顾问满口应允，说是即刻托药店老板看地方，什么方向旺些就买下来。但他心里可又记着老《申报》，因为报上说及一件出口货还在涨价，他以为应当不告旁人，自己秘密地来干一下。他想收水银，使箱子里二十二封银钱，全变成流动东西。

上衙门去看报，研究欧洲局势，推测水银价值，好相机行事。师长花厅里牌桌边，军法长吃酒多患了头痛，不能陪师长打牌了，三缺一正少个角色。军需长知道顾问这一次出差弄了多少，就提议要顾问来填角。没有现款，答应为垫两百借款。

师长口上虽说"不要作孽，不要作孽"，可是到后仍然让这顾问上了桌子。当顾问官把衣袖一卷坐上桌子时，这一来，当地一个"知识阶级"暂时就失踪了。

一九三五年四月二十六日作

逃的前一天

一些铁锅，一些大箩筐，一些米袋，一些干柴，把他的生命消磨了三十年。他在这些东西中把人变成了平凡人中的平凡人。

会明

排班站第一，点名最后才喊到，这是会明。这个人所在的世界，是没有什么精彩的世界。一些铁锅，一些大箩筐，一些米袋，一些干柴，把他的生命消磨了三十年。他在这些东西中把人变成了平凡人中的平凡人。他以前是个农民，辛亥革命后，改了业。改业后，他在部队中做的是伙夫，在云南某军某师一个部队中烧火、担水、挑担子走长路，除此以外没有别的事情可做。

他样子是那么的——

身高四尺八寸。长手长脚长脸，脸上那个鼻子分量也比他人的长大沉重。长脸的下部分，生了一片毛胡子，本来长得像野草，因为剪除，所以不能下垂，却横横地蔓延发展成为一片了。

这品貌，若与身份相称，他应当是一个将军。若把胡子也作为将军必需条件之一时，这个人的胡子，还有两个将军的好处的。许多人，在另外一时，因为身上或头上一点点东西出众，于是从平凡中跃起，成为一时代中要人，原是很平常的事情；相书上就常常把历史上许多名王将相说起过的。这人却似乎正因为这些品貌上的特长，把一生毁了。

一直到这时，他还仍然在原有位置上任职。一个伙夫应做的事他没有不做，他的名分上的收入，也仍然并不与其余伙夫两样。

他现在是陆军第四十七团三十三连一个伙夫。提起三十三连，很容易使人同时记起洪宪帝制时代，国民军讨袁时在黔、湘边界一带的血战。事情已过去十年了。那时会明是伙夫，无事时烧饭炒菜，战事一起则运输子弹，随连长奔跑。一直到这时，他还仍然在原有位置上任职。一个伙夫应做的事他没有不做，他的名分上的收入，也仍然并不与其余伙夫两样。

如今的三十三连，全连中只剩余会明一人同一面旗帜，十年前参与过革命战争，这革命的三十三连俨然只是为他一人而有了。旗在会明身上谨谨慎慎地缠裹着，会明则在伙夫的职位上按照规矩做着粗重肮脏的杂务，便是本连的新长官，也仿佛把这一连过去历史忘掉多久了。

野心的扩张，若与人本身成正比，会明有做司令的希望。然而主持这人类生存的，俨然是有一个人，用手来支配一切。有时因高兴的缘故，常常把一个人赋予了特别夸张的体魄，却又在这峨然巍然的躯干上安置一颗平庸的心。会明便是如此被处置的一个人：他一面发育到使人见来生出近于对神鬼的敬畏，一面却天真如小狗，忠厚驯良如母牛。若有人想在这人生活上，找出那偃蹇运涩的根源，这天真同和善，就是其所以使这个人永远是伙夫的一种极正当理由。在躯体上他是一个伙夫，在心术上他是一个好人。人好时，就不免常有人拿来当呆子惹。被惹时，他在一种大度心情中，看不出可发怒的理由。但这不容易动火的性格，在另一意义上，却仿佛人人都比他聪明十分，所以他只有永远当伙夫了。

任何军队中，总不缺少四肢短小如猢狲、同时又不缺少如猢狲聪明的那类同伴。有了这样同伴，会明便显得更相更元气了。这一类人一开始，随后是全连一百零八个好汉，在为军阀流血之余，人人把他当呆子看待，用各样绰号称呼他，用各样工作磨难他，渐渐地，使他把世界对于呆子的待遇一一尝到了。没有办法，他便自然而然也越来越与聪明离远了。

从讨袁到如今整十年。十年来，世界许多事情都变了样子，成千成百马弁、流氓都做了大官；在别人看来，他只长进了他的呆处，除此以外完全无变动。他正像一株极容易生长的大叶杨，生到这世界地面上，一切的风雨寒暑，不能摧残它，却反而促成它的坚实长大。他把一切戏弄放在脑后，眼前所望所想只是一幅阔大的树林，树林中没有会说笑话的军法，没有爱标致的中尉，没有勋章，没有钱，此外嘲笑同小气也没有。树林印象是从都督蔡锷一次训话所造成。这树林，所指的是中国边境，或者竟可以说是外洋，在这好像

他老早就编好了草鞋三双。还有绳子、铁饭碗、成束的草烟，都预备得完完全全。

很远很远的地方，军队为保卫国家驻了营，做着一种伟大事业，一面垦辟荒地，生产粮食，一面保卫边防。

在那种地方，照会明想来，也应当有过年过节，也放哨，也打枪放炮，也有草烟吃，但仿佛总不是目下军营中的情形。那种生活在什么时候就出现，怎么样就出现，问及他时是无结论的。或者问他，为什么这件事比升官发财有意义，他也说不分明。他还不忘记都督尚说过"把你的军旗插到堡上去"那一句话。军旗在他身上是有一面的，他所以好好保留下来，就是相信有一天用得着这东西。到了那一日，他是预备照都督所说的办法做去的。他欢喜他的上司，崇拜他，不是由于威风，只是由于简朴，像一个人，不像一个官。袁世凯要做皇帝，就是这个人告百姓说"中华民国再不应当有皇帝坐金銮宝殿欺压人"，大家就把老袁推翻了。

被人谥作"呆"，那一面宝藏的军旗，和那无根无蒂的理想，都有一部分责任了。他似乎也明白，到近来，因此旗子事情从不和人提起。他那伟大的想望，除供自己玩味以外，也不和另外人道及了。

因为打倒军阀，打倒反革命，三十三连被调到湖北黄州前线。

这时所说的，就是他上了前线的情形。

打仗并不是可怕的事情。民国以来在中国当兵，不拘如何胆小，都不免在一年中有到前线去的机会。这伙夫,有了十多年内战的经验,这十多年来,是中国做官的在这新世纪别无所为、只成天互相战争的时代。新时代的纪录,是流一些愚人的血,升一些聪明人的官。他看到的事情太多,死人算不了什么大事。若他有机会知道"君子远庖厨"一类话,他将成天嘲笑读"子曰"的人说的"怜悯"是怎么一回事了。流汗、挨饿,以至于流血、腐烂,这生活,在军队以外的"子曰"配说同情吗?他不为同情,不为国家迁都或政府的统一——他和许多人差不多一样,只为"冲上前去就可以发三个月的津贴",这呆子,他当真随了好些样子很聪明的官冲上前去了。

到前线后他的职务还是伙夫。他预备在职分上仍然参与这场热闹事情。他老早就编好了草鞋三双。还有绳子、铁饭碗、成束的草烟,都预备得完完全全。他另外还添置了一个火镰,钢火很好,是用了大价钱向一个卖柴人匀来的。他算定这热闹快来了。望到那些运输辎重的车辆,很沉重地从身边过去时,车轮深深地埋在泥沙里,他就呐喊,笑那拉车的马无用。他在开向前方的路上,肩上的重量有时不下一百二十斤,但是他还一路唱歌。一歇息,就大喉咙说话。

军队两方还无接触的事,队伍以连为单位分驻各处,三十三连被分驻在一小山边。他同平时一样,挑水、洗菜、煮饭,每样事都是他做,凡是出气力事他总有份。事情做过后,司务长兴豪时,在那过于触目了的大个儿体格上面,加以地道的嘲弄,把他喊作"枪靶",他就只做着一个伙夫照例在上司面前的微笑,低声发问:"连长,什么时候动手?"为什么动手他却不问。因为上司早已说过许多次,自然是"打倒军阀",才有战事,不必问也知道。其实他的上司的上司,也就是一个军阀。这个人,有些地方他已不全呆了。

驻到前线三天,一切却无动静。这事情仿佛和自己太有关系了,他成天总想念到这件事。白天累了,草堆里一倒就睡死,可是忽然在半夜醒来时,他的耳朵就像为枪声引起了注意才醒的。他到这时节已不能再睡了。他就想，或者这时候前哨已有命令到了？或者有夜袭的事发生了？或者有些地方已动了手，用马刀互相乱砍，用枪刺互相乱刺？他打了一个冷战，爬起身来，悄悄地走出去望了一望帐篷外的天气，同时望到守哨的兵士鹄立在前面，或者是肩上扛了枪来回地走。他不愿意惊动了这人，又似乎不能不同这人说一句话，就咳嗽，递了一个知会。他的咳嗽是无人不知道的，自然守哨的人即刻就明白是会明了。到这时，遇守哨人是个爱玩笑的呢，就必定故意地说："口号！"他在无论何时是不至于把本晚上口号忘去的。但他答应的却是"伙夫会明"。军队中口号不同是自然的事，然而这个人的口号却永远是"伙夫会明"四个字。把口号问过，无妨了，就走近哨兵身

"大爷，小哥子，怎么样，没有事情么？""没有。"答应着这样话的哨兵，走动了。"我好像听见枪声。""会明你在做梦。"

边。他总显着很小心的神气问:"大爷,小哥子,怎么样,没有事情么?""没有。"答应着这样话的哨兵,走动了。"我好像听见枪声。""会明你在做梦。""我醒了很久。""说鬼话。"问答应当小住了,这个人于是又张耳凝神听听远处。然而稍过一会,总仍然又要说:"听,听,兄弟,好像有点不同,你不注意到么?"假若答的还是"没有",他就顽固地孩子气地小声说:"我疑心是有,我听到马嘶。"那答的就说:"这是你出气。"被骂了后,仍然像是放心不下,还是要说。……或者,另外又谈一点关于战事死人数目的统计,以及生死争夺中的轶闻。这伙夫,直到不得回答,身上也有点感觉发冷,到后看看天,天上全是大小星子,看不出什么变化,就又好好地钻进帐篷去了。

战事对于他也可以说是有利益的,因为在任何一次行动中,他总得到一些疲倦与饥渴,同一些紧张的欢喜。就是逃亡、退却,看到那种毫无秩序的纠纷、可笑的慌张、怕人的沉闷,都仿佛在他是有所得的。然而他期待前线的接触,却又并不因为这些事。他总以为既然是预备要打,两者已经准备好了,那么趁早就动手,天气合宜,人的精神也较好。他还记得去年在鄂西的那回事情,时间正是五黄六月,人一倒下,气还不断,糜烂处就发了臭;再过一天,全身就有小蛆虫爬行。死去的头脸发紫,胀大如斗,肚腹肿高,不几天就爆裂开来。一个军人,自己的生死虽应当置之度外,可是死后那么难看,那么发出恶臭,流水生蛆,虽然是"敌人",还在另一时用枪拟过自己的头作靶子,究竟也是不很有意思的事!如今天气显然一天比一天热了,再不打,过一会,真就免不了要像去年情形了。

为了那太难看、太不和鼻子相宜的六月情形,他愿意动手的命令即刻就下。

然而前线的光景,却不能如会明所希望的变化。先是已有消息令大队在××集中,到集中以后,局面反而和平了许多,又像是前途还有一线光明希望了。

这和平，倘若当真成了事实，真是一件使他不大高兴的事情。单是为他准备战事起后那种服务的梦，这战争的开端，只顾把日子延长下去，已就是许多人觉得是不可忍受的一件事了。当兵的人人都并不喜欢打内战，但都期望从战事中得到一种解决：打赢了，就奏凯；败了，退下。总而言之，一到冲突，真的和平也就很快了。至于两方支持原来地位下来呢，在军人看来却感到十分无聊。他和他们心情都差不多，就是死活都以即刻解决为妙。维持原防，不进不退，那是不行的。谁也明白六月天气这么下去真不行！

会明对于战事自然还有另外一种打算。他实在愿意要打就打起来，似乎每打一仗，便与他从前所想的军人到国境边沿去屯边卫国的事实走近一步了，于是他在白天，逢人就问究竟是要什么时候开火。他那种关心好像一开火后就可以擢升营长。可是这事谁也不清楚，谁也不能做决定的回答。人人就想知道这一件事，然而照例在命令到此以前，把连长算在内，军人是谁也无权过问这日子的。看样子，非要在此过六月不可了。

五天后，还没动静。

十五天后，一切还是同过去的几天一样情形。

一连十多天不见变动，他对于夜里的事渐渐不大关心了。遇到半夜醒来出帐篷解溲，同哨兵谈话的次数也渐渐少了。

去他们驻防处不远有一个小村落，这村落因为地形平敞的缘故，没有争夺的必要，所以不驻一兵。然而住在村落中的乡下人，却早已全数被迫迁往深山中去了。数日来，看看情形不甚紧张，渐渐地，日前迁往深山的乡下人，就有很多悄悄地仍然回到村中看视他们的田园的。又有些乡下人，敢拿鸡蛋之类陈列在荒凉的村前大路旁，来同这些副爷冒险做生意的。

会明为了伙夫的本分，在开火以前，除了提防被俘掳，是仍然可以随时各处走动的。村中已经有了人做生意,他就常常到村子里去。他每天走几次,一面是代连上的弟兄采买一点东西,一面是找个把乡下上年纪的农民谈一谈话。而且村中更有使他欢喜的,是那本地种的小叶烟,颜色黄得简直是金子,味道又不坏。既然不开火,烟总是要吸的,有了本地烟,则返回原防时,那原有三束草烟还是原来不动,所得好处的确已不少了。所以他虽然不把开火的事情忘却,但每天到村中去谈谈话,尽村中人款待一点很可珍贵的草烟,也像这日子仍然可以过得去了。

而且村中更有使他欢喜的,是那本地种的小叶烟,颜色黄得简直是金子,味道又不坏。

村子里还有烧酒，从地窖里取出的陈货。他酒量并不大，但喝一小杯也令人心情欢畅。

他一到了那村落里，就把谈话的人找到了，因为那满嘴胡子，已证明这是一个有话好商量的朋友。别人总愿意知道他胡子的来处。这好人，就很风光地说及十年前的故事。把话说滑了口，有时也不免小小吹了一点无害于事的牛皮，譬如本来只见过都督蔡锷两次，他说顺了口，就说是五次。然而说过这样话的他，比听的人先把这话就忘记了到脑后，自然也不算是罪过了。当他提起蔡锷时，说到那伟人的声音颜色，说到那伟人的精神，他于是记起了腰间那面旗子，他

把话说滑了口，有时也不免小小吹了一点无害于事的牛皮，譬如本来只见过都督蔡锷两次，他说顺了口，就说是五次。

就想了一想，又用小眼睛仔细老成地望了一望对方人的颜色。本来这一村，这时留下的全是有了些年纪的人，因为望到对方人眼睛是完全诚实的眼睛，他笑了。他随后做的事是把腰间缠的小小三角旗取了下来。"看，我这个家伙！"看的人眼睛露出吃惊的神气，他得意了。"看，这是他送我们的，他说：'嗨，老兄，勇敢点，不要怕，插到那个地方去！'你明白插到哪个地方去吗？很高很高的地方！"听的人自然是摇头，而且有愿意明白"他"是谁，以及插到什么地方去的意思。他就慢慢地一面含着烟管，一面说老故事。听这话的人，于是也仿佛到了那个地方，看到这一群勇敢的军人，在插定旗子下面生活，旗子一角被风吹得拨拨作响的情形。若不是怕连长罚在烈日下立正，这个人，为了使这乡下人印象更明确一点，早已在这村落中一个土阜上面把旗子竖起，让这面旗子当真来在风中拨拨作响了。有时候，他人也许还问道："这是到日本到英国？"他就告他们："不拘哪一国，总之，不是湖南省，也不是四川省。"他想到那种一望无涯的树林，那里和中国南京、武汉已很远很远，以为大概不是英国，总就是日本国边边上。

至于俄国呢，他不敢说。因为那里可怕，军队中照例是不许说起这个国名的。究竟有什么可怕？他一点也不知道。

就好像是因为这种慷慨的谈论，他和这村落中人很快就建立了一种极好的友谊。有一次，他忽然得到一个人赠送的一只母鸡，带回了帐篷。那送鸡的人，告他这鸡每天会从拉屎的地方掉下一个大卵来，他把鸡双手捧回时，就用一个无用处的白木子弹箱安置了它，到第二天一早，果然木箱中多了一个鸡卵。他把鸡卵取去好好地收藏了，喂了鸡一些饭粒，等候第二个鸡卵，第三天果然又是一个。当他把鸡卵取到手时，便对那母鸡做着"我佩服你"的神气。那母鸡也极懂事，应下的卵从不悭吝过一次。

鸡卵每天增加一枚，他每天抱母鸡到村子里尽公鸡轻薄一次。他

小鸡从薄薄的蛋壳里出到日光下,一身嫩黄乳白的茸毛,喝啾地叫喊,把会明欢喜到快成疯子。

渐渐为一种新的生产兴味所牵引,把战事的一切忘却了。

自从产业上有了一只母鸡以后,这个人,很有些事情,已近于一个做母亲人才需要的细心了。他同别人讨论这只鸡时,也像一个母亲和人谈论儿女一样的。他夜间做梦,就梦到不论走到什么地方去,总有二十只小鸡旋绕脚边吱吱地叫,好像叫他作"外公"。梦醒来,仍然是凝神听,所注意的已经不是枪声。他担心有人偷取鸡卵,有野猫拖鸡。

鸡卵到后当真已积到二十枚。

会明除了公事以外,多了些私事。预备孵小鸡,他各处找东找西,仿佛做父亲的人着忙看儿子从母亲大肚中卸出。对于那伏卵的母鸡,他也从"我佩服你"的态度上转到"请耐耐烦烦"的神情,似乎非常礼貌客气了。

日子在他的期待中,在其他人的胡闹中,在这世界上另一地方许多人的咒骂歌唱中,又糟蹋四五十天了。小鸡从薄薄的蛋壳里出到日光下,一身嫩黄乳白的茸毛,喝啾地叫喊,把会明欢喜到快成疯子。如果这时他被派的地方,就是平时神往的地方,他能把这一笼小鸡带去,即或别无其他人做伴,也将很勤快地一个人在那里竖旗子住下了。

知道他有了一窝小鸡,本连上小兵,就成天有人来看他的小鸡。还有那爱小意思的兵士,就有向他讨取的事情发生了。对于这件事情,他用的是一种慷慨态度,毫不悭吝地就答应了人,却附下个条件,虽然指派定这鸡归谁那鸡归谁,却统统仍然由他管理。他在每只小鸡身上做了个不同记号,却把它们一视同仁地喂养下来。他走到任何帐篷里去,都有机会告给旁人小鸡近来如何情形,因为每一个帐篷里面总有一个人向他要过小鸡。

白天有太阳,他就把鸡雏同母鸡从木箱中倒出来,尽这母子在帐篷附近玩,自己却赤了膊子咬着烟管看鸡玩,或者举起斧头劈柴,把新劈的柴堆成一座一座空心宝塔。眼看鸡群绕着柴堆打转,老鹰在天上飞时,母鸡十分机警地带着小鸡逃到柴塔中去的情形,他十分高兴。

遇到进村里去时,他便把这笼鸡也带去。他预备给原来的主人看看,像那人是他的亲家。小鸡雏的健康活泼,从那旧主人口中得到一些动人的称赞后,他就非常荣耀骄傲地含着短烟管微笑,还极谦虚地说:"这完全是鸡好,它太懂事了,它太乖巧了。"为此一来,则仿佛这光荣对于旧主人仍然有份。旧主人觉悟到这个,就笑笑,会明不免感动到眼角噙了两粒热泪。

"大爷,你们不打仗了吗?"

"唔,命令不下来。"

"还没听到什么消息吗?"

"或者是六月要打的。"

"若是要打,怎么样?"这老人意思所指,是这一窝鸡雏的下落。

会明也懂到这个意思了,就说:"这是连上一众所有的。"他且把某只小鸡属于某一个人一一指点给那乡下人看。"要打吧,也得带它们到火线上去。它们不会受惊的。你不相信吗?我从前带过一匹猫,是乌云盖雪,一身乌黑,肚皮和四个爪子却白蒙蒙的。这猫和我们在壕沟中过了两个月，换了好些地方。"

"猫不怕炮火么？"

"它像人，胆子尽管小，到了那里就不知道怕！"

"我听说外国狗也打仗！"

"是吧，狗也能打仗吧。好些狗比人还聪明。我亲眼看过一只狗，有小牛大，拉小车子。"他把大拇指竖起，"哪，这个。可是究竟还是一只狗。"

虽然说着猫呀、狗呀的过去的事情，看样子，为了这一群鸡雏发育或教育，会明已渐渐地倾向于"非战主义"者一面，也是很显然的事实了。

白日里，还同着鸡雏旧主人说过这类话的会明，返到帐篷中时，坐在鸡箱边吸烟，正幻想着这些鸡各已长大，飞到帐篷顶上打架的情形，有人来传消息了。人从连长处来，站在门口，说这一连已得到命令，今晚上就应当退却。会明跑出去将那人一把拉着了："嗨，你说谎！"来人望了望是会明，不理会呆子，用力把身挣脱，走到别一帐篷前去了。他没

左图：

为了这一群鸡雏发育或教育，会明已渐渐地倾向于"非战主义"者一面，也是很显然的事实了。

右图：

和议的局势成熟，一切做头脑的讲了和，地盘分派安当，照例约好各把军队撤退二十里，各处骂人标语全扯去，于是"天下太平"了。

有追这人,却一直向连长帐篷那一方跑去。

在连长帐篷前,遇到了他的顶头上司。

"连长,这是正经话吗?"

"什么话是正经话?会明呆子,你就从来不说过什么正经话。"

"我听到他们说我们就要……"他把大舌头伸伸。

连长不作声。这伙夫,已经跑得气息发喘,见连长不说话,从连长的肩膊上望过去,注意到正有人在帐篷里面收拾东西,卷军用地图,拆电话。他抿抿嘴唇,好像表示"你不说我也知道,凡事瞒不了我",很得意地跑了回去,整理他的鸡笼去了。

和议的局势成熟,一切做头脑的讲了和,地盘分派妥当,照例约好各把军队撤退二十里,各处骂人标语全扯去,于是"天下太平"

了。会明的财产上多一个木箱，多一个鸡的家庭。他们队伍撤回原防时，会明的伙食担上一端加上还不曾开始用过的三束草烟叶，另一端就加上那些小儿女。本来应当见到血，见到糜碎的肢体，见到腐烂的肚肠的，没有一人不这样想！但料不到的是这样开了一次玩笑，一切的忙碌，一切精力的耗费，一切悲壮的预期，结果太平无事，等于儿戏。

在前线，会明是伙夫，回到原防，会明仍然也是伙夫。不打仗，他仿佛觉得去那大树林涯还很远，插旗子到堡子上，望到这一面旗子被风吹得拨拨作响的日子，一时还无希望证实。但他喂鸡，很细心地料理它们。多余的草烟至少能对付四十天。一切说来他是很幸福的。六月来了，天气好热！这一连人幸好没有一个腐烂。会明望到这些兄弟呆呆的微笑时，那微笑的意义，没有一个人明白。再过些日子，秋老虎一过，那些小鸡就会扇着无毛翅膀，学着叫"勾勾喽"了。一切说来他是很幸福的，满意的。

一九二九年作
一九三四年改
一九五九年校

三个男子和一个女人

　　因为落雨，朋友逼我说落雨的故事。这是其中最平凡的一个。它若不大动人，只是因为它太真实。我们都知道，凡美丽的都常常不是真实的，天上的虹同睡眠的梦，便为我们作例。

　　没有什么人知道军队中开差要落雨的理由。

　　我们自己是找不出那个理由的。或者这事情团部的军需能够知道。因为没有落雨时候，开差的草鞋用得很少，落了雨，草鞋的耗费就多了。落雨开差对于军需也许有些好处。这些事我们并不清楚，照例非常复杂，照例团长也不大知道，因为团长是穿皮靴的。不过每次开拔总同落雨有一种密切关系，这是本年来我们的巧遇。

　　在大雨中作战，还需要人，在雨里开差，我们自然不应当再有何种怨言了。雨既然时落时止，部队的油布雨衣，都很完全。我们前面办站的副官，从不因为借故落雨，便不把我们的饮食预备妥当。我们的营长，骑在马上，尽雨淋湿全身，也不害怕发生疟疾。我们在雨中穿过竹林，或在河边茅棚下等候渡船，因为落雨，一切景致看来实在比平常日子美丽许多。

　　落了雨，泥浆分外多，但滑滑地走着长路，并不使人十分难过。我们是因为落雨，所以每天才把应走的里数缩短的。我们还可以在方便中，借故走到一个有青年妇人的家里去，说几句俏皮话，打个哈哈，顺便讨取几张棕衣，包到脚上。我们因为落雨，才可以随便一点，同营长在一个小盆里洗脚。一个兵士还能够有机会同营长在一个小盆里洗脚，这出乎军纪风纪以上的放肆，在我们那时节，是不大容易得到的机会！

　　我们在雨中穿过竹林，或在河边茅棚下等候渡船，因为落雨，一切景致看来实在比平常日子美丽许多。

队伍走了四天,到了我们要到的地点。天气是很有趣味的天气,等到队伍已经达到目的地,忽然放了晴,有太阳了。一定有许多人要笑它,以为太阳在故意同我们作对。这我们可管不了许多。我们是移到这里来填防的,原来所驻的军队早已走了,把部队开来补缺,别人做什么无聊事我们还是要继续来做。

乘满天红霞夕阳照人时,我们有一营人留在此地了。另外一营人,今天晚上虽然也留在此地,第二天就得开拔到一个五十里外的镇上去。那些明天还要开拔的,这时节已全驻扎到各小客栈同民房,我们各处找寻驻宿的地点。因为各个部队已经分配好了,我们的旗子插到杨家祠堂,可是一连人中谁也不知道这杨家祠堂的地点,只得在街中乱抓别一连的兵士询问。

原来杨家祠堂有两个,我们找了许久,找到的还好像不对。因为这祠堂太小太坏,极其荒凉。但连长有点生气,他那尊贵的脚不高兴再走一步了。他说,这里既然是空的,就歇息一下,再派人去问吧。我们全是走了一整天长路的人,我们看到许多兵士,在民房里休息,用大木盆洗脚,提干鱼匆匆忙忙地向厨房走去。倦了饿了,都似乎有了着落,得到解决,只有我们还在这市镇街上各处走动,像一队无家可归的游民。现在既然有了个歇脚地方,并且时间又已经快夜了,所以谁也不以为意,都在祠堂外廊下架了枪,许多人都坐在那石狮子下,松解身上的一切负荷。

一个年青号兵不知从什么地方得来了一个葫芦,满葫芦烧酒,一个人很贪婪地躲到墙脚边喝。有些兵士见到了都去抢这葫芦,到后葫芦打碎,所有酒全泼在还不十分干燥的石地上了。号兵发急,大声地辱骂,而且追打抢劫他的同伴。

连长听到吵闹,想起号兵的用处了,就要号兵吹号探问团部。号兵爬到石狮子上去,一手扳着那为夕阳所照的石狮,一手拿着那支紫铜短小喇叭,吹了一通问答的曲子,声音飘荡到晚风中,极其抑

扬动人。

其时满天是霞，各处人家皆起了白白的炊烟，在屋顶浮动。许多年青妇人带着惊讶好奇的神气，身穿新浆洗过的月蓝布衣裳，胸前挂着扣花围裙，抱了小孩子，远远地站在人家屋檐下看热闹。

那号兵把喇叭吹过后，就得到了驻在山头庙里团部的回音。连长又要号兵用号声，询问是不是本连就在这祠堂歇脚。那边的答复还是不能使我们的连长满意。于是那号兵，第三次又鼓着那嘴唇，吹他那紫铜喇叭。

在街的南端，来了两只狗，有壮伟的身材、整齐的白毛、聪明的眼睛，如两个双生小孩子，站在一些人的面前。这东西显然是也知道了祠堂门前发生了什么事情，特意走来看看的。

这对大狗引起了我们一种幻想。我们的习惯是走到任何地方看到

了一只肥狗，心上就即刻有一股杀机兴起，极难遏止的。可是另外还有更使人注意的，是听到有一个女子的声音喊"大白，二白"，清朗而又脆细，喊了两声，那两只狗对我们望望，仿佛极其懂事，知道这里不能久玩，返身飞跑去了。

天快晚了。满天红云。

我们之间忽然发生了一个意外的变故。那号兵，走了一整天的路，到地后，大家皆坐下休息了，这年青人还爬上石狮子去吹了好几次号。到后脚腿一发麻，想从石狮子上跳下时，谁知两脚已毫无支持他那身体的能力，跳到地下就跌倒不能爬起，一只脚扭伤了筋，再也不能照平常人一样方便走路了。

这号兵是我同乡，我们在一个堡寨里长大，一条河里泅水过着夏天，一个树林子里拾松菌消磨长日。如今便应当轮到我来照料他了。

一个二十岁的人，遭遇这样的不幸，哪有什么办法可言？因为连长也是同乡，号兵的职务虽不革去，但这个人却因为这不幸的事情，把事业永远陷到号兵的位置上了。他不能如另外号兵，在机会中改进干部学校再图上进了，他不能再有资格参加作战剿匪的种种事情了，他不能再像其他青年兵士，在半夜

左图：

许多年青妇人带着惊讶好奇的神气，身穿新浆洗过的月蓝布衣裳，胸前挂着扣花围裙，抱了小孩子，远远地站在人家屋檐下看热闹。

右图：

这号兵是我同乡，我们在一个堡寨里长大，一条河里泅水过着夏天，一个树林子里拾松菌消磨长日。

里爬过一堵土墙去与本地女子相会了。总而言之，便是这个人做人的权利，因为这无意中一摔，一切皆消灭无余，无从补救了。

我因为同乡的缘故，总是特别照料到这个人。我那时是一个什长，我就把他放在我那一棚里。这年青人仍然每早得在天刚发白时候爬起，穿上军衣，弄得一切整齐，走到祠堂外边石阶上去，吹天明起床号一通。过十分钟，又吹点名号一通。到八点又吹下操号一通。到十点又吹收操号一通。……此外还有许多次数，都不能疏忽。军队到了这里，半月来完全不下操，但照规矩那号兵总得尽号兵的职务。他每次走到外边去吹他的喇叭时，都得我照拂他。我要是没有空闲，这差事就轮着班上一个伙夫。

我们都希望他慢慢地会转好，营部的外科军医，还把十分可信的保证送给这个不幸的人。这年青人那条腿被军医放过血，揉搓过许久，且用药烧灼过无数次，末了还用杉木板子夹好。日子一天一天地过去，还是得不到少许效验，我们都有点失望了，他自己却不失望。

他说他会好的，他只要过两个月就可以把杉木夹板取去，可以到田里去追赶野兔了。听到这话，老军医便笑着，因为他早知道这件事是青年人永远无可希望的事情。不过他遵守着他做医生的规则，且法律又正许可这类人说谎，所以他约许给这个号兵种种利益，有时比追兔子还夸张得不合事实。

过了两个月，这年青人还是完全不济事。伤处的肿已经消了，血毒症的危险不会有了，伤部也不至于化脓溃烂了，但这个号兵，却已完全是一个瘸脚人了。他已经不要人照料，就可以在职务上尽力了。他仍然住在我那一棚里，因为这样，我们两人之间，成立了一种最好的友谊。

我们所驻在的市镇，并不十分热闹，但比起湘边各小城市，却另有一种风味。这里只四条大街，中央一个鼓楼操纵全城。这里如其他地方一样，有药铺同烟馆，有赌博地方同喝酒地方。我每天差不多

我们所驻在的市镇,并不十分热闹,但比起湘边各小城市,却另有一种风味。这里只四条大街,中央一个鼓楼操纵全城。

都同这个有脚疾的号兵在一处过活,出去时总在一块,喝酒两人帮忙,赌博两人拉伴平分。

若果部队不开拔,这年青人仍然有一切当兵人的幸福。凡是一个兵士能做到的事,他仍然可以有分。他要到那些有年青妇人的住处去,妇人们都不敢得罪他。他坐上桌子赌五十文一注的二十一点扑克,别人也不好意思行使欺骗。他要吹号,凡是在过去没有赶得过他的,如今还是不会超过他。大家知道这个号兵的不幸,还不约而同地帮助这个人。

但他的性情,在我看来,有些地方却变了。他是一个号兵,照例对于他的喇叭应当有一种特殊嗜好，无事时到各处走去，喇叭总不能离身。他一定还是一个动作敏捷活泼喜事的人。他可以在晨光熹微中，爬到后山头或城堡上去试音，到了夜里，还要在月光下奏他的曲子，同远远的另一连互相唱和。别的连上的号手，在逢场时节，还各人穿了整齐的制服，排队到场上游行，成列地对本城人有所炫耀，说不定其中就有意外的幸运发生，给那些藏在腰门后面，露出一个白白额角同黑亮眼睛的妇女们注了意。还有，他若是行动自由而且方便，拿喇叭到山上去吹，会有多少小孩子，带着微微的害怕，围拢来欣赏这大人物的艺术，他就可以同那些小孩子成立一种友谊。慢慢地，他就得到许多小朋友了。

　　属于号兵分外的好处，一切都完了。他仅有的只是一点分内的职务。平时好动喜事的他，有点儿阴郁，有点儿可怜。他的脚已经瘸

左图：

他可以在晨光熹微中，爬到后山头或城堡上去试音，到了夜里，还要在月光下奏他的曲子，同远远的另一连互相唱和。

右图：

他同我每天都到南街一个卖豆腐的人家去，坐在那大木长凳上，看铺子里年青老板推浆打豆腐。

了。连长当人面前就大声地喊瘸子。为了一种方便，为了在辨别上容易认出，自从这号兵一瘸，大家都在他的号兵名字加上了"瘸子"两字，本连伙夫也有了这一种权利对这个人存轻视心，轻轻地互相批评这不幸的人，且背地里学这人的行动，作为娱乐。

在先，对于号兵的职务，他仍然如一个好人一样，按时站在祠堂门外，或内面殿堂前石阶上，非常兴奋地奏他的喇叭。后来因为本连补下一个小副手，等到小号兵已经能够较正确地吹完各样曲子时，他就不常按时服务了。

他同我每天都到南街一个卖豆腐的人家去，坐在那大木长凳上，看铺子里年青老板推浆打豆腐。这铺子对面是一个邮政代办所，一家比本城各样铺子还阔气的房子。从对街望去，看得见铺子里油黄大板壁上挂的许多字画，许多贴金洒金的对联。最初来的那一天，我们所见到的那两只白色大狗，就是这人家所豢养的东西。这狗每天蹲在门前，遇熟人就站起身来玩一阵，后来听到一个人的叫唤，便显得匆匆忙忙，走到有金鱼缸的天井去了。

我们难道是为白吃一碗豆浆，就成天来赖到这铺子里面么？我们难道当真想要同这年青老板结拜兄弟，所以来同这个人

虽然我们每天总不拒绝由那个单身的强健的年青人手里，接过一碗豆浆来喝，我们可不是为吃豆浆而上门的。

要好么？

我们来到这里有别的原因。两个兵士，一个是废人，一个虽然被人家派为什长，站班时能够走出队伍来喊报名，在弟兄中有一种权利，在官长方面也有一种权利，俨然是一个预备军官，更方便处是可以随意用各样稀奇古怪的话语，辱骂本班的伙夫，作为脾气不好时节的泄气方法，可是一到外面，还有什么威武可说？一个班长，一连有十个或十二个，一营有三十六个，一团就有一百以上。什长的肩领章，在我们这类人身上，只是多加一层责任罢了。一个兵士的许多利益，因为是班长，却无从得到了。一个兵士享有的许多放肆处，一个班长也不许可了。若有人知道作战时班长同排长的责任，谁也将承认班长的可怜悯了。我到这儿是不以班长自居的，我擅用了一个兵士的权利，来到这豆腐铺。虽然我们每天总不拒绝由那个单身的强健的年青人手里，接过一碗豆浆来喝，我们可不是为吃豆浆而上门的。我们两人原来都看中了那两只白狗同那狗的女主人了。癞蛤蟆想吃天鹅肉，这句话恰像为我们说的。

　　说起这个女人真是一个标致的动物！在我生来还不曾见到第二个这样的女子。我看过许多师长的姨太太，许多女学生。第一种人总是娼妓出身，或者做了太太，样子变成娼妓。第二种人壮大得使我们害怕，她们跑路、打球，做一些别的为我们所猜想不到的事情，都变成了水牛。她们都不文雅，不窈窕。至于这个人呢，我说不出完全合意的是些什么地方，可是不说谎，我总觉得这是一朵好花、一个仙人。

　　我们一面服从营规，来时服从自己的欲望，在这城里我们不敢撒野，我们却每天到这豆腐铺子里来坐下。来时同年青老板谈天，或者帮助他推磨、上浆、包豆腐，一面就盼望那女人出门玩时，看一看那模样。我们常常在那二门天井大鱼缸边，望见白衣一角，心就大跳，血就在全身管子里乱窜乱跑。我们每天想方设法花钱买了东西，送给那两只狗吃，同这个畜生要好。在先，这畜生竟像知道我们存心不良，送它的东西嗅了一会就走开了。但到后来这东西由豆腐铺老板丢过去时，两条狗很聪明地望了一下老板，好像看得出这并不是毒药，所以吃下了。

　　为什么要在这无希望的事业上用心，我们自己也不知道。按照我们的身份，我们即或能够同这个人家的两条狗要好，也仍然无从与那狗主人接近。这人家是本地邮政代办所的主人，也就是这小城市唯一的绅士。他是商会的会长，铺子又是本军的兑换机关。时常请客，到此赴席的全是体面有身份的人物，团长同营长、团副官、军法、

军需,无不在场。平常时节,也常常见营部军需同书记官到这铺子里来玩,同那主人吃酒打牌。

我们从豆腐铺老板口上,知道那女人是会长最小的姑娘,年纪还只有十五岁。我们知道一切无望了,还是每天来坐到豆腐铺里,找寻方便,等候这娇生惯养的小姑娘出外来。只要看看那明艳照人的女人一面,我们就觉得这一天大快乐了。或者一天没有机会见到,就是单听那脆细声音,喊叫她家中所豢养的狗的名字,叫着"大白""二白",我们仿佛也得到了一种安慰。我们总是痴痴地注视到那鱼缸,因为从那里常常可见到白色或葱绿色衣角,就知道那个姑娘是在家中天井里玩。

时间略久,那两只狗同我们做了朋友,见我们来时,带着一点谨慎小心的样子,走过豆腐铺来同我们玩。我们又恨这畜生又爱这畜

左图：

每天来坐到豆腐铺里，找寻方便，等候这娇生惯养的小姑娘出外来。只要看看那明艳照人的女人一面，我们就觉得这一天太快乐了。

右图：

他生意做得不坏，他告诉我说，他把积下的钱都寄回乡下去。问他是不是预备讨一个太太，他就笑着不说话。

生，因为即或玩得很好，只要听到那边喊叫，就离开我们走去了。可是这畜生是那么驯善，那么懂事！不拘什么狗都永远不会同兵士要好的，任何种狗都与兵士做仇敌，不是乘隙攻击，就是一见飞跑。只有这两只狗竟当真成了我们的朋友。

豆腐铺老板是一个年青人，强健坚实，沉默少言，每天愉快地做工，同一切人做生意，晚上就关了店门睡觉。看样子好像他除了守在铺子面前，什么事情也不理；除了做生意，什么地方也不去。初初看来竟不知道这人什么时候吃饭，什么时候去买办他制豆腐的黄豆。他虽不大说话，可是一个主顾上门时节，他总不至疏忽一切地应对。我们问他所有不知道的事情时，他答应得也非常令人满意。

我们曾邀约他喝过酒，等到会钞时，走到柜上去算账，却听说豆腐老板已先付了账。第二次我们又请他去，他就毫不客气地让我们出钱了。

我们只知道他是从乡下搬来的。间或也有乡下亲戚来到他的铺子里。看那情形，这人家中一定也不很穷。他生意做得不坏，他告诉我说，他把积下的钱都寄回乡下去。问他是不是预备讨一个太太，他就笑着不说话。他会唱一点歌，嗓子很好，声音调门都比我们营里人高明。他又会玩一盘棋,人并不识字,"车""马""象""士"却分得很清楚。他做生意从未用过账簿,但赊欠来往数目,都能用记忆或别的方法记着,不至于错误。他把我们当成朋友看待,不防备我们,也不谄谀我们。我们来到他的铺子里,虽然好像单为了看望那商会会长的小姑娘,但若没有这样一个同我们合得来的主人,我们也不会不问晴雨到这铺子里混了!

我同我那同伴瘸脚号兵,在他豆腐铺里谈到对面人家那姑娘,有时免不了要说出一些粗话蠢话,或者对于那两只畜生,常常做出一点可笑的行为,这个年青老板总是微笑着,在他那微笑中我们虽看不出什么恶意,却似乎有点秘密。我便说:

"你笑什么?你不承认她是美人么?你不承认这两只狗比我们有福气?"照例这种话不会得到回答。即或回答了,他仍然只是忠厚诚实而几乎还像有点女性害臊神气的微笑。

"为什么还好笑?你们乡下人完全不懂美!你们一定欢喜大奶大臀的妇人,欢喜母猪,欢喜水牛。因为你不知道美人,不知道好看的东西。"

有时那跛子号兵也要说:"娘个狗,好福气!"且故意窘那豆腐铺老板,问他愿不愿意变成一只狗,好得到每天与那小姑娘亲近的机会。

照例到这些时节,年青人一面便脸红着特别勤快地推磨,一面还是微笑。

谁知道这是什么意思?谁又一定要追寻这意思?

我们的日子可以说是过得很快乐。因为我们除了到这里来同豆腐老板玩,喝豆浆看那个美人以外,还常常去到场坪看杀人。我们的团部,每五天逢场,总得将从各处乡村押解来到的匪犯,选择几个做坏事有凭据的,牵到场头大路上去砍头示众。从前驻扎在怀化,杀人时,若分派到本连护卫,派一排押犯人,号兵还得在队伍前面,在大街上吹号。到场坪时，队伍取跑步向前，吹冲锋号，使情形转为严重。杀过人以后，收队回营，从大街上慢慢通过，又得奏着得胜回营的曲子。如今这事情跛脚号兵已无分了。如今护卫的完全归卫队，就是平常时节团长下乡剿匪时保护团长平安的亲兵，属于杀人的权利也只有这些人占有了。我们只能看看那悲壮的行列，与流血的喜剧了。我也不能再用班长资格，带队押解犯人游街了。可是这并不是我们的损失，却是我们的好处。我们既然不在场护卫，就随时可以走到那里去看那些杀过后的人头，以及灰僵僵的尸体，停顿在那地方很久，不必须即时走开。

有一次，我们把豆腐老板拉去了，因为这个人平素是没有胆量看这件事的。到那血迹殷然的地方，四具死尸躺在土坪里，上衣已完

照例到这些时节，年青人一面便脸红着特别勤快地推磨，一面还是微笑。

因为非常快乐，我们的日子也极其容易过去了。一转眼，我们守在这豆腐铺子看望女人的事情就有了半年。

全剥去，恰如四只死猪。许多小兵穿着不相称的军服，脸上显着极其顽皮的神气，拿了小小竹竿，刺拨死尸的喉管。一些饿狗远远地蹲在一旁，眺望到这里一切新奇事情，非常出神。

号兵就问豆腐老板，对于这个东西害不害怕。这年青乡下人的回答，却仍然是那永远神秘永远无恶意的微笑。看到这年青人的微笑，我们为我们的友谊感觉喜悦，正如听到那女子的声音，感觉生命的完全一个样子。

因为非常快乐，我们的日子也极其容易过去了。

一转眼，我们守在这豆腐铺子看望女人的事情就有了半年。

我们同豆腐老板更熟了些，同那两只狗也完全认识了。我们有机会可以把那白狗带到营里去玩，带到江边去玩，也居然能够得到那狗主人的同意了。

因为知道了女人毫无希望（这是同豆腐老板太熟悉了，才从他口中探听到不少事情的），我们都不再说蠢话，也不再做愚蠢的企图了。仍然每天到豆腐铺来玩，帮助这个朋友，做一切事情。我们已完全学会制造豆腐的方法，能辨别豆浆的火候，认识黄豆的好坏了。我们还另外认识了许多本地主顾，他们都愿意同我们谈话，做我们的朋友。主顾是营里兵士时，我们的老板，总要我多多地给他们豆腐，且有时不接受主顾的钱。我们一面把生活同豆腐生意打成一片，一面便同那两只白狗成了朋友，非常亲昵，非常要好。那小姑娘的声音，虽仍然能够把狗从我们身边喊叫回去，可是有时候我们吹着哨子，也依然可以嗾使那两条狗飞奔地从家中跑出来。

我们常常看见有年青的军官，穿着极其体面的毛呢军服，白白的脸庞，带着一点害羞的红色，走路时胸部向前直挺，用那有刺马轮的长筒黑皮靴子，磕着街石，堂堂地走进那人家二门里去，就以为这其中一定有一些故事发生，充满了难受的妒意。我到底是懂事一点的人，受了这个打击，还知道用别的方法安慰自己。可是我的老伴瘸脚号兵，却因此大不快乐。我常常见他对那些年青官佐，在那些人背后，捏起拳头来做打下的姿势。又常常见他同豆腐铺老板谈一些我不注意到的事情。

有一次在一个小馆子里，各人皆喝多了一点酒，忘了形，我向那跛脚的残废人说：

"你是废人，我的朋友；我的庚兄，你是废人！一个小姐是只嫁给我们年青营长的。我们试去水边照照看，就知道这件事我们无分了。我们是什么东西？四块钱一月，开差时在泥浆里跑路，驻扎下来就点名下操，夜间睡到稻草席垫上给大爬虫咬，口是吃牛肉酸菜的口，手只捏那冰冷的枪筒。……我们年青，这有什么用？我们只是一些排成队伍的猪狗罢了，为什么对于这姑娘有一种野心？为什么这样不自量？……"

我那时的确已有了点醉意，不知道应当节制语言，只是糊糊涂涂，教训这个平时非常爱听好话的朋友。我似乎还用了许多比喻，提到他那一只脚。那时只是我们两个人在一处，到后，不知为什么理由，这朋友忽然改变了平常的脾气，完全像一只发疯了的兽物，扑到我的身上来了。我们于是就揪打成一堆，互相拧着对方的耳朵，各人毫不虚伪地痛快地打了一顿。我实在是醉了，他也是有点醉了。我们都无意思地骂着斗着，到后有兵士从门外过身，听到里面吵闹，像是自己人，才走进来劝解，费了许多方法才把我们拉开。

回到连上，各人呕了许多，半夜里，我们酒醒了，各人皆因为口渴，爬起来到水缸边拿水喝。两人喝了好些冷水，恍恍惚惚记起上半夜的事情，两人都哭起来。为什么要这样斗殴？什么事使我们这样切齿？为什么必须要这样做？我们披了新近领下的棉军服，一同走到天井去看快要下落的月亮，如一个死人的脸庞。天空各处有流星下落，作美丽耀目的明光。各处有鸡在叫。我们来到这里驻防，我这个朋友跌坏了腿的那时，还是四月，如今已经是十月了。

第二天，两人各望着对方的浮肿的脸，非常不好意思。连上有人知道了我们的殴打，一定还有人担心我们第二次的争斗，可料不到昨夜醉里的事情，我们两人早已忘记了。我们虽然并不忘却那件事，但我们正因为这样，友谊似乎更好了些。

两人仍然往豆腐铺去。豆腐老板初初见到，非常惊讶，以为我们之间一定发生重大的事故。因为我们两人的脸有些地方抓破了，有些地方还是浮肿，我们自己互相望到也要发笑。

到后还是我来为我们的朋友把事情说明，豆腐老板才清楚这原委。我告诉他说，我恍惚记忆得我说了许多糊涂话，我还骂他是一只

我们虽然并不忘却那件事，但我们正因为这样，友谊似乎更好了些。

瘸脚公狗，到后，不知为什么两人就揉在一处了。幸好是两人都醉了，手脚都无气力，毫不落实，虽然行动激烈，却不至于打破头。

这时那个姑娘走出门来，站在她的大门前，两只白狗非常谄媚地在女人身边跳跃，绕着女人打转，又伸出红红的舌头舐女人的小手。

我们暂时都不说话了，三个人望到对面。后来那女人似乎也注意到我们两个人的脸上有些蹊跷，完全不同往日了。便望着我们微笑。似乎毫不害怕我们，也毫不疑心我们对她有所不利。可是，那微笑，竟又俨然像知道我们昨晚上的胡闹，究竟是为了一些什么理由。

我那时简直非常忧郁，因为这个小姑娘竟全不以我们为意。在那小小的心里，说不定还以为我们是为了赚一点钱，同这豆腐老板合股做生意，所以每天才来到这里的。我望了一下那号兵，他的样子也似乎极其忧郁，因为他那只瘸腿是早已为人家所知道了的。他的样子比我又坏了一点，所以我断定他这时心上是很难受的。

至于豆腐老板呢，我不知道他是有意还是无意，这时节正露着强健如铁的一双臂膊，扳着那石磨，检查石磨的中轴，有无损坏。这事情似乎第三次了。另一回，也是在这类机会发现时，这年青诚实单纯的男子，也如今天一样检查他的石磨。

我想问他却没有开口的机会。

不到一会儿，人已经消失到那两扇绿色贴金的二门里不见了。如一颗星，如一道虹，一瞬之间即消逝了。留在各人心灵上的是一个光明的符号。我刚要对着我的瘸腿朋友做一个会心的微笑，我那朋友忽然说：

"二哥，二哥，你昨晚骂我，骂得很对！我们是猪狗！我们是阴沟里的蛤蟆！……"

因为号兵那惨沮样子，我反而觉得要找寻一些话语，安慰这个不幸的废人了。我说：

"不要这样说吧，这不是男子应说的话。我们有我们的志气，凭这志气凡事都无有不可以做到。万丈高楼平地起，我们要做总统，做将军，一个女人，算不了什么稀奇。"

号兵说："我不打量做总统，因为那个事情太难办到。我这只脚，娘个东西，我这只脚！……"

"谁不许你做人？你脚将来会想法子弄好的，你还可以望连长保荐到干部学校去念书。你可以同他们许多学生一样，凭本领挣到你的位置。"

"我是比狗都不如的东西。我这时想，如果我的脚好了，我要去要求连长补个正兵名额。我要成天去操坪锻炼……"

我明白了，我们三个人同样爱上了这个女子。

"慢慢地自然可以做到，"我转头向豆腐老板望着，因为这年青人已经把石磨安置妥当，又在摇动着长木推手了，"我们活下来真同推磨一样，简直无意思。你的意思以为怎么样？"

这汉子，好像以为我说的话同我的身份不大相称，也不大同他的生活相合，还是同别一时节别一事情那样向我微笑。

我明白了，我们三个人同样爱上了这个女子。

十月十四，我被派到七十里外总部去送一件公文，另外还有些别的工作，在石门候信住了一天，路上来回消磨了两天。

回转本城把回文送过团部，销了差。正因为这一次出差，得六块钱奖赏，非常快乐，预备回连上去打听是不是有人返乡，好把钱寄四

块回去办冬天的腊肉。回连上见到瘸子,我还不曾开口,那号兵就说:
"二哥,那个女人死了!"
这是什么话?
我不相信,一面从容俯下身去脱换我的草鞋。瘸子站在我面前,又说是"女的死了",使我不得不认真了。我听清楚这话的意义后,忽然立起,简直可说是非常粗暴地揪着了这人的领子,大声询问这事真伪。到后他要我用耳朵听听,因为这时节远处正有人家办丧事敲锣打鼓,一个唢呐非常凄凉地、颤动着吹出那高音。我一只脚光着,一只脚还笼在草鞋里,就拖了瘸子出门。我们同救火一样向豆腐铺跑去,也不管号兵的跛脚,也不管路人的注意。但没有走到,我已知道那唢呐锣鼓声音,便是由那豆腐铺对面人家传出。我全身发寒,头脑

从此再也不会为一些事心跳,在一些梦上发痴了。我们的生活,将永远有了一个看不见的缺口,再也不是完整的了。

好像被谁重重地打击了一下，耳朵发哄哄的声音。我心想，这才是怪事！才是怪事……

我静静地坐在那豆腐铺的长凳上时，接过了朋友给我的一碗热豆浆。豆腐铺对面这个人家大门前已凭空多了许多人，门前挂了丧事中的白布，许多小孩头上缠了白包头，在门外买东西吃。我还看到那大鱼缸边，有人躬身用长夹焚化银锭纸钱，火光熊熊向上直冒，纸灰飞得很高。

我知道这些事情都是真实，就全身拘挛，然而笑了。

我看看那豆腐老板，这个人这时却不如往天那样乐观，显然也受了一种打击，有点支持不住了。他做出没有见到我的样子，回过脸去。我又看号兵，号兵却做出一种讨人厌烦的样子。不知道为什么，我这时真有点厌烦这跛脚的人，只想打他一拳，可是我到底没有做这蠢事。

到后我问，才知道这女子是昨天吞金死的。为什么吞金，同些什么人有关系，我们当时一点也不明白，直到如今也仍然无法明白。（许多人是这样死去，活着的人毫不觉得奇怪的。）女人一死，我们各人都觉得损失了一种东西，但先前不曾说到，却到这时才敢把这东西的名字提出。我们先是很忧郁地说及，说到后来大家都笑了，分手时，我们简直互相要欢喜到相扑相打了。

为什么使我们这样快乐可说不分明。似乎各人皆知道女人正像一个花盆，不是自己分内的东西。这花盆一碎，先是免不了有小小惆怅，然而当大家讨论到许多花盆被一些混账东西长久霸占，凡是花盆终不免被有权势的独占，唯有这花盆却碎到地下，我们自然似乎就得到一点开心了。

可是，回转营里，我们是很难受的。我们生活被破坏无余了。从此再也不会为一些事心跳，在一些梦上发痴了。我们的生活，将永远有了一个看不见的缺口，再也不是完整的了。

其实这样的女人活在世界上同死去,对于我们有什么关系?假使人还是好好地活下去,开差移防的命令一到,我们还有什么希望可言?我们即或驻扎在这里再久,一个跛脚的号兵,一个什长,这两个宝贝,还有什么机会?除了能够同那两只狗认识以外,有何种伟大企图?

第二天,两人很早就起来,互相坐在铺上对面,沉默无话可说。各人似乎在努力想把自己安置到空阔处去,不再给过去的记忆围困。各人都要生气,却不知道为什么忽然脾气就坏到这样子。

"为什么眼睛有点发肿?你这个傻瓜!"

号兵因为我嘲笑他,却不取反攻姿势,只非常可怜地望到我。

我说:"难道人家死了,你还要去做孝子么?"

他还是那样,似乎想用沉默做一种良心的雄辩,使我对于他的行为引起注意。

我了解这点,但是却不放弃我嘲骂他的权利。

"跛子,你真是只癞蛤蟆,吃虫蚁,看天上。"

末了他只轻轻地问我:"二哥,你说,是不是死了的人还会复活?"因为这一句痴话我又数说了他好一顿。

两人在豆腐铺时,却见对面铺门极其冷清,门前地下剩余一些白纸钱。我们的朋友,那个年青老板,人坐在长凳上,用手扶着头,人家来买豆腐时,就请主顾自己用刀铲取板上的豆腐。见我们来了,他有了一点点生气,好像是遮掩自己伤痕,仍然对我们微笑着。他的笑,说明他还依然有个健康的身体和善良的人格。

"为什么?头痛吗?"

"埋了,埋了,一早就埋了!"

"早上就埋了么?"

"天还不大亮就出门了的。"

"你有了些什么事情,这样不快乐?"

那个年青老板，人坐在长凳上，用手扶着头，人家来买豆腐时，就请主顾自己用刀铲取板上的豆腐。

"我什么也不。"

他说了后，忙着为我们去取碗盏，预备盛豆浆给我们吃。

坐在那豆腐铺子里望着对面的铺子，心中总像十分凄凉，我同号兵坐了一会儿，就离开这个豆腐铺子，走向一个本地妇人处打牌去了。我们从那里探听得这个女人所埋葬的地点，在离城两里的鲇鱼庄上。

不知为什么我一望到那号兵忧郁样子，就使我非常生气想打他骂他。好像这个人的不欢喜样子，侮辱我对那小姑娘的倾心一样。我实在不愿意再同他坐在一个桌上打牌了，就回到连上躺在草垫上睡了。

这夜里跛子竟没有回到连上来。他曾告我不想回连上去睡,我以为他一定在那妇人处过夜了,也不觉得稀奇。第二天,我还是不愿意出门,仍然静静地躺在床上。到下午,我的头有点发烧,全身也像害了病,不想吃喝。吃了点姜糖草药,因为必须蒙头取汗,到全身被汗水透湿人醒来时,天已经夜了。

我爬起身到大殿后面去小便。雨后放晴,夕阳斜挂屋角,留下一片黄色。天空有一片薄云,为落日烘成五彩。望到这个暮景,望到一片在人家屋上淡淡的炊烟,听到鸡声同狗声、军营中喇叭声,我想起了我们初来此地那一天发生的一切事情。我想起我这个朋友的命运,以及我们生活的种种,很有点怅惘,有点悲哀。有一个疑问的弧

望到一片在人家屋上淡淡的炊烟,听到鸡声同狗声、军营中喇叭声,我想起了我们初来此地那一天发生的一切事情。

号隐藏在心上，对于这古怪人生，不知作何解释。

我到后仍然回去睡了，不想吃饭，不想说话，不想思索。我仍然睡下去，不知道有多久时间，只是把棉被蒙了头颅，隐隐约约听到在楼上兵士打牌吵闹的声音，迷迷糊糊见过许多人，又像是我们已经开了差，已经上了路，已经到了地。过去的事重复侵入我的记忆，使我重新看见号兵跌倒时的神气。醒来时好像有人坐在我的身边。把被甩去，才知道灯已熄灭了，只靠着正殿上的大油灯余光，照得出有一个人影，坐在我身边不动。

"瘸子，是你吗？"

"是我。"

"为什么这时节才回来？"

他把脸藏在黑暗里，没有作声。我因为睡了许久，出了两次汗，头昏昏的，这时候究竟已经是什么时候，也依然不很分明，就问他这是什么时候。他还是好像不曾听到的样子，毫无动静。

过了一会，他才说："二哥，真是祖宗有灵，天保佑，放哨的差一点一枪把我打死了。"

"你不知道口令么？"

"我哪里会知道口令？"

"难道已经是十二点过了么？"

"我不知道。"

"你今晚到些什么地方去，这时才回来？"

他又不作声了。我看见放在米桶上兵士们为我预备的一个美孚灯，把灯头弄得很小，还可以使它光亮，就要他捻一下灯。他先是并不动手，我第二次又请他做这件事。

灯光大了一点，我才望明白这号兵，全身黄泥，极其狼狈。脸上正如刚才不久同人殴打过样子，许多部分都牵掣着显著受伤的痕迹。我奇异而又惊讶，望到这朋友，不知道如何问他这一天来究竟到

过些什么地方，做了些什么事情。我的头脑这时也实在还有点糊涂，因为先一时在迷糊中我还梦到他从石狮上滚下地的情形，所以这时还仿佛只是一个梦。

他轻轻地轻轻地说："二哥，二哥，那坟不知道被谁挖掘了。"

"谁的坟呢？"

"好像是才挖掘不久的，我看得很清楚。"他的话，带着顽固神气，使我疑心他已经发了狂。

"我说，你说的是什么人的坟？在什么地方，为什么你知道？"

"为什么我不知道？我听人说那大辫子埋在鲢鱼庄，我要去看看。我昨天到过一次，还是很好的。我今天晚上又去，我很分明记到那一条路，那座坟，不知道已经被谁挖了。"

如不是我有点发狂，一定就是我这个朋友发了狂。我明白他所指

左图：

他轻轻地轻轻地说："二哥，二哥，那坟不知道被谁挖掘了。""谁的坟呢？""好像是才挖掘不久的，我看得很清楚。"

右图：

我听到这个吓人的报告，却忽然想起一个人来了。但我并不说出口，因为这个人还只在我的心上一闪，就又即刻消失了。

的坟是谁埋葬在那里了。我像一个疯人，跳了起来："你到过她的坟上么？你到过她的坟上么？你存什么心？你这畜生……"

这朋友却毫不惊讶，静静地幽悄地说："是的！我到过她的坟上，昨天到过，今天又到过。我不是想做坏事的人！我可以赌咒，天王在上，我并不带了什么家伙去。我昨晚上还看到那个土堆，一个上好土馒头，今天晚上全变了。我可以赌咒，看到的是昨晚那座坟，完全不是原有样子。不知谁做了这样事情，不知谁把她从棺木里掏出，背走了。"

我听到这个吓人的报告，却忽然想起一个人来了。但我并不说出口，因为这个人还只在我的心上一闪，就又即刻消失了。我起了一个疑问，以为是这个女子复活，因为重新生回，所以从棺木中挣扎奔出，这时节或者已经跑回家中同她的爹爹妈妈说话了。我又疑心她的死是假的，所以草草地埋葬，到后另外一个人就又把她掘出，把她救走了。我又疑心我这个朋友有了错误，因为神经错乱，忘记了方向和地位，第一次同第二次并不是在同一地方，所以才会发生这种误会。我用许

他已经不再请天神为他作证了。他诚实而又巨细无遗地同我说到过去一切。

多空想去解释，以为这件事并不真实。

后来我问他为什么要到坟边去。他很虚怯，以为我疑心这事他一定已经知道，或者至少事后知道这主谋人是谁，他一连发了七种誓言，要求各样天神作证，分辩他并无劫取女尸的意思。他只是解释他并不预先拿有何种铁器做掘墓的打算。他极力分辩他的行为。他把话说完了，望见我非常阴沉，眼睛里含有一种疑惧神色，如果我当时还不能表示对他的信托，他一定可以发狂把我扼死。

我的病已完全吓走了，我计算应当如何安置这个行将疯狂的朋友。我用许多别的话为他解说，且找出许多荒唐故事安慰这颗破碎心灵。他的血慢慢地冷静，一切兴奋过去后，就不断地喃喃地骂着一句野话。他告给我他实在也有过这种设想，因为听人说吞金死去了的人，如果不过七天，只要得到男子的偎抱，便可以重新复活。他又告我，第一天他还只是想象他到了坟边，听得到有呼救声音，便来做一次侠义事，从墓中把人救出。第二天，他因为听人说到这个话，才又过那里去，预备不必有呼救声音，也把女人掘出。可是到了那里一看，坟头已经完全变了样子，棺木盖掀在一旁，一个空棺张着大口等候吃人。他曾跳进棺里去看过一下，除了几件衣服以外什么也不见。一定是有人在稍前一些时候做了这事情，把坟掘开，把女子的尸身背走了。

　　他已经不再请天神为他作证了。他诚实而又巨细无遗地同我说到过去一切。我听完了他这些话，找不出任何话来安慰他了。我对于这件事还是不甚相信；我还是在心中打量，以为这事情一定是各人都身在梦中。我以为即或不是完全做梦，到了明天早上，这号兵也一定要追悔今晚所说的话语，因为这种欲望谁也无从禁止，行诸事实仍然不近人情。他因为追悔他的行为，把我杀死灭口也做得出。我这样想着，不免有所预防。可是，这个人现在软弱得如一个妇人，他除了忏悔什么也不能做了。我们有一个问题梗到心上来了，就是我们此后对于这件事如何处置。是去禀告一声，还是让那个哑谜延长？两人商量了一会，靠着简单的理智，认为这发现我们无权利去过问，且等天明到豆腐铺看看。走了许多夜路的号兵，一只瘸腿已经十分疲倦了，回来又谈了许久，所以到后就睡了。我是大白天睡了一整天的人，这时无论如何也不能再睡了。在灯影下望着这个残废苦闷的脸、肮脏的身，我把灯熄了，坐到这朋友身边，等候天明。

　　到豆腐铺时间已经不早了，却不见那年青老板开门。昨晚上我所想起的那件事，重新在我心上一闪。门既向外反锁，分明不是晏起，或在家中发生何等事故了。我的想象或将成为事实，我有点害怕，拉了号兵跑回连上，把这估计告给了那过非凡野心的他。他不甚相信事情一定就是这样子，一个人又跑出去许久。回来时，脸色煞白，说他已经探听了别一个人家，知道那老板的确是昨天晚上就离开了他的铺子的。

　　我们有三天不敢出去，只坐在草荐上玩骨牌。到后有人在营里传说一件新闻，这新闻生着无形的翅翼，即刻就全营皆知了。"商会会长女儿新坟刚埋好就被人挖掘，尸骸不知给谁盗了。"另外一个新闻,却是"这少女尸骸有人在去坟墓半里的石峒里发现,赤光着个身子睡在洞中石床上,地下身上各处撒满了蓝色野菊花"。

这个消息加上人类无知的枝节,便离去了猥亵转成神奇。

我们给这消息愣住了。我们知道我们那个朋友做了一件什么事情。

从此以后我们再也不曾到那豆腐铺里去,坐在长凳上喝那年青朋友做成的豆浆,再也不曾见到这个年青诚实的朋友了。至于我那个瘸子同乡,他现在还是第四十七连的号兵,他还是跛脚,但他从不和人提起这件事情。他是不曾犯罪的,但另外一个人的行为,却使他一生悒郁寡欢。至于我,还有什么意见没有?……我有点忧郁,有点不能同年青人合伴的脾气,在军队中不大相容,因此来到都市里,在都市里又像不大合式,可不知再往哪儿跑。我老不安定,因为我常常要记起那些过去事情。一个人有一个人命运,我知道。有些过去的事情永远咬着我的心,我说出来时,你们却以为是个故事,没有人能够了解一个人生活里被这种上百个故事压住时,他用的是一种如何心情过日子。

一九三〇年八月二十四日作

黄昏

雷雨过后，屋檐口每一个瓦槽还残留了一些断续的点滴，天空的雨已经不至于再落，时间也快要夜了。

日头将落下那一边天空，还剩有无数云彩，这些云彩阻拦了日头，却为日头的光烘出炫目美丽的颜色。远一点，有一些云彩镶了金边、白边、玛瑙边、淡紫边，如都市中妇人的衣缘，精致而又华丽。云彩无色不备，在空中以一种魔术师的手法，不断地在流动变化。空气因为雨后而澄清，一切景色皆如一人久病新瘥的神气。

这些美丽天空是南方的五月所最容易遇见的，在这天空下面的城市，常常是崩颓衰落的城市。由于国内连年的兵乱，由于各处种五谷的地面都成了荒田，加之毒物的普遍移植，农村经济因而就宣告了整个破产，各处大小乡村皆显得贫穷和萧条，一切大小城市则皆在腐烂，在灭亡。

一个位置在长江中部×省×地邑的某一县，小小的石头城里，城北一角，傍近城墙附近一带边街上人家，照习惯样子，到了这时节，各个人家黑黑的屋脊上小小的烟突，都发出湿湿的似乎分量极重的柴烟。这炊烟次第而起，参差不齐，先是仿佛就不大高兴燃好，待到既已燃好，不得不勉强自烟突跃出时，一出烟突便无力上扬了。这些炊烟留连于屋脊，徘徊踌躇，团结不散，终于就结成一片，等到黄昏时节，便如帷幕一样，把一切皆包裹到薄雾里去。

××地方的城沿，因为一排平房同一座公家建筑，已经使这个地方任何时节皆带了一点儿抑郁调子，为了这炊烟，一切变得更抑郁许多了。

这里一座出名公家建筑就是监狱。监狱里关了一些从各处送来不中用的穷人，以及十分老实的农民，如其余任何地方任何监狱一样。与监狱为邻，住的自然是一些穷人，这些穷人的家庭，却大都是那么组成：一个男主人，一个女主人，以及一群大小不等的孩子。主人多数是各种仰赖双手挣取每日饭吃的人物，其中以木工为多。妇人大致眼睛红红的，脸庞瘦瘦的，如害痨病的样子。孩子则几乎全部是生来不养不教，很稀奇地活下来，长大以后不做乞丐，就只有去做罪人那种古怪生物。近年来，城市中许多人家死了人时，都只用蒲包同簟席卷去埋葬，棺木也不必需了。木工在这种情形下，生活皆陷入不可以想象的凄惨境遇里去。有些不愿当兵不敢做匪又不能做工的，多数跑到城南商埠去做小工，不拘什么工作都做，只要可以生活就成。有些还守着自己职业不愿改行的，就只整天留在家中，在那些发霉发臭的湿地上，用一把斧头削削这样或砍砍那样，把旧木料做成一些简单家具，堆满了一屋，打发那一个接连一个而来无穷尽的灰色日子。妇人们则因为地方习惯，还有几件工作，可以得到一碗饭吃。由于细心、谨慎、耐烦，以及工资特别低廉，种种方面长处，一群妇人还不至于即刻饿死。她们的工作多数是到城东莲子庄去剥点莲蓬，到茶叶庄去拣选茶叶，或向一个鞭炮铺，去领取些零数小鞭炮，拿回家来编排爆仗，每一个日子可得一百文或五分钱。小孩子，其年龄较大的，不管女孩男孩，也有跟了大人过东城做工，每日赚四十文左右的。只有那些十岁以下的孩子，大多数每日无物

只有那些十岁以下的孩子，大多数每日无物可吃，无事可做，皆提了小篮各处走去，只要遇到什么可以用口嚼的，就随手塞到口中去。

可吃，无事可做，皆提了小篮各处走去，只要遇到什么可以用口嚼的，就随手塞到口中去。有些不离开家宅附近的，便在监狱外大积水塘石堤旁，向塘边钓取鳝鱼。这水塘在过去一时，也许还有些用处，单从四围那些坚固而又笨重的石块垒砌的一条长长石堤看来，从它面积地位上看来，都证明这水塘在过去一时，或曾供给了全城人的饮料。但到了如今，南城水井从山中导来了新水源，西城多用河水，这水塘却早已成为藏垢纳污的所在地了。塘水容纳了一切污

带回些糙米、子盐、辣椒、过了时的瓜菜,以及一点花钱极少便可得到的猪肠牛肚,同一钱不花也可携回的鱼类内脏。

水脏物,长年积水颜色黑黑的、绿绿的,上面盖了一层厚衣,在太阳下蒸发出一种异常的气味。积水较浅处,天气热时,就从泥底不断地喷涌出一些水泡。

水塘周围石堤罅穴多的是鳝鱼,新雨过后,天气凉爽了许多,塘水增加了些由各处汇集而来的雨水,也显得有了点生气。在浊水中过日子的鳝鱼,这时节便多伸出头来,贴近水面,把鼻孔向天调换新鲜空气。于是,监狱附近的小孩子,便很兴奋地绕了水塘奔走,全露出异常高兴的神气。他们把从旧扫帚上抽来的细细竹竿,尖端系上一尺来长的麻线,麻线上系了小铁钩,小铁钩钩了些蛤蟆小腿或其他食饵，很方便插到石罅里去后，就静静地坐在旁边看守着。一会儿竹竿极沉重地向下坠去，竹竿有时竟直入水里去了，面前那一个便捞着竹竿，很敏捷地把它用力一拉，一条水蛇一样的东西，便离开水面，在空中蜿蜒不已。把鳝鱼牵出水以后，大家嚷着笑着，竞争跑过这一边来看取鳝鱼的大小。有人愿意把这鳝鱼带回家中去，留作家中的晚餐。有人又愿意就地找寻火种，把一些可以燃烧的东西收集起来，在火堆上烧鳝鱼吃。有时鳝鱼太小，或发现了这一条鳝鱼，属于习惯上所说的有毒黑鳝，大家便抽签决定，或大家在混乱中竞争抢夺着，打闹着，以战争来决定这一条鳝鱼所属的主人。直到把这条业已在争夺时弄得半死的鳝鱼，归于最后的一个主人后，这小孩子就用石头把那鳝鱼的头颅捣碎，才用手提着那东西的尾巴，奋力向塘中掷去，算是完成了钓鱼的工作。

天晚了，那些日里提了篮子，赤了双脚，沿了城墙走去的妇女，到这时节，都陆续回了家。回家途中从菜市过身，就把当天收入，带回些糙米、子盐、辣椒、过了时的瓜菜，以及一点花钱极少便可得到的猪肠牛肚，同一钱不花也可携回的鱼类内脏。每一家烟筒上的炊烟，就为处置这些食物而次第升起了。

因为妇人回了家，小孩子们有玩疲倦了的，皆跑回家中去了。

有小孩子从城根跑来，向水塘边钓鱼小孩子嚷着："队伍来提人了，已经到了曲街拐角上，一会儿就要来了。"大家知道兵士来此提人，有热闹可看了，呐一声喊，一阵风似的向监狱衙署外大院子集中冲去，等候到队伍来时，欣赏那扛枪兵士的整齐步伐。

监狱里原关了百十个犯人，一部分为欠了点小债，或偷了点小东西，无可奈何犯了法被捉来的平民，大多数却为兵队从各处乡下捉来的农民。驻扎城中的军队，除了征烟苗税的十月较忙，其余日子就本来无事可做，常常由营长连长带了队伍出去，同打猎一样，走到附城乡下去，碰碰运气随随便便用草绳麻绳，把这些乡下庄稼人捆上一批押解入城，牵到团部去胡乱拷问一阵，再寄顿到这狱中来。或于某种简单的糊涂的问讯中，告了结束，就在一张黄色桂花纸上，由书记照行式写成甘结，把这乡下庄稼汉子两只手涂满了墨汁，强迫按捺到空白处，留下一双手模，算是承认了结上所说的一切，于是当时派队伍就把这人牵出城外空地上砍了。或者这人说话在行一点，还有几个钱，又愿意认罚，后来把罚款缴足，随便找寻一个保人，便又放了。在监狱附近住家的小孩子，除了钓鳝鱼以外，就是当军队派十个二十个弟兄来到监狱提人时，站在那院署空场旁，看那些装模作样的副爷，如何排队走进衙署里，后来就包围了监狱院墙外，等候看犯人外出。犯人提走后，若已经从那些装模作样的兵士方面，看出一点消息，知道一会儿这犯人的头颅就得割下时，便又跟了这队伍后面向城中团部走去，在军营外留下来，一直等到犯人上身剥得精光，脸儿青青的，头发乱乱的，张着大口，半昏半死地被几个兵士簇拥而出时，小孩子们就在街头齐声呐喊着一句习惯的口号送行：

"二十年一条好汉，值价一点！"

犯人或者望望这边，也勉强喊一两声撑撑自己场面，或沉默地想到家中小猪小羊，又怕又乱，迷迷糊糊走去。

于是队伍过身了。到后面一点，是一个骑马副官拿了军中大令，在黑色小公马上战摇摇地掌了黄龙大令也过身了。再后一点，就轮派到这一群小孩子了。这一行队伍大家皆用小跑步向城外出发，从每一条街上走过身时，便集收了每一条街上的顽童与无事忙的人物。大伙儿到了应当到的地点，展开了一个圈子，留出必须够用的一点空地，兵士们把枪从肩上取下，装上了一排子弹，假作向外预备放的姿势，以为因此一来就不会使犯人逃掉，也不至于为外人劫法场。看的人就在较远处围成了一个大圈儿。一切布置妥当后，刽子手从人丛中走出，把刀藏在身背后，走近犯人身边去，很友谊似的

看热闹人也慢慢地走开了。小孩们不即走开,他们便留下来等待看到此烧纸哭泣的人,或看人收尸。

拍拍那乡下人的颈项,故意装成从容不迫的神气,同那业已半死的人嘱咐了几句话,口中一面说"不忙,不忙",随即"嚓"的一下,那个无辜的头颅,就远远地飞去,发出沉闷而钝重的声音坠到地下了,颈部的血就同小喷泉一样射了出来,身腔随即也软软地倒下去。呐喊声起于四隅,犯人同刽子手同样地被人当作英雄看待了。事情完结以后,那位骑马的押队副官,目击世界上已经少了一个"恶人","除暴安良"的责任已尽,下了一个命令,领带队伍,命令在前面一点儿的号手,吹了得胜回营的洋号缴令去了。看热闹人也慢慢地走开了。小孩们不即走开,他们便留下来等待看到此烧纸哭泣

自己老衣也看好了，棺木也看好了。他把一切处置得妥当后，却来记忆追想，为什么年轻不结婚。

的人，或看人收尸。这些尸首多数是不敢来收的，在一切人散尽以后，小孩子们就挑选了那个污浊肮脏的头颅做戏。先是用来作为一种游戏，到后常常互相扭打起来，终于便让那个气力较弱的人滚跌到血污中去，大家才一哄而散。

今天天气快晚了，又正落过大雨，不像要杀人的样子。

这个时节，那在监狱服务了十七年的狱丁，正赤了双脚在衙署里大堂面前泥水里，用铲子挖掘泥土，打量把积水导引出去。工作了好一阵，眼见得毫无效果，又才去解散了一把竹扫帚，取出一些竹条，想用它来扶持那些为暴雨所摧残业已淹卧到水中的向日葵。院落中这时大部分地面还淹没在水里，这老狱丁从别处讨来的凤仙花、鸡冠花、洋菊同秋葵，以及一些为本地人所珍视的十样锦花，在院中土坪里各据了一畦空地，莫不浸在水中。狱丁照料到这样又疏忽了那样，所以做了一会事，看看什么都做不好，就不再做了，只站在大堂檐口下，望天上的晚云。一群窝窝头颜色茸毛未脱的雏鸭，正在花草之间的泥水中，显得很欣悦很放肆地游泳着，在水中扇动小小的肉翅，呀呀地叫嚷，各把小小红嘴巴连头插进水荡中去，后身撅起如一顶小纱帽，其中任何一只小鸭含了一条蚯蚓出水时，其余小鸭便互相争夺不已。

老狱丁正计算到属于一生的一笔账项，数目弄得不大清楚。他每个月的薪俸是十二串，这钱分文不动已积下五年。应承受这一笔钱的过房儿子已看好了，自己老衣也看好了，棺木也看好了。他把一切处置得妥当后，却来记忆追想，为什么年轻不结婚。他想起自己在营伍中的荒唐处，想起几个与自己生活有关白脸长眉的女人，一道回忆的伏流，正流过那衰弱弊旧的心上，眼睛里燃烧了一种青春的湿光。

只听到外边有人喊"立正，稍息"，且有马项铃响，知道是营上来送人提人的，便忙匆匆地蹚了水出去，看是什么事情。

军官下了马后，长筒皮靴在院子里水中堂堂地走着，一直向衙署里面走去。守卫的岗警立了正，一句话也不敢询问，让这人向侧面闯去，后面跟了十个兵士。狱卒在二门前迎面遇到了军官，又赶忙飞跑进去，向典狱官报告去了。

典狱官是一个在烟灯旁讨生活的人物，这时正赤脚短褂坐在床边，监督公丁蹲在地下煨菜，玄想到种种东方形式的幻梦，狱卒在窗下喊着：

"老爷，老爷，营上来人了！"

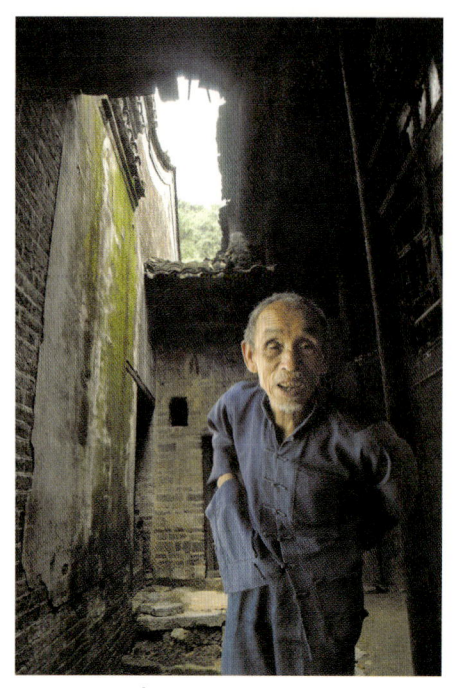

这典狱官听到营上来人，可忙着了，拖了鞋就向外跑。

这典狱官听到营上来人，可忙着了，拖了鞋就向外跑。

军官在大堂上站定了，用手指弄着马鞭末端的穗组，兵士皆站在檐口前。典狱官把一串长短不一的钥匙从房中取出来，另外又携了一本寄押人犯的名册，见了军官时就赶忙行礼，笑眯眯地侍候到军官，喊公丁赶快搬凳子倒茶出来。

"大人，要几个？"

军官一句话不说，递给了典狱官一个写了人名的字条，这典狱官就在暮色满堂的衙署大堂上轻轻地念着那个字条。看过了，忙说"是的是的"，就首先拿了那串钥匙带路，夹了那本名册，向侧面牢狱走去。一会儿几个人都在牢狱双重门外站定了。

老狱丁把钥匙套进锁口里去，开了第一道门又开第二道门。门开了，里面已黑黑的，只见远处一些放光的眼睛，同模糊的轮廓，典狱官按着名单喊人。

"赵天保，赵天保，杨守玉，杨守玉。"

有两只放光的眼睛出来了，怯怯地跑过来，自己轻轻地说着"杨守玉，杨守玉"，一句别的话也不说，让兵士拉出去了。典狱官见来了一个，还有一个，又重新喊着姓赵的人名，狱丁也嘶着喉咙帮同喊叫，可是叫了一阵人还是不出来。只听到黑暗里有乡下人口音：

"天保，天保，叫你去，你就去，不要怕，一切是命！"

另外还有人轻轻地说话，大致都劝他出去，因为不出去也是不行的。原来那个被提的人害怕出去，这时正躲在自己所住的一堆草里。这是一种已成习惯的事情，许多乡下人，被拷打过一次，或已招了什么，在狱中住下来，一听到提人叫到自己名姓时，就死也不愿意再出去，一定得一些兵士走进来，横拖竖拉才能把他弄出。这件事既在狱中是很常有的事，在军人同狱官也看得成为习惯了。狱官这时望了一望军官，军官望了一望兵士，几个人就一拥而进到里面去了。于是黑暗中起了殴打声、喘气声，以及一个因为沉默的死命抱着柱子不放，一群七手八脚的动作，抵抗征服的声音。一会儿，便看见一团东西送出去了。典狱官知道事情业已办好，把门一重一重关好，一一地重新加上笨重的铁锁，同军官沉沉默默一道儿离开了牢狱。回到大堂，验看了犯人一下，尽了应尽的手续，正想说几句应酬话，谈谈清乡的事情、禁烟的事情，军官努努嘴唇，一队人马重新排队，预备起步走出衙署了。

老狱卒走过那个先是不愿意离开牢狱，被人迫出以后，满脸是血目露凶光的乡下人身边来："天保，有什么事情没有？"犯人口角全是血，喘息着，望到业已为落日烧红的天边，仿佛想得很远很远，一句话一个表示都没有。另外一个乡下人样子，老老实实的，却告给狱吏：

"大爷，我寨上人来时，请你告诉他们，我去了，只请他们帮我还村中漆匠五百钱，我应当还他这笔钱。……"

于是队伍堂堂地走去了。典狱官同狱卒送出大门，站到门外照墙边，看军官上了马，看他们从泥水里走去。在门外业已等候了许久的小孩子们，也有想跟了走去，却为家中唤着不许跟去，只少数留在

天上红的地方全变为紫色，地面一切角隅皆渐渐地模糊起来，于是居然夜了。

家中也无晚饭可吃的小孩，仍然很高兴地跟着跑去。天上一角全红了，典狱官望到天空，狱卒也望天空，一切是那么美丽而静穆。一个公丁正搬了高凳子来，把装满了菜油的小灯，搁到衙署大门前悬挂的门灯上去。大门口全是泥泞，凳子因为在泥泞中摇晃不定，典狱官见着时正喊：

"小心一点！小心一点！"

虽然那么嘱咐，可是到后凳子仍然翻倒了，人跌到地下去，灯也跌到地下了。灯油溅泼了一地，那人就坐在油里不知如何是好。典狱官心中正有一点儿不满意适间那军官的神气，就大声说：

"我告诉你小心一点，比营上伙夫还粗鲁，真混账！"

小孩子们没有散尽的，为这件事全聚集了拢来。

岗警把小孩子驱散后，典狱官记起了自己房中煨的红烧小猪肉，担心公丁已偷吃去一半，就小小心心地从那满是菜油的泥泞里走进了衙门。狱丁望望那坐在泥水里的公丁，努努嘴，意思以为起来好一点，坐在地下有什么用？也跟着进去了。

天上红的地方全变为紫色，地面一切角隅皆渐渐地模糊起来，于是居然夜了。

逃的前一天

　　蹂躏中过了多年的日子，没有轻松的需要。他们把黑的上身裸露，在骄日下喘气唱歌，口渴时就喝河中的水。

一只船

　　五个水手把一只装满了一船军需用品同七个全身肮脏兵士的单桨船拖向××市的方面去。

　　今年的湘西雨水特别少,沅水上游河中水只剩下半江,小滩似乎格外多,拉船人他们下水的次数也格外多了。

　　拖了一天,走了约四十里,大致在日头落山以前无论如何不能赶到留在××市的部队与之合伴了,船中人都像生了气。这些人虽没有机会把在水中直立与高岸爬伏的水手痛殴,口中因习惯养成的野话是早已全骂出口了。骂也没有用处,这些在水面生活的汉子,很早时候即被比革命军野蛮五倍的×将军的兵训练过了。蹂躏中过了多年的日子,没有轻松的需要。他们把黑的上身裸露,在骄日下喘气唱歌,口渴时就喝河中的水。平时连求菩萨保佑自己健康平安的心情也没有的他们,船泊到了有庙地方时,船主上岸进香磕头,他们只知道大庙的廊下石条子上有凉风,好睡觉。他们统统是这样蠢如牛马地活着,如世界上任何地方皆有的一个样子。船没有拖到地,这罪过也不是他们的。他们任何时皆不知吝惜自己的气力同汗水过。全因为河水太小,转弯太多,布帆虽在船上也无使用处。尤其是今天开船时

一面绊在船桅一面系到五人背上的竹缆,有时忽然笔直如绷紧的弦,有时又骤然松弛,如已失去了全身所有精力的长蛇。

已是八点。八点钟开船,到这时,走过将近十点钟的路了。十点钟的跋涉,这样大热天气,真不是容易对付的天气!

坐到船上的是兵,也同样是在刻苦的生活中打滚的人类。然而单是闷在舱中,一天来也喘气流汗不止。

看看天夜下来了。水面无风,太阳余热还在。

在船艄,有毛的两手擒了舵的把,大声辱骂着岸上背纤水手的船主,看看天空,觉得鱼鹭鸶已成阵飞入荒洲,远处水面起了薄薄的白雾，应当是吃饭时候了，就重新大声吆喝着，预备用声音鼓励几个水手竭力一口气拉上这个小滩，在滩头长潭中匀出空来煮饭。

船在小滩上努力向前，已转成黑暗了的水活活地流，为船头所劈分成两股，在船左右，便见到白的水花四翻。滩水并不甚凶，然而一面是时间已到了薄暮，水虽极浅然而宽阔的河身在此正作一折，两岸是仿佛距离极远的荒山，入夜哮吼的滩声，便增加不少吓人的气势了。

有时又来一阵热风，风自逆面来，落在篷面如撒沙子。

船头左右摆着，如大象，慢慢地在水面上爬行。一面绊在船桅一面系到五人背上的竹缆，有时忽然笔直如绷紧的弦，有时又骤然松弛，如已失去了全身所有精力的长蛇。

天色渐暗，从船上望前面岸上，拉船人的身影已渐渐模糊成一片了。滩水声，与忍着了气并竭了吃奶的力拉船人的吆喝声，也混成一片。这声音，没有回应，非常短，半里外就不再听到了。

船没有上完这滩，天色已不客气地夜下来。

军士们中有人问话了。

"老板，你这船拉纤人是怎么回事？"

"……"

老板不作声，一心在舵的位置上。他这时只有舵。

另一人，说话比先前副爷嗓子大，这时正从舱中钻出，想看看情形，头触了竹缆，便用手攀着那缆绳，预备出舱。

老板觉得这是不行的事了，大声叱那汉子，如父亲教训儿子。

"留心你手！"

说着时，船一侧，竹缆轧轧作声，全船的骨骼也同时发出一种声音。那汉子攀到竹缆上面的一只手，觉得微麻，忙丢手，手掌的皮已被咬去一片了。仍然出到船舱外了，蹲着省得碍事，口中只轻轻骂朝天娘，因为这不是船主罪过，更不是爬在岸头荒滩上，口中咦耶

逃的前一天

船再一进，收缆了，把绊处一松，吆喝一声，岸上和着一声凄惨的长啸，一面用腰胯抵了船舵，一面把水淋淋的竹缆收回。

缆绳缩短到船上人已能同岸上人说话，又是一声吆喝，船就像一支箭在水面滑过了。

咦耶作声的拉船人罪过。

  船如大象在水面慢慢地爬上了滩，应当收缆，有水洒在舱板上，船主尽职，向虽然蹲着还是不行的军士大声说：

  "进里面去，这不是你站的地方！"

  船再一进，收缆了，把绊处一松，吆喝一声，岸上和着一声凄惨的长啸，一面用腰胯抵了船舵，一面把水淋淋的竹缆收回。船这时仍然在水面走。缆绳缩短到船上人已能同岸上人说话，又是一声吆喝,船就像一支箭在水面滑过了。这时候,船前拦头的人已同时把缆绳升高,无所事事,从船沿攀到船后来了。这汉子向船主问到饭。

"吃了走,行么?"这样说着的拦头人,正从腰间取烟袋,刮自来火吸烟。

"问副爷。"

"副爷怎么样?老板问你们肚子,要吃了,我们在这长长潭中煮饭,这潭有六里,吃了再上滩,让伙计肚中也实在些,才有劲赶路。"

那被缆绳擦破了掌心的军士正不高兴,听到吃饭,就大声如骂人地说:

"还不到么?我告诉你们,误了事,小心你们屁股。"

说那样话语的他,是并不想到为日头晒成极黑的水手臀部,非用毛竹板子各大打五十不行的。船主说:

"我怕你们副爷也饿了,你们是午时吃的饭。"

这话倒很对。先是大家急于赶路,只觉得在岸上拉船人走得太慢,使人生气。经过一说,众人中有一大半都觉得肚中空虚成为无聊的理由了,有主张煮饭吃了再拉的提议。在任何地方任何种人,提议吃饭大约是不会有大多数反对的事。

于是不久,拦头人着了忙。淘米,烧火,从坛子里抓出其臭扑鼻的酸菜。米下锅不久,顶罐中的米汤沸起溢出了,顺手把铁罐提起,倾米汁到河中去。……取油瓶、盐罐,倾油到锅中,爆炸着一种极其热闹的声音,臭酸菜跌到锅中去了,仍然爆炸着。

舱中人寂寞地唱着革命歌。

船主有空闲把身边红云牌香烟摸出衔到口上,从炒菜的拦头人手接过火种吸烟了。

天气还是闷热,船经岸上黑的影子拉着,缓缓地在无风的河面静静地滑走。

逃的前一天

天上无月，无星，长潭中看不分明的什么地方有大鱼泼剌的声音，使听到这声音的人有一种空空洞洞的惊喜。

吃饭了，收了缆，岸上把小麻绳解下，还是各负着那纤带从水中湿漉漉地走上船了。

饭分成两桌。热气蒸腾的饭，臭不可闻的干酸菜，整个的绿色的辣子，成为黑色了的咸鸭蛋。各人皆慷慨激昂地张着大的口，把菜饭往口里送。在一盏桐油灯下映出六个尖脸毛长的拉船人的脸孔。在一盏美孚行的马灯前，是老板同在船押解军需的七个副爷们。副爷们这一面有酒喝，吃得较慢。那一桌已有四个吃完了饭蹲到岸上方便去

热气蒸腾的饭，臭不可闻的干酸菜，整个的绿色的辣子，成为黑色了的咸鸭蛋。各人皆慷慨激昂地张着大的口，把菜饭往口里送。

了,这一边像赔罪,那船主正把杯口用手拂着,献给那掌心咬去一块皮的副爷。

"老总,喝一杯。"

那副爷不说不喝,说手痛。

"老总,拿我看,我有药。这事情是免不了的。我有一次破了头,抓一把烟塞到那伤口,过五天,好了。烟就是好药。你不信么,要你信。我告诉你小心,这东西会咬人,能够咬断手指。你这时可明白了。"

船主这样说着,把上河人善于交际而又忙爽的性情全露出了。"这东西",指的自然是竹缆,他就正坐在一堆竹缆上面。因为这样,那副爷就问他这东西要多少钱。他胡乱说着。他又问那一桌只吃剩了一人还不曾吃完的水手:

"朋友,你要菜不要,这一边来!"

那拉船人当真过来了,显着十分拘束,把一双竹筷子插到一碗辣子中去,夹了一些辣子。船主劝驾。

"我告诉你,这个也来一点。这是副爷从××带来的。你就坐到这里吃不好么?你今天是累了。多吃一碗,回头我们还有三个小滩才能到××。你不想喝一点么?……"

虽听着船主这样说话,很矜持地微笑着,仍然退到尾艄船边吃饭的那水手,像是得了特许夹了少许酱菜在碗。酱菜吃到口里甜酸甜酸,非常合式,这水手当真为这一点点菜就又加了半碗米饭。他这时是有思想的,他想到他们做副爷的人是有福气的人,常常吃到一些味道很怪的菜,完全不是吃辣子酸菜的人所想象得到。他又觉得一个什长,真是威风,听说什长有十块钱一月的进项,如非亲自听到过一个什长所说,还不敢相信这话。至于他呢,第三位纤手,上水二十天,得到三块钱。下水则摇船吃白饭,抵岸至多只有六百大钱剃头。这次虽所装的是"有纪律的革命军",仍然有钱,可是这钱也将仍然

虽然是同样在世界上做着粗粗看来仿佛很可笑似的人,原来当兵同拉船人还有这样分别,身份的相隔真正不下于委员同民众。

如往日所得一样输到赌博上去,船还不曾到地,这钱就得输光了。

虽然是同样在世界上做着粗粗看来仿佛很可笑似的人,原来当兵同拉船人还有这样分别,身份的相隔真正不下于委员同民众。近于绅士阶级的船主,对所谓武装同志所取的手段,是也正不与一般绅士对付党国要人两样的。但这是与本题无关的话了。这时喝酒的那一方面,说得正极其有声色,副爷之一说到他另一时打仗的话。

"……流了血,不同了。在泥土中滚。我走过去,见到他了,那汉子,他细声细气说:'同志,把刺刀在我心上戳一下吧,我不能活了。你帮忙吧,同志。'我怎么能下这毒手?但他又说:'同志,就这样办,不要迟疑了。我知道我是不行了。我很高兴见到你们。他们追来了。你听,喇叭在喊了(上前上前)。同志,帮我的忙,让我死去好了,不然我将受更多苦。'我怎么办?你说我怎么办呢?刺刀在我的枪上。我不顾这人走上前去了,走了一会,耳朵是仍然还听到这声音。我只得往回奔。那时各处机关枪密集,小枪子如一群麻雀嘘嘘地从空中飞过去。我找到那汉子了。我说:'同志,你能够告我你家中在什么地方有什么亲人么?'他不作声,用那垂死的兽物样子的眼睛望到我。在我二十步外已经有戴草帽子的敌人举起枪对我瞄准了。我不知如何就做了蠢事,把我的刺刀扎到那汉子胸上去。脚一伸,事情完了。我还望到这人的脸,微笑地闭了眼睛,眼眶留着两点清泪。敌人在面前了。我回身把枪举起,这刀浴了第二个人的心血了。……我总不忘记那情形。我那次的刺刀,虽在败退情形中,仍然扎了六个人的心,可怜最先一个是那同志。我到近来才想起,这必定是女同志,她害怕被俘去以后的生活,受了伤,又不能退,所以要我帮忙。那时女同志参加的特别多。我帮忙了,这事情也不是罪过,不过我耳朵眼睛总还有这件事。……"

副爷们的话只有船老板一个人听来还有趣味的,至于同志,是谁也不把这些事当珍闻了。船老板所有趣味,在那请求同伴结果了自己的是一个女人。女人原是任何时皆可当为一种新闻来谈论的,所以直到吃过饭以后,拉船人全上了岸,那船主,一面放缆绳把舵开出,一面还说女人也到火线上去拼命是一种奇事。

他也有关于女人的故事,不外乎谁一个女人欢喜某一种男子,谁一个女人又能与若干水手"打架",那些极其简单卑陋、一入有知识的人耳朵便有哭笑皆难的事。照例男子们谈到这类事时,谈者听者两皆忘形不容易感到厌倦,于是船主人与副爷们把什么时候可到××都忘了。

听到岸上吃过饱饭以后拉船人极元气的吆喝声音渐促,副爷们才从一些大腿肥臀讨论上憬然知道了船又在上了滩。

河面起了微风,空气依然沉闷,似乎到了半夜天气将变,会落大雨。

有莎鸟咯咯的作怪声喊着,俨然是在喊人。

因为莎鸟,副爷想到水鬼水仙,把水鬼水仙有无的事提出当闲谈主题,这时船主人没有话答应。船上若果所载的是读书人,必定在作诗。没有风月星的黑夜,但凭微微的天光,正在浅滩上负了一根长长的竹缆,把身体俯伏到几乎可以喝面前的流水的五人,是一点不风雅地向前奔路,不知道一切风光是诗意的。

这只船准备镶到停泊在××埠长码头成一列的许多船前去时,时候已到了半夜,有带红色的月光,从对××市的东山后涌出了。

宽阔的水面荡漾着金波。

船用桨划着前进。副爷们有的已经睡了。没有睡的皆站在舱面。

远处,略下游一点,一只独泊的船上,忽闻有人厉声喊"口号",且接着问:

"从什么地方来的?"

副爷之一就大声地回答:

"第十一师,四十二团。"

"到这来。"船就向喊口号那一方面划去。这时船中为烧酒所醉的人全醒了,全爬出了舱。有人望到远处有渔火,有人把这渔火当成卖烟卖酒的船,各以其所好,随意地做一种估计。

船拢了身,互相看出"自己人"的标识了。

"怎么,这时才到!"

"这时才到,是的,该死的船!"

"是不是要找十一师那一帮?在那边,那边,到了那边你看有长桅尾艄挂旗,再过去四只就是了。"

"是左边?"

"是右边,你瞧……"一面说,一面用手遥遥地指着上面的船的行列。

"明白了,明白了,同志,再见。"

"同志,再见。后面不见还有船么?"

"不清楚了,想必不会有了吧。半夜了,同志,不换班么?"

"也快了,同志。你们应当睡了。今天像是听说二十五团坏了一只船,滩在上张头,三个拉船的不愿丢缆子,到乱岩中拖死了。"

"有这样事么?"

宽阔的水面荡漾着金波。船用桨划着前进。副爷们有的已经睡了。没有睡的皆站在舱面。

大致船伙死去的乱石间,这一船上五个拉船人就同样地也从那里爬过去。他们决不至于想到几点钟以前滩上所发生的是什么事。

"是的,他们有人这样说过。在狮子滩一带。"
"我们不曾见到过破船。"
"听说船倒不坏,也已经泊码头了,是××帮一只船。"
"那我们真是总理保佑。"
"是吧,这事情是不乱为的。"
"那么,同志,再见。"
"同志,再见。"
互相行着礼,分开了。船仍然向前划去。
听到说今天有这样一件事情在同一河道中发生,船上人起了一种小小的骚动。狮子滩就是在吃饭以前所上那一个滩。当时没有一个人注意过这件事情。大致船伙死去的乱石间，这一船上五个拉船人就同样地也从那里爬过去。他们决不至于想到几点钟以前滩上所发生的是什么事。并且在船上生活，照例眼前所见也不至于留在心上多久，这事当然也只当一种笑谈，说说也就过去了。

　　船泊到自己师部的大船边了，副爷头目过船去见长官。水手们开始把夹篷拖出，盖满了舱面，展开席子，预备……

　　听到隔船有人说话声音，就正说到那一只失事的船，死者的姓名，也从那里明白了。隔船的人把这话说及时，是也正像说一种仿佛多年前这河里所发生的事情一样的。听到这话的这只船上的兵士们，就为那种想来非常愚蠢的水手行为好笑。因为照情形说，当时只要拉船人把背上纤带一卸，尽船顺流而下，是不是在石上撞沉还不可知。至于人，却不妨站在岸上拍手打哈哈。然而却就此死了，真应当说是蠢事了。

　　劳作了一整天的拉船人，是也听到隔船人所说的事情的。××帮与自己的船不同帮，不是自己的事他们不能因此来注意。他们还不曾学会为别人事而引起自己烦恼的习惯，就仍然聚成一团，蹲在舱板上用三颗骰子赌博，掷老侯，为一块钱以内的数目消磨这长夜。

　　明天是不必开船，那副爷头目一从大船回来，就告给船主人了。听到这话的船主人，睡到尾艄上，虽身边就是拉船人，在叫嚣中仍然闭了眼张了口做好梦。他梦到忽然船上只剩一个兵士了，这兵士曾用手掌打过他的左右颊。他想起这事情，心中燃了火，悄悄地从火舱摸出一把切菜刀，走到正好浓睡的兵士身旁，觑了一会，就一刀切下去。不久且仿佛是船已在黑暗的夜里向下游驶去了，一船的粮秣皆属于自己一个人了。他记得船下行四十里就不属于××军的防地，欢喜极了。

　　这样大胆地做梦，也未始不是因为目下的船正装满了军需物品的原因。第二天，仿佛是因为害怕有被船主谋害的副爷头目，竟买了酒肉来船上给众人，船主喝酒独多，醉中依然做梦，做到如何继续地把一船军米变卖的事。

这一只船休息一天以后，随了大帮军船的后面，又由几个夜里赌博白天拉船的尖脸汉子拖向××市的上游去了。

这一只船休息一天以后，随了大帮军船的后面，又由几个夜里赌博白天拉船的尖脸汉子拖向××市的上游去了。

丈夫

落了春雨,一共有七天,河水涨大了。

河中涨了水,平常时节泊在河滩的烟船、妓船,离岸极近,全系在吊脚楼下的支柱上。

在楼上四海春茶馆喝茶的闲汉子,俯身临河一面窗口,可以望到对河宝塔边"烟雨红桃"好景致,也可以知道船上妇人陪客烧烟的情形。因为那么近,上下都方便,有喊熟人的声音,从上面或从下面喊叫。到后是互相见面了,谈话了,取了亲昵样子,骂着野话粗话,于是楼上人会了茶钱,从湿而发臭的甬道走去,从那些肮脏地方走到船上了。

上了船,花钱半块到五块,随心所欲吃烟睡觉,同妇人毫无拘束地放肆取乐。这些在船上生活的大臀肥身的年青乡下女人,就用一个妇人的好处,热忱而切实地服侍男子过夜。

船上人把这件事也像其余地方一样,叫作"生意"。她们都是做生意而来的。在名分上,那名称与别的工作同样,既不和道德相冲突,也并不违反健康。她们从乡下来,从那些种田挖园的人家,离了乡村,离了石磨同小牛,离了那年青而强健的丈夫,跟随了一个同乡熟人，就来到这船上做生意了。做了生意，慢慢地变成为城市里人，慢慢地与乡村离远，慢慢地学会了一些只有城市里才需要的恶德，于是妇人就毁了。但那毁是慢慢的，因为很需要一些日子，所以谁也不去注意。而且也仍然不缺少在任何情形下还依旧好好地保留着那乡村纯朴气质的妇人。所以在本市大河妓船上，绝不会缺少年青女子的来路。

事情非常简单，一个不亟亟于生养孩子的妇人，到了城市，能够每月把从城市里两个晚上所得的钱，送给那留在乡下诚实耐劳、种田为生的丈夫，在那方面就过了好日子，名分不失，利益存在。所以许多年青的丈夫，在娶媳妇以后，把她送出来，自己留在家中耕田种地，安分过日子，也竟是极其平常的事情。

这种丈夫，到什么时候，想到那在船上做生意的年青的媳妇，或逢年过节，照规矩要见见媳妇的面了，媳妇不能回来，自己便换了一身浆洗干净的衣服，腰带上挂了那个工作时常不离口的短烟袋，背了整箩整篓的红薯糍粑之类，赶到市上来，像访远亲一样，从码头第一号船上问起，一直到认出自己女人所在的船上为止。问明白后，到了船上，小心小心地把一双布鞋放到舱外护板上，把带来的东西交给了女人，一面便用着吃惊的眼睛，搜索女人的全身。这时节，女人在丈夫眼下自然已完全不同了。

大而油光的发髻，用小镊子扯成的细细眉毛，脸上的白粉同绯红胭脂，以及那城市里人神气派头、城市里人的衣服，都一定使从乡下来的丈夫感到极大的惊讶，有点手足无措。那呆相是女人很容易清楚的。女人到后开了口，或者问："那次五块钱得了么？"或者问："我们那对猪养儿子了没有？"女人说话时口音自然也完全不同了，变成像城市里做太太的大方自由，完全不是在乡下做媳妇的羞涩畏缩神气了。

听女人问起钱，问起家乡豢养的猪，这做丈夫的看出自己做丈

一面便用着吃惊的眼睛，搜索女人的全身。这时节，女人在丈夫眼下自然已完全不同了。

夫的身份，并不在这船上失去，看出这城里奶奶还不完全忘记乡下，胆子大了一点，慢慢地摸出烟管同火镰。第二次惊讶，是烟管忽然被女人夺去，即刻在那粗而厚大的手掌里，塞了一支"哈德门"香烟的缘故。吃惊也仍然是暂时的事，于是这做丈夫的，一面吸烟一面谈话……

　　到了晚上，吃过晚饭，仍然在吸那有新鲜趣味的香烟。来了客，一个船主或一个商人，穿生牛皮长筒靴子，抱兜一角露出粗而发亮的银链，喝过一肚子烧酒，摇摇荡荡地上了船。一上船就大声地嚷要亲嘴要睡觉。那洪大而含糊的声音，那势派，都使这做丈夫的想起了

于是这丈夫不必指点，也就知道往后舱钻去，躲到那后艄舱上去低低地喘气……

村长同乡绅那些大人物的威风。于是这丈夫不必指点，也就知道往后舱钻去，躲到那后艄舱上去低低地喘气，一面把含在口上那支卷烟摘下来，毫无目的地眺望河中暮景。夜把河上改变了，岸上河上已经全是灯火。这丈夫到这时节一定要想起家里的鸡同小猪，仿佛那些小小东西才是自己的朋友，仿佛那些才是亲人；如今与妻接近，与家庭却离得很远，淡淡的寂寞袭上了身，他愿意转去了。

当真转去没有？不。三十里路，路上有豺狗，有野猫，有查夜的放哨的团丁，全是不好惹的东西，转去实在做不到。船上的大娘自然还得留他上"三元宫"看夜戏，到"四海春"去喝清茶。并且既然到了市上,大街上的灯同城市中人更不可不去看看。于是留下了,坐在后舱看河中景致,等候大娘的空暇。到后要上岸时,就由船边小阳桥攀援篷架到船头;玩过后,仍然由那旧地方转到船上,小心小心使声音放轻,省得留在舱里躺到床上烧烟的客人发怒。

到要睡觉的时候,城里起了更,西梁山上的更鼓"咚咚"响了一会,悄悄地从板缝里看看客人还不走,丈夫没有什么话可说,就在艄舱上新棉絮里一个人睡了。半夜里,或者已睡着,或者还在胡思乱想,那媳妇抽空爬过了后舱,问是不是想吃一点糖。本来非常欢喜口含片糖的脾气,做媳妇的记得清楚明白,所以即或说已经睡觉,已经吃过,也仍然还是塞了一小片糖在口里。媳妇用着略略抱怨自己那种神气走去了。丈夫把糖含在口里,正像仅仅为了这一点理由,就得原谅媳妇的行为,尽她在前舱陪客,自己仍然很和平地睡觉了。

这样的丈夫在黄庄多着!那里出强健女子同忠厚男人。地方实在太穷了,一点点收成照例要被上面的人拿去一大半,手足贴地的乡下人,任你如何勤省耐劳地干做,一年中四分之一时间,即或用红薯叶和糠灰拌和充饥,总还是不容易对付下去。地方虽在山中,离大河码头只三十里,由于习惯,女子出乡讨生活,男人通明白这做生意的一切利益。他懂事,女子名分仍然归他,养的儿子归他,有了钱,也总有一部分归他。

那些船只排列在河下,一个陌生人,数来数去是永远无法数清的。明白这数目,而且明白那秩序,记忆得出每一个船与摇船人样子,是五区一个老水保。

水保是个独眼睛的人。这独眼据说在年青时节因殴斗杀过一个水上恶人,因为杀人,同时也就被人把眼睛抠瞎了。但两只眼睛不能分明的,他一只眼睛却办到了。一个河里都由他管事。他的权力在这些小船上,比一个中国的皇帝、总统在地面上的权力还统一集中。

涨了河水，水保比平时似乎忙多了。由于责任，他得各处去看看……

涨了河水，水保比平时似乎忙多了。由于责任，他得各处去看看：是不是有些船上做父母的上了岸，小孩子在哭奶了；是不是有些船上在吵架，需要排难解纷；是不是有些船因照料无人，有溜去的危险。在今天，这位大爷，并且要到各处去调查一些从岸上发生影响到了水面的事情。岸上这几天来出过三次小抢案，据公安局那方面人说，凡地上小缝小罅都找寻到了，还是毫无线索。地上小缝小罅都亏那些体面的在职从公人员找过，于是水保的责任便到了。他得了通知，就是那些说谎话的公安局办事处通知，要他到半夜会同水面武装警察上船去搜索"歹人"。

水保得到这消息时是上半天。一个整白天他要做许多事。他要先尽一些从平日受人款待好酒好肉而来的义务了。于是沿了河岸，从第一号船起始，每个船上去谈谈话。他得先调查一下，问问这船上是不是留容得有不端正的外乡人。

做水保的人照例是水上一霸，凡是属于水面上的事他无有不知。这人本来就是一个吃水上饭的人，是立于法律同官府对面，按照习惯被官吏来利用，处置这水上一切的。但人一上了年纪，世界成天变，变去变来这人有了钱，成过家，喝点酒，生儿育女，生活安舒，慢慢地转成一个和平正直的人了。在职务上帮助官府，在感情上却亲近了船家。在这些情形上面他建设了一个道德的模范。他受人尊敬不下于官，却不让人害怕厌恶。他做了河船上许多妓女的干爹。由于这些社会习惯的联系，他的行为处事是靠在水上人一边的。

他这时节正从一个跳板上跃到一只新油漆过的"花船"头，那船位置在较清静的一家莲子铺吊脚楼下。他认得这只船归谁管业，一上船就喊"七丫头"。

没有声音。年青的女人不见出来，年老的掌班也不见出来。老年人很懂事情，以为或者是大白天有年青男子上船做呆事，就站在船头眺望，等了一会。

过一阵他又喊了两声，又喊伯妈，喊五多。五多是船上的小毛头，年纪十二岁，人很瘦，声音尖锐，平时大人上了岸就守船，买东西煮饭，常常挨打，爱哭，过一会儿又唱起小调来。但是喊过五多后，也仍然得不到结果。因为听到舱里又似乎实在有声音，像人出气，不像全上了岸，也不像全在做梦。水保就偻身窥觑舱口，向暗处询问："是谁在里面？"

里面还是不敢作答。

水保有点生气了，大声地问："你是哪一个？"

里面一个很生疏的男子声音，又虚又怯回答说："是我。"接着又说："都上岸去了。"

"都上岸了么？"

"上岸了。她们……"

好像单单是这样答应，还深恐开罪了来人，这时觉得有一点义务要尽了，这男子于是从暗处爬出来，在舱口，小心小心扳着篷架，非常拘束地望着来人。

先是望到那一对峨然巍然似乎是为柿油涂过的猪皮靴子，上去一点是一个赭色柔软麂皮抱兜,再上去是一双回环抱着的毛手,满是青筋黄毛,手上有颗其大无比的黄金戒指,再上去才是一块正四方形像是无数橘子皮拼合而成的脸膛。这男子,明白这是有身份的主顾了,就学到城市里人说话:"大爷,您请里面坐坐,她们就回来。"

从那说话的声音,以及干浆衣服的风味上,这水保一望就明白这个人是才从乡下来的种田人。本来女人不在船就想走,但年青人忽然使他发生了兴味,他留着了。

"你从什么地方来的?"他问他。为了不使人拘束,水保取的是做父亲的和平样子,望到这年青人,"我认不得你。"

他想了一下,好像也并不认得客人,就回答:"我是昨天来的。"

"乡下麦子抽穗了没有?"

"麦子吗?水碾子前我们那麦子,嘿,我们那猪,嘿,我们那……"

这个人,像是忽然明白了答非所问,记起了自己是同一个有身份的城里人说话,不应当说"我们",不应当说"我们水碾子"同"猪",把字眼儿用错,所以再也接不下去了。

因为不说话,他就怯怯地望到水保微笑,他要人了解他,原谅他——他是一个正派人,并不敢有意张三拿四。

水保懂得这个意思的。且在这对话中,明白这是船上人的亲戚了,他问年青人:"老七到什么地方去了,什么时候可以回来?"

这时节,这年青人答语小心了。他仍然说:"是昨天来的。"他又告水保,他"昨天晚上来的"。末了才说,老七同掌班同五多上岸烧香去了,要他守船。因为守船必得把守船身份说出,他还告给了水保,他是老七的"汉子"。

因为老七平常喊水保都喊"干爹",这干爹第一次认识了女婿,不必挽留,再说了几句,不到一会儿,两人皆爬进舱中了。

舱中有个小小床铺,床上有锦绸同红色印花洋布铺盖,折叠得

因为守船必得把守船身份说出,他还告给了水保,他是老七的"汉子"。

整整齐齐。来客照规矩应当坐在床沿。光线从舱口来,所以在外面以为舱中极黑,在里面却一切分明。

年青人为客找烟卷,找自来火,毛脚毛手打翻了身边那个贮栗子的小坛子,圆而发乌金光泽的板栗便在薄明的船舱里各处滚去,年青人各处用手去捕捉,仍然放到小坛中去,也不知道应当请客人吃点东西。但客人却毫不客气,从舱板上把栗拾起咬破了吃,且说这风干的栗子真好。

今天一早上，本来应当有机会同媳妇谈到乡下事情了，女人又说要上岸过七里桥烧香，派他一个人守船。

"这个很好，你不欢喜么？"因为水保见到主人并不剥栗子吃。

"我欢喜。这是我屋后栗树上长的。去年生了好多，乖乖地从刺球里爆出来，我欢喜。"他笑了，近于提到自己儿子模样，很高兴说这个话。

"这样大栗子不容易得到。"

"我一个一个选出来的。"

"你选的？"

"是的，因为老七欢喜吃这个，我才留下来。"

"你们那里可有猴栗？"

"什么猴栗?"

水保就把故事所说的"猴子在大山上住,被人辱骂时,抛下拳大栗子打人。人想得到这栗子,就故意去山下骂丑话,预备捡栗子",一一说给乡下人听。

因为栗子,正苦无话可说的年青人,得到同情他的人了。他知道的乡下问题可多咧。于是他说到地名"栗坳"的新闻,又说到一种栗木做成的犁柄如何结实合用。这个人太需要说些家常了。昨天来一晚上都有客人吃酒烧烟,把自己关闭在小船后艄,同五多说话,五多却睡得成死猪。今天一早上,本来应当有机会同媳妇谈到乡下事情了,女人又说要上岸过七里桥烧香,派他一个人守船。坐船上等了半天,还不见人回,到后艄去看河上景致,一切新奇不同,只给自己发闷。先一时,正睡在舱里,就想这满江大水若到乡下涨,鱼梁上不知道应当有多少鲤鱼上梁!把鱼捉来时,用柳条穿鳃到太阳下去晒,正计算那数目,总算不清楚。忽然客人来到船上,似乎一切鱼都争着跳进水中去了。

来了客人,且在神气上看出来人是并不拒绝这些谈话的,所以这年青人,凡是预备到同自己媳妇在枕边诉说的各样事情,这时得到了一个好机会,都拿来同水保谈着。

他告给水保许多乡下情形,说到小猪捣乱的脾气,叫小猪作"乖乖"。又说到新由石匠整治过的那副石磨,顺便告给了一个石匠的笑话。又提起一把失去了多久的小镰刀,一把水保梦想不到的小镰刀,他说:

"你瞧,奇怪不奇怪?我赌咒我各处都找到了。我们的床下、门枋上、仓角里,什么地方不找到?它简直躲了。躲猫猫一样,不见了。我为这件事骂老七。老七哭过。可还是不见。鬼打岩,蒙蒙眼,原来它躲在屋梁上饭箩里!半年躲在饭箩里!它吃饭!一身锈得像生疮。这东西多坏多狡猾!我说这个你明白我没有?怎么会到饭箩里半年？那是一只做样子的东西，挂到斗窗上。我记起那事了，是我削楔子，手上刮了皮，流了血，生了大气，赌气把刀那么一丢。……到水上磨了半天，还不错，仍然能吃肉，你一不小心，就得流血。我还不曾同老七说起这个，她不会忘记那哭得伤心的一回事。找到了，哈哈，真找到了。"

"找到它就好了。"水保随便那么说着。

"是的，得到了它那是好的。因为我总疑心这东西是老七掉到溪里，不好意思说明。我知道她不骗我了。我明白了。我知道她受了冤屈，因为我说过：'找不出么？那我就要打人！'我并不曾动过手。可是生气时也真吓人。她哭了半夜！"

"你是用它割草么？"

"嗨，哪里，用处多咧。是小镰刀，那么精巧，你怎么说割草？那是削一点薯皮，刮刮箅，这些这些用的。小得很，值三百钱，钢火妙极了。我们都应当有这样一把刀，放到身边，不明白么？"

水保说："明白明白。都应当有一把，我懂你这个话。"

他以为水保当真懂的，因此再说下去，什么也说到了。甚至于希望明年来一个小宝宝，这样只合宜于同自己的媳妇睡到一个枕头上商量的话也说到了。年青人毫无拘束地还加上许多粗话蠢话。说了半天，水保起身要走了，他记起问客人贵姓。

"大爷，您贵姓？留一个片子到这里，我好回话。"

"不用不用。你只告她有这么一个大个儿到过船上，穿这样大靴子。告她晚上不要接客，我要来。"

"不要接客，您要来？"

"就是这样说。我一定要来的。我还要请你喝酒。我们是朋友。"

"是朋友，是朋友。"

水保用他那大而厚的手掌，拍了一下年青人的肩膊，从船头跃上岸，走到别一个船上去了。

"不用不用。你只告她有这么一个大个儿到过船上,穿这样大靴子。告她晚上不要接客,我要来。""不要接客,您要来?"

水保走去后,年青人就一面等候,一面猜想这个大汉子是谁。他还是第一次同这样尊贵的人物谈话。他不会忘记这很好的印象的。人家今天不仅是和他谈话,还喊他做朋友,答应请他喝酒!他猜想这人一定是老七的熟客。他猜想老七一定得了这人许多钱。他忽然觉得愉快,感到要唱一个歌了,就轻轻地唱了一首山歌。用四溪人体裁,他唱的是:"水涨了,鲤鱼上梁,大的有大草鞋那么大,小的有小草鞋那么小。"

但是等了一会,还不见老七回来,一个鬼也不回来,他又想起那大汉子的丰采言谈了。他记起那一双靴子,闪闪发光,以为不是极好的山柿油涂到上面，是不会如此体面好看的。他记起那黄而发沉的戒指，说不分明那将值多少钱，一点不明白那宝贝为什么如此可爱。他记起那伟人点头同发言，一个督抚的派头，一个省长的身份——这是老七的财神！他于是又唱了一首歌，用杨村人不庄重口吻，唱的是："山坳里团总烧炭，山脚里地保爬灰；爬灰红薯才肥，烧炭脸庞发黑。"

到午时，各处船上都已经有人在烧饭了。湿柴烧不燃，烟子各处蹿，使人流泪打嚏。柴烟平铺到水面时如薄绸。听到河街馆子里大师傅用铲子敲打锅边的声音，听到邻船上白菜落锅的声音，老七还不见回来。可是船上烧湿柴的本领年青人还没有学会，小钢灶总是冷冷的不发吼。做了半天还是无结果，只有拿它放下了。

到午时，各处船上都已经有人在烧饭了。湿柴烧不燃，烟子各处蹿，使人流泪打嚏。柴烟平铺到水面时如薄绸。

应当吃饭时候不得吃饭,人饿了,坐到小凳上敲打舱板,他仍然得想一点事情。一个不安分的估计在心上滋长了。正似乎为装满了钱钞便极其骄傲模样的抱兜,在他眼下再现时,把原有的和平失去了。一个用酒糟同红血所捏成的橘皮红色四方脸,也是极其讨厌的神气,保留在印象上。并且,要记忆有什么用?他记忆得到那嘱咐,是当到一个丈夫面前说的!"今晚上不要接客,我要来。"该死的话,是那么不客气地从那吃红薯的大口里说出!为什么要说这个?有什么理由要说这个?……

胡想使他心上增加了愤怒,饥饿重复揪着了这愤怒的心,便有一些原始人就不缺少的情绪,在这个年青简单的人情绪中滋长不已。

他不能再唱一首歌了。喉咙为妒嫉所扼,唱不出什么歌。他不能再有什么快乐。按照一个种田人的脾气,他想到明天就要回家。

有了脾气,再来烧火,自然更不行了,于是把所有的柴全丢到河里去了。

"雷打你这柴!要你到洋里海里去!"

但那柴是在两三丈以外,便被别个船上的人捞起了的。那船上人似乎一切都准备好了,正等待一点从河面漂流而来的湿柴,把柴捞上,即刻就见到用废缆一段引火,且即刻满船发烟,火就带着小小爆裂声音燃好了。眼看这一切,新的愤怒使年青人感到羞辱,他想不必等待人回船就走路。

在街尾却遇到女人同小毛头五多两个人,正牵了手说着笑着走来。五多手上拿得有一把胡琴,崭新的样子,这是做梦也不曾遇到的一个好家伙。

"你走哪里去?"

"我——要回去。"

"教你看船船也不看,要回去。什么人得罪了你,这样小气?"

"你走哪里去?""我——要回去。""教你看船船也不看,要回去。什么人得罪了你,这样小气?"

"我要回去,你让我回去。"

"回到船上去!"

看看媳妇,样子比说话还硬劲。并且看到那一张胡琴,明知道这是特别买来给他的,所以再不能坚持。摸了摸自己发烧的额角,幽幽地说:"回去也好,回去也好。"就跟了媳妇的身后跑转船上。

掌班大娘也赶来了。原来提了一副猪肺,好像东西只是乘便偷来的,深恐被人追上带到衙门里去。所以跑得颧骨发了红,喘气不止。

大娘一上船，女人在舱中就喊：

"大娘，你瞧，我家汉子想走！"

"谁说的，戏也不看就走！"

"我们到街口碰到他，他生气样子，一定是怪我们不早回来。"

"那是我的错，是菩萨的错，是屠户的错。我不该同屠户为一个钱吵闹半天，屠户不该肺里灌了这样多水。"

"是我的错。"陪男子在舱里的女人，这样说了一句话，坐下了。对面是男子汉。她于是有意地在把衣服解换时，露出极风情的红绫胸褡。胸褡上绣了"鸳鸯戏荷"，是上月自己亲手新做的。

男子觑着，不说话。有说不出的什么东西，在血里窜着涌着。

在后艄，听到大娘同五多谈着柴米。

"怎么，我们的柴都被谁偷去了！"

"米是谁淘好的？"

"一定是火烧不燃。……姐夫是乡下人，只会烧松香。"

"我们不是昨天才解散一捆柴么？"

"都完了。"

"去前面搬一捆，不要说了。"

"姐夫只知道淘米！"小五多一面说一面笑。

听到这些话的年青汉子，一句话不说，静静地坐在舱里，望着那一把新买来的胡琴。

女人说："弦早配好了，试拉拉看。"

先是不作声，到后把琴搁在膝上，查看琴筒上的松香。调弦时，生疏的音响从指间流出，拉琴人便快乐地微笑了。

不到一会满舱是烟，男子被女人喊出，仍然把琴拿到外面去，站在船头调弦。

到吃中饭时，五多说：

"姐夫你回头拉《孟姜女哭长城》，我唱。"

"我不会拉！"

"我听说你拉得很好，你骗我，谎我。"

"我不骗你。我只会拉《娘送女》流水板。"

大娘说："我听老七说你拉得好，所以到庙里，一见这琴，我想起你，才说就为姐夫买回去吧。真是运气，烂贱就买来了。这到乡里一块钱还恐怕买不到，不是么？"

"是的。多少钱？"

"一吊六。他们都说值得！"

五多笑着搭嘴说："谁那么说值得？"

大娘很生气地说："毛丫头，谁说不值得？你知道什么！撕你的嘴！"

五多把舌伸伸，表示口不关风说错了话。

原来这琴是从一个卖琴熟人手上拿来，一个钱不花。听到大娘的谎话，五多分辩，大娘就骂五多。老七却笑了。男子以为这是笑大娘不懂事，所以也在一旁干笑着。

男子先把饭一骨碌吃完，就动手拉琴，新琴声音又清又亮。五多高兴到得意忘形，放下碗筷唱将起来，被大娘结结实实打了一筷子头，才忙着吃饭、收碗、洗锅子。

到了晚上，前舱盖了篷，男子拉琴，五多唱歌，老七也唱歌。美孚灯罩子有红纸剪成的遮光帽，全舱灯光红红的如过年办喜事。年青人在热闹中心上开了花。可是不多久，有兵士从河街过身，喝得烂醉，听到这声音了。

两个醉鬼踉踉跄跄到了船边，两手全是污泥，手扳船沿，像含胡桃那么混混胡胡地嚷叫：

"什么人唱，报上名来！唱得好，赏一个五百。不听到么？老子赏你五百！"

美孚灯罩子有红纸剪成的遮光帽，全舱灯光红红的如过年办喜事。年青人在热闹中心上开了花。

里面琴声戛然而止，沉静了。

醉鬼用脚不住踢船，"蓬蓬蓬"发出钝而沉闷的声音，且想推篷，搜索不到篷盖接榫处，于是又叫嚷："不要赏么，婊子狗造的！装聋，装哑？什么人敢在这里作乐？我怕谁？皇帝我也不怕。大爷，我怕皇帝我不是人！我们军长师长，都是混账王八蛋！是皮蛋鸡蛋，寡了的臭蛋！我才不怕！"

另一个喉咙发沙地说道：

"骚婊子，出来拖老子上船！"

并且即刻听到用石头打船篷，大声地辱宗骂祖。一船人都吓慌了。大娘忙把灯扭小一点,走出去推篷。男子听到那汹汹声气,夹了胡琴就往后舱钻去。不一会,醉人已经进到前舱了。两个人一面说着野话,一面还要争夺同老七亲嘴,同大娘、五多亲嘴。且听到有个哑嗓子问:"是什么人在此唱歌作乐?把拉琴的抓来,再为老子唱一个歌。"

大娘不敢作声,老七也无了主意,两个酒疯子就大声地骂人。

"臭货,喊龟子出来,跟老子拉琴,赏一千!英雄盖世的曹孟德也不会这样大方!我赏一千,一千个红薯。快来,不出来我烧掉你们这只船!听着没有,老东西!赶快,莫让老子们生了气,灯笼子认不得人!"

"大爷,这是我们自己家几个人玩玩,不是外人。……"

"不!不!不!老婊子,你不中吃。你老了,皱皮柑!快叫拉琴的来!杂种!我要拉琴,我要自己唱!"一面说一面便站起身来,想向后舱去搜寻。大娘弄慌了,把口张大合不拢去。老七人急智生,拖着那醉鬼的手,安置到自己的大奶上。醉鬼懂到这个意思,又坐下了。"好的,妙的,老子出得起钱。老子今天晚上要到这里睡觉!……孤王酒醉在桃花宫,韩素梅生来好貌容……"

这一个在老七左边躺下去后,另一个不说什么,也在右边躺了下去。

年青人听到前舱仿佛安静了一会,在隔壁轻轻地喊大娘。正感到一种侮辱的大娘,悄悄爬过去,男子还不大分明是什么事情,问大娘:"什么事情?"

"营上的副爷,醉了,像猫,等一会儿就得走。"

"要走才行。我忘记告你们了,今天有一个大方脸人来,好像大官,吩咐过我,他晚上要来,不许留客。"

"是脚上穿大皮靴子,说话像打锣么?"

"是的,是的。他手上还有一个大金戒指。"

她悄悄地回到前舱，看前舱新事情不成样子，扁了扁瘪嘴，骂了一声"猪狗"，终归又转到后舱来了

"那是老七干爹。他今早上来过了么？"

"来过的。他说了半天话才走，吃过些风干栗子。"

"他说些什么？"

"他说一定要来，一定莫留客……还说一定要请我喝酒。"

大娘想想，来做什么？难道是水保自己要来歇夜？难道是老对老，水保注意到……？想不通，一个老鸨虽说一切丑事做成习惯，什么也不至于红脸，但被人说到"不中吃"时，是多少感到一种羞辱的。她悄悄地回到前舱，看前舱新事情不成样子，扁了扁瘪嘴，骂了一声"猪狗"，终归又转到后舱来了。

"怎么？"

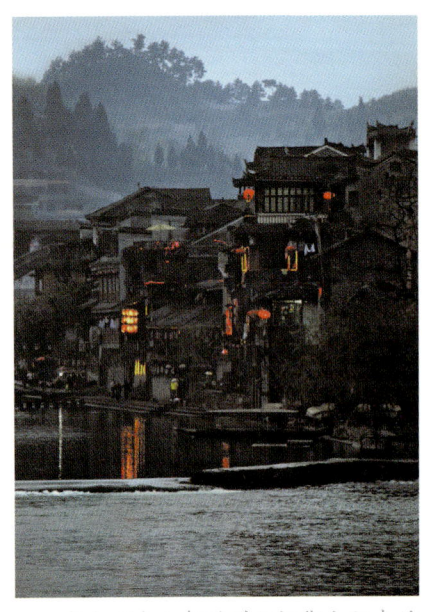

船上四个人都听到从河街上飘来的锣鼓、唢呐声音。河街上一个做生意人办喜事，客来贺喜，大唱堂戏，一定有一整夜的热闹。

"不怎么。"

"怎么，他们走了？"

"不怎么，他们睡了。"

"睡了——？"

大娘虽看不清楚这时男子的脸色，但她很懂得这语气，就说："姐夫，你难得上城来，我们可以上岸玩玩去。今夜三元宫夜戏，我请你坐高台子，戏是《秋胡三戏结发妻》。"

男子摇头不语。

兵士胡闹了一阵走去后，五多、大娘、老七都在前舱灯光下说笑，说那兵士的醉态。男子留在后舱不出来。大娘到门边喊过了两次，不答应，不明白这脾气从什么地方发生。大娘回头就来检查那四张票子的花纹，因为她已经认得出票子的真假了。票子倒是真的，她在灯光下指点给老七看那些记号，那些花，且放近鼻子上嗅嗅，说这个一定是清真牛肉馆子里找出来的，因为有牛油味道。

五多第二次又走过去："姐夫，姐夫，他们走了，我们来把那个唱完，我们还得……"

女人老七像是想到了什么心事，拉着了五多，不许她说话。

一切沉默了。男子在后舱先还是正用手指扣琴弦，作小小声音，这时手也离开那弦索了。

老七一个人轻脚轻手爬到后舱去，但即刻又回来了。显然是要讲和，交涉办不好。

船上四个人都听到从河街上飘来的锣鼓、唢呐声音。河街上一个做生意人办喜事，客来贺喜，大唱堂戏，一定有一整夜的热闹。

过了一会，老七一个人轻脚轻手爬到后舱去，但即刻又回来了。显然是要讲和，交涉办不好。

大娘问："怎么了？"

老七摇摇头，叹了一口气："牛脾气，让他去。"

先以为水保恐怕不会来的，所以大家仍然睡了觉，大娘、老七、五多三个人在前舱，只把男子放到后面。

查船的在半夜时，由水保领来了。水面鸦雀无声，四个全副武装警察守在船头，水保同巡官晃着手电筒进到前舱。这时大娘已把灯捻明了，她经验多，懂得这不是大事情。老七披了衣坐在床上，喊"干爹"，喊"巡官老爷"，要五多倒茶。五多还睡意迷蒙，只想到梦里在乡下摘三月莓。

男子被大娘摇醒揪出来，看到水保，看到一个穿黑制服的大人物，吓得不能说话，不晓得有什么严重事情发生。那巡官于是装成很有威风的神气开了口："这是什么人？"

水保代为答应："老七的汉子，才从乡下来走亲戚。"

老七补说道："巡官，他昨天才来。"

巡官看了一会儿男子,又看了一会儿女人,仿佛看出水保的话不是谎话,就不再说话了,随意在前舱各处翻翻。待注意到那个贮风干栗子的小坛子时,水保便抓了大把栗子,塞进巡官那件体面制服的大口袋里去。巡官只是笑,也不说什么。

一伙人一会儿就走到另一船上去了。大娘刚要盖篷,一个警察回来传话:

"大娘,大娘,你告老七,巡官要回来过细考察她一下,你懂不懂?"

大娘说:"就来么?"

"查完夜就来。"

"当真吗?"

"我什么时候同你这老婊子说过谎?"

大娘很欢喜的样子,使男子奇怪。因为他不明白为什么巡官还要回来考察老七。但这时节望到老七睡起的样子,上半晚的气已经没有了,他愿意讲和,愿意同她在床上说点家常私话,商量件事情,就傍床沿坐定不动。

大娘像是明白男子的心事,明白男子的欲望,也明白他不懂事,故只同老七打知会:"巡官就要来的!"

老七咬着嘴唇不作声,半天发痴。

男子一早起身就要走路,沉沉默默地一句话不说,端整了自己的草鞋,找到了自己的烟袋。一切归一了,就坐到那矮床边沿,像是有话说又说不出口。

老七问他:"你不是答应过干爹,到他家喝酒吗?"

"……"摇摇头不作答。

"人家特意为你办了酒席!四盘四碗一火锅,大面子事情,难道好意思不领情?"

她站在船后艄，看见挂在艄舱顶梁上的胡琴，很愿意唱一个歌，可是不知为什么也总唱不出声音来。

"……"

"戏也不看看么？"

"……"

"'满天红'的荤油包子，到半日才上笼，那是你欢喜的包子！"

"……"

一定要走了，老七很为难，走出船头呆了一会，回身从荷包里掏出昨晚上那兵士给的票子来，点了一下数目，一共四张，捏成一把塞到男子左手心里去。男子无话说。老七似乎懂到那意思了："大娘，你拿那三张也给我。"大娘将钱取出，老七又将这钱点数一下，塞到男子右手心里去。

男子摇摇头，把票子撒到地下去，两只大而粗的手掌捂着脸孔，像小孩子那样莫名其妙地哭了起来。

五多同大娘看情形不好，一齐逃到后舱去了。五多心想这真是怪事，那么大的人会哭，好笑！可是她并不笑。她站在船后艄，看见挂在艄舱顶梁上的胡琴，很愿意唱一个歌，可是不知为什么也总唱不出声音来。

水保来船上请远客吃酒时，只有大娘同五多在船上。问及时，才明白两夫妇一早都回转乡下去了。

一九三〇年四月十三日作于吴淞

一九三四年七月二十一日改于北京

一九五七年三月重校

他坐到那庙廊下望太阳，太阳还同样地，很悠遐地慢慢地在天空移动。他心凝静在台阶日影上，再不能想其他的事了。

逃的前一天

他们在草地上约好了，明天下午六点钟，在高坳聚齐，各人怀着略略反常的惶恐心情转到营中去，等候这一天过去。

他坐到那庙廊下望太阳，太阳还同样地，很悠遐地慢慢地在天空移动。他心凝静在台阶日影上，再不能想其他的事了。

看到一群狗在戏台下打仗，几个兵在太阳下，用绳索包了布片，通过来复枪的弹道，拖来拖去，他觉到人与狗同样的无聊。

他想：到后天，这时候，这里就少三个人了。他知道那时候将免不了一些人着忙，书记官要拟稿行文，副官处要发公事，卫舍处要记过，军需处要因他们余饷有小小纠纷……一切一切全是好笑的事。因逃兵而起的骚扰，他是从其他人潜逃以后的情形看得出的。见过许多了，每一次都是这样子，不愿意干，逃走，就逃走。利益还似乎是营上这一边。不久大家也就忘了。军队中生活是有统系的、秩序不紊的，这整齐划一的现象，竟到了逃兵的一事上，奇怪得使他发笑了。

谁也不明白这人为什么而笑的。但人见到他在太阳下发笑也完全不奇怪。

一个兵，笑的理由也是划一了的。他们笑，不外乎多领了津贴发了财，凭好运气在赌博上赢了钱，在排长处喝了一杯酒，无意中拾了一点东西。此外，不同的非猜想不可的，至多是到街上看了热闹，觉得有趣。他们是在一种为国干城的名分下，教养得头脑简单如原始人类，悲喜的事也很少很少了。他们成天很早地起床点名，吃极粗粝的饮食，做近于折磨身体的工作，服从上官，一切照命令行事，凡是人不必做的都去做，凡是人应当明白的都不必明白，慢慢地，各人自然是不会在某一新意义上找出独自发笑的理由了。

他笑着，一面听那几个擦枪的兵谈话，谈话的人也正是各自做着笑脸谈那事情的。

一个手拿机柄包在布片里扭来扭去的小子，赤着脚，脚杆上贴有红布大膏药一张，把脸似乎笑扁了，说：

"哥，你不要以为我人矮，我可以赌咒——可以打赌，试验我的能耐。"

"你以为你是能骑马的人也能……"这是所谓"哥"的一个说的，他还有话继续，"宋二，我就同你打赌，今夜去试。"

"赌二十斤酒一只鸡。"

"我只有一个'巴'，你吃不吃？"

那擦机柄的被玩弄了，就在那哥的软腰上一拳。分量的沉重，使那正弯身拖动枪筒的兵士跟跄了。另一个

他们笑，不外乎多领了津贴发了财，凭好运气在赌博上赢了钱，在排长处喝了一杯酒，无意中拾了一点东西。

脚杆上也有一张膏药的脚色，放下工作，扑过来，就把矮小子扑倒了，两人立刻就缠作一团在地面滚。被打了一拳的大汉子，只笑着嚷着，要名字叫癞子的好好地捶宋二一顿。他倒很悠闲地仍然躬身擦枪，仿佛因为有职务在身，不便放弃。

他们打着，还互相无恶意地骂着丑话，横顺身上穿的是灰衣，在地上打滚也不会把衣弄脏，各人的气力用在这一件事上也算是顶有益的事了，热闹得很。

第四个兵士不掺入战事，就只骂那被擒在地上的一个，用着军人中习用的字眼，"杂种""苗狗入的""牛"，还有比这更平民一点的也全采用了。似乎把这些话加到弱者的头上时，同时在别人身上的一个，就光辉满脸，有伟人奋斗之余的得意情形。

驻在此地的军队，既不打仗，他们当然就只有这样消磨日子。他也看惯了。虽看惯，仍然还很担心的，就是这种戏谑常常变成更热闹，先是玩笑，终于其一流血，其一不流血的也得伏到石地上挨二十板打屁股的处罚。人虽各是二三十岁的人，至于被惩罚以后，脸上挂着大的眼泪也是常有的事情。对着这样一般天真烂漫的同胞同志，他纵笑也还是苦笑的。

打架的还是胜负不分，骂娘者渐感疲倦，队长来了。

他望到队长来了，就站起。那几个人还不注意到，

对着这样一般天真烂漫的同胞同志，他纵笑也还是苦笑的。打架的还是胜负不分，骂娘者渐感疲倦……

揪打的仍然揪打不休，助威的也仍然用着很好的口气援助，队长看着。他以为这几个兵士准得各在太阳下立正三十分钟了，谁知队长看了一会，见到另一个擒在地下的快要翻身爬起了，就大声喊：

"狗养的，你为什么不用腿压到那一只手？"

队长也这样着急，是他料不到的事。原来队长是新补，完全是同这些弟兄们在一堆滚过来的人，他见到那汉子对队长立定以后便说要队长晚上去棚里吃狗肉，他要笑不能，就走开了。

天气过早。

他走到庙后松树下去，几个同班的汉子正在那里打拳。还有伙夫，一共是五个，各坐在大磐石上晒太阳，把衣全脱下，背上肩上充满了腻垢，脱下的衣随意堆到身旁。各人头发剃得精光，圆的多疱的各不相同的头，在日光下如菠萝。这几个伙夫的脸上，都为一种平庸的然而乐观的光辉所照，大约日子已快到月底，不久就可以望支本月份的四块八角的薪饷，又可以赌博吃肉了。他们也是正在用着一种合乎身份的粗鄙字言，谈论着足资笑乐的一件故事的，他又站下来听。

原来他们讨论到的就正是头。他们大致因为各人正剃过头发，所以头是一种即景的材料了，只听到一个年纪幼小的伙夫说道：

"牛巴子，你那头砍下来总有十七斤半。"

所谓"牛巴子"其人者，是头特大疱子特多的一位，正坐在那石上搔胸上的黑毛，听到这话也无所谓生气，不反驳。无抵抗主义是因为人上了年纪，懂到让小子们嘴上占便宜，而预备在另一时譬如吃饭上面扳本的人的。那小子，于是又说道：

"牛巴子，你到底挑过多少人头，我猜你不会挑得起十个。"

牛巴子扁扁嘴，不作声，像他那口是特为吃红薯生长的。因为问题无大前提，牛巴子照例是无回答义务的。

另一个（这时正搂起裤子，脚杆上有两张膏药）就说：

这几个伙夫的脸上，都为一种平庸的然而乐观的光辉所照，大约日子已快到月底，不久就可以望支本月份的四块八角的薪饷，又可以赌博吃肉了。

"牛伯，死人头真重，我挑过一次，一头是两个，一头是三个，挑二十里肩就疼了。"

牛巴子打了一个嚏。

那伙夫又问："牛伯你挑过几个？"

牛巴子说："今天有酒喝。"这话完全像是答复他自己那一个嚏而言。然而，话来了："这几天，妈妈的，不杀人，喝不成了。"

那小子又掺入了话："牛巴子，你想喝么？我输你，今夜一个人

他们成天所吃的就是南瓜、红苕，在他们那种教养下，年青人并不见着低能的禀赋。

他听出书记官的声音了，再上了一级："书记官，是我，成标生。""标标吗，上来上来，我又买得新书了。"

到箭场去提那个死人头来，只要你敢，我请你喝三百钱酒。"

"小鬼精，你又不是卖，哪里来的许多钱。"

"卖，你是老南瓜，才值钱！"

"排长喜欢你这小南瓜了，你小心一点。"

"小心你的老南瓜？你妈个……"小子又向另一个说，"二喜，二喜，你知不知道老南瓜家里人同更夫的事情？饿酒的人吃尿还是有志气，老南瓜是在乡里全靠太太同人在床上打架才有酒喝的，老舅子还好意思说他太太长得标致！"

"杂种你不要犟嘴，老子到夜间就要用红苕塞你的……"

"你看老子整你。"说着，小子走过来，把一件短棉军衣罩在牛巴子的疤头上，就骑到他的肩上去，只一滚，两人就从磐石上滚到松树根边了。这一对肮脏的熊不顾一切，就在一切形式上争持到做男性的事业，看得那个名叫二喜的与另一个伙夫，仍然像前次擦枪那几位，旁观呐喊助威。

他觉得这全是日子太长的缘故，不然这种人，清早天一亮就起来点名，点完名就出外挑水，挑得水就烧火，以后则淘米、煮饭、洗菜、理碗筷……事情忙到岂有此理，日子短则连自己安闲吃一顿饭也无时间，哪里还能在这太阳下胡闹？若要怪长官，那就应当怪司务长分派这种人工作还不太多，总能让这种人找得出空闲，一有空闲，他们自然就做这些事情来了。"南瓜""红苕"，这些使人摇头的东西，他们能巧妙地用在一种比譬上，是并不缺一种艺术的元素的。他们成天所吃的就是南瓜、红苕，在他们那种教养下，年青人并不见着低能的禀赋。

他看到这些人在那种调弄下，所得的快感并不下于另一种人另一种娱乐，他仍只能不自然地笑着走开。

天气还早。

到什么地方去呢？书记处有熟人，一个年纪四十一岁每天能吃五钱大烟的书记官，曾借给他过《水浒传》看。书是早还过了，因为想到要悄悄离开此地，恐怕不能再见到这好脾气的人了，就走到那里去。

这个人住在戏台上，平时很少下台，从一个黑暗的有尿气味的缺口处爬上了梯子的第一级，他见到楼口一个黑影子。

"副兵，到哪里去这半天？"

他听出书记官的声音了，再上了一级："书记官，是我，成标生。"

"标标吗，上来上来，我又买得新书了。"

他就上去。到了楼上，望到书记官的烟盘上一灯尚爝然作绿光，知道还在过瘾。

"怎么，书记官，副兵又走了。"

"年青人！一出去就是一天，还拿得有钱买橘子。大概钱输到别人手中，要到晚上才敢回来了。"

"人太好了是不行的。"

"都是跟着出来的，好意思开除他么？有时把我烟泼了，真想咬他一口。"

"书记官真能咬副兵倒是有趣味的事。"

"咬也不行。《三侠五义》第五章不是飞毛虎咬过他仆人一口吗？我这副兵到知道我要咬他时，早先飞走了。"

这好性情的人，是完全为烟所熏，把一颗心柔软到像做母亲的人了。就是同他说到这一类笑话时，也像是正在同小孩子说故事一样情形的。那种遇事和平的精神，使他地位永远限在五年前的职务上。同事的无人不做知事去了，他仍然在书记官的职务上，拟稿，造饷册，善意地训练初到职的录事，同传达长喝一杯酒，在司令官来客打牌的桌上配一角，同许多兵士谈谈天，不积钱也不积德，只是很平安地过着日子。在中国的各式各型人中，这种人是可以代表一型的。

因为懂相法，看过标生是有起色的相，在许多兵士中，这好性情人对他是特别有过好意的。这好意又并不是为有所希望而来，这好性情人就并不因为一种功利观念能这样做人的。

见到他上楼了，就请坐。在往天，副兵若在，应当倒茶，因为虽然是兵，但营上的兵不是属于书记官管辖。在一种很客气的款待上，他的一个普通兵应有的拘束也去掉了，就可以随便谈话，吃东西，讨论小说上各个人物的才干与性情。如今的他，原是来看看这

如今的他，原是来看看这好人，意思是近于告别的，就不即坐。

好人，意思是近于告别的，就不即坐。

"天气好，到些什么地方玩过没有？"

"玩过了的。"

"这几天好钓鱼，我那一天从溪边过身，一只大鲫鱼拨剌，有脚板大，訇地吓了我一跳，心想若是有小朋友在，就跳下水去摸它来，可以吃一顿。"

"书记官能泅水吗？"

"咄，我小时能够打氽子过乡里大河公安殿前面！"

"近来行不行？"

"到六月间我们去坝上试试吧。吃了烟，是有十年不敢下水了，不过我威风是还在的，你不要小看我。我问你，你怎么样呢？"

"书记官会看相，你猜吧。"

"我看你不错，凡是生长在黄罗寨的，不会泅水也不至于一到河里就变秤锤。"

"不会水。因为家里怕淹死，不准洗澡的。"

"那为什么不逃学悄悄地去洗澡？我们小时在馆内念书，放午学时先生在每人手心上写一银朱字，回头字不见了就打板子，你说，我们怎么办？洗还是洗！六月间不洗几个澡那还成坏学生吗？我们宁愿意挨打也去洗。这种精神是要的。小孩子的革命精神你说可不可佩服。"

他心上为明天的事情所缚定,对于书,对于书记官,对于书记官所说的话,全不能感生往日的兴味了。

听到书记官说这一类笑话,他不由得笑了。但他想到的,是过几天这时的书记官,会不会同别人说到今天的自己?他又想这永远是小孩子心的人,若是知道在面前的人,就是将从营伍中逃走的人,将来逃兵名册上就应当由书记官写上一个名字,这时是不是还来说这些为小孩子说的话?

书记官每天吃烟,喝酽茶,办公事,睡晏觉,几年也从不变更过生活的,当然这时料不到面前的人是正有着一种计划的人了。

"标标,你会上树不会?"

他摇头。

"那扯谎,我前不久就看到你同一个弟兄在后山里大松上玩。"

"我是用带子才能上树的。"

"那当然,不用带子除非是黄天霸——嗨,我忘记了,我买得许多新书了,你来看。"书记官说着,就放下了那水烟袋,走到床边去,开他那大篾箱子,取出一些石印书,"这是《红楼梦》,这是……以后有书看了,有古学了;标标,你的样子倒像贾宝玉!"

他笑着,从窗罅处望外面,见到天气仍然很早,不好意思就要走。他心上为明天的事情所缚定,对于书,对于书记官,对于书记官所说的话,全不能感生往日的兴味了。他愿意找一种机会,谈一点他以后的事，可是这好性情的人总不让这机会发生。

书记官谈了一阵笑了一阵以后，倒到烟盘旁预备烧烟了。他站到那里还不坐下。

"坐！"

"我要走了。"

"有什么事情？"

"没有事情。"

"没得事情不要走。回头等我副兵来，要他买瓜子去，'三香斋'有好葵花同玫瑰瓜子，比昨几天那个还大颗。"

"……"

"你想些什么，是不是被人欺侮了要报仇？"

"没有的事。"

"我小时候可是成天同人打架，又不中用，打输了，回家就只想学剑仙报仇，杀了这人。如今学剑不成已成仙了，仇人来我就是这样一枪！"

所谓"一枪"者，原来是把烟泡安置在烟斗火口妥当后，双手横递过去的一种事情。这人是真有点仙气的人了。他见到这书记官无人无我的解脱情形，他只能笑。书记官是大约与他无仇恨的，所以就从不曾把烟枪给他。这时的他倒很愿向灯旁靠靠，只要书记官说一声请，就倒下了。

书记官自己吸了一泡烟，喝了一口茶，唱了一声"提起了此马儿来头大"，摇摇地举起了身子。

他见到这样子，如同见到那伙夫相打相扑一样的难受，以为不走可不行了，就告辞。

"要走了。"

"谈谈不好么？"

"想要到别处去看看。"

"要书看不要,这里很多,随便拿几册去。"

"不想看书,有别的事要做。"

"不看书是好的,像你这样年纪,应当做一点不庄重的事情,应当做点冒险心跳的事情,才合乎情调。告给我,在外面是不是也看上过什么女子没有?若是有了,我是可以帮忙的,我极会做媒,请到我的事总不至于失败。"

"将来看,或者有事情要麻烦书记官的。"

"很有些人麻烦我,我的副兵是早看透了我,所以处处使我为难,也奈何他不得。"

他于是从那嵌有"入相"二字匾额的门后下楼了。书记官送到楼口,还说明天再见。

"书记官,那再会。"

"明天会。"

"好,明天会。"

他于是从那嵌有"入相"二字匾额的门后下楼了。书记官送到楼口,还说明天再见。

他下了楼,天气仍然很早,离入夜总还有三点钟。

今天的天气真似乎特别了,完全不像往天那么容易过去。他在太阳下再来想想消磨这下半日天气的方法,又走到一个洗衣处去还账。到了洗衣服那人家，正见到书记官的小副兵从那屋里出来，像肚中灌了三两杯老酒，走路摇摇摆摆，送出大门的是那个洗衣妇人。将要分手，这小副兵望了一望，见无上司，就同妇人亲了一个嘴。妇人关上腰门，副兵赶快地走了，他才慢慢地走过去拍门。妇人出来开门，见到来的是长得整齐出众的人物，满脸堆笑，问是洗了些什么衣，什么号码。

"不是衣，我来还你点钱，前些日子欠下的。"

"副爷要走了吗？"

"不。因为手边有钱，才想到来还你的！"

"点点儿衣服那算什么事？"

"应当要送的。"

"什么应当不应当……"妇人一面说，一面扎裤子，裤子是不是松了还是故意，他是不明白的。但因为往上提的缘故，他见出这妇人穿的汗衣是紫的颜色了。

单看到这妇人眉眼的风情，他就明白书记官那不到十五岁年龄的小护兵，为什么迟迟不回营的理由了。他明白这妇人是同样地如何款待了营中许多年青人的。他记起书记官说的笑话，对于这妇人感到一种厌烦，不再说什么话，就把应当给她的四百钱掏出，放到这人家门边一条长凳上，扬长地走了。

奇怪地很的是天还那样早，望它即刻就夜简直是办不到的事。他应当找一点能够把时间忘去的事情做做，赌博以及别的如像那书记官副兵做的事，都是很不错的，可惜他又完全不熟。记起那提裤子的丑相，他就同时想起一些肮脏的、有不好气味的、稀糟的、不受用的东西。

兵士的揪打、伙夫的戏谑、书记官的烟枪、洗衣妇人的裤，都各有其主，非为他而预备得如此周全。在往日，这一切，似乎还与他距离极近，今天则仿佛已漠不相关了。

逃的前一天

他数了一数板袋中所有的钱,看够不够到买半斤糖的数目。钱似乎还多,就走到庙前大街去。

大街上,南食店、杂货店、酒店铺柜里,都总点缀了一两个上官之类。照例这种地方是不缺少一个较年青的女当家人,陪到大爷们谈话剥瓜子的。部中人员既终日无所事事,来到这种地方,随意地调笑,随意地吃红枣龙眼以及点心,且一面还可造福于店主,因为有了这种大爷们的地方,不规矩的兵士就不敢来此寻衅捣乱,军队原就是保国佑民的,如此一来岂不是两全其美。

副官、军法、参谋、交际员、军需、司务长、营副、营长、支队长、大队长……若是有人要知道驻在此地的一个剿匪司令部的组织,不必去找取职员名册,只要从街南到街北,挨家铺子一问,就可以清清楚楚了。他们每天无事可做,少数是在一种热情的赌博中

左图：

大街上，南食店、杂货店、酒店铺柜里，都总点缀了一两个上官之类。照例这种地方是不缺少一个较年青的女当家人，陪到大爷们谈话剥瓜子的。

右图：

他在一个糟坊发现了军法长，在一个干鱼店又发现了交际长同审计员，在一个卖毛铁字号却遇到三个司书生。

消磨了长日，多数是各不缺少一种悠暇的情趣坐在这铺柜中过日子的。他们薪水不多却不必用什么钱。他们只要高兴，三五个结伴到乡下去，借口视察地形或调查人口，团总之类总是预备得很丰盛的馔肴来款待的。他们同本地小绅士往来，在庆吊上稍稍应酬，就多了许多坐席的机会。他们皆能唱一两段京戏，或者《卖马》，或者《教子》，或者《空城计》《滑油山》，其中嗓子洪亮的实不乏其人，在技术上，也有一着衣冠走上台去，就俨然有余叔岩装刘备的神气的。他们吃醉了酒，平素爱闹的，就故意寻衅吵一会儿，或者与一个同僚稍稍动点武，到明天又同在一桌喝酒，前嫌也就冰释了。

总之他们是快乐的、健康的，不容易为忧愁打倒也不容易害都会中人杂病的。

他在一个糟坊发现了军法长，在一个干鱼店又发现了交际长同审计员，在一个卖毛铁字号却遇到三个司书生。不明白他们情形的，还会以为是这人家的中表亲，所以坐在铺子里喝茶谈天，不拘内外。

他不能不笑。

他到了他所要到的那个糖铺门前，要进去，里面就有人喊闹，又有人劝，原来正有许多人坐在堂屋中猜拳吃酒。他试装作无心的样子慢慢走过这铺子前，看到三

这一切一切，往日似乎全疏忽过去，今天见到为一种新的趣味所引起，他在一种悒郁中与这些东西告别了。

个上司在内了，就索性走过这一家了。

一切空气竟如此调和，见不出一点不妥当，见不出一点冲突。铺子里各处有军官坐下，街上却走着才从塘里洗澡回来的鸭子，各个扁着嘴嘎嘎地叫，拖拖沓沓地在路中心散步，一振翅则雨点四飞，队伍走过处，石板上留下无数三角形脚迹。全街除了每一处都有机会嗅闻得到大烟香味外，还有数家豆腐铺，泡豆子的臭水流到街上，发着异味，有白色泡沫同小小的声音。

不知从什么地方而来，来到这里递送犯人的，休息在饭馆里。三五个全副武装的朋友蹲到灶边烘草鞋。犯人露出无可奈何的颜色，两手被绳子反缚，绳的一端绑在烧火凳上或廊柱上。饭店主人口上叼着长烟袋，睥睨犯人或同副爷谈天。

求神保佑向神纳贿的人家，由在神跟前当差的巫师，头包了大红绸巾，双手持定大雄鸡，很野蛮地一口把鸡头咬下，红血四溢。主人一见了血，便赶忙用纸钱蘸血，拔鸡胸脯毛贴到大门上，于是围着观看的污浊小孩，便互相推挤，预备抢爆仗。

街上卖汤圆的，为一些兵士所包围，生意忙到不知道汤圆的数目，大的桶锅内浮满了白色圆东西，只见他用漏瓢忙舀。

……

一切都快与他离开了。这一切一切，往日似乎全疏忽过去，今天见到为一种新的趣味所引起，他在一种悒郁中与这些东西告别了。

他又不买糖了，走到溪边去。果然如书记官所说，溪中桃花水新涨，鱼肥了。许多上年纪的老兵蹲在两岸钓鱼，桥头上站了许多人看。老兵的生活似乎比其他人更闲暇了，得鱼不得鱼倒似乎满不在乎，他们像一个猫蹲到岸旁，一心注意到钓竿的尖与水面的白色浮子。天气太暖和了，他们各把大棉袄放到一旁，破烂的军服一脱，这些老兵纯农民的放逸的与世无关的精神又见出了。过年了他们吃肉，水涨了他们钓鱼，夜了睡觉，他们并不觉得他们与别人是住在两个世界。

他就望到这些老兵，一个一个望去，溪的一带差不多每两株杨柳间便有一个这样人物。一体的静镇，除了水在流，全没有声音。间或从一个人口里喷出一口烟，便算是在鱼以外分了这种人心的事情了。

鱼上钩了，拨剌着，看的人拍着手，惊呼着，被钩着了唇的鱼也像本来可以说话的东西，在这种情形下不开口了，在一个兵手上默默地挣扎一番，随后便被掷到安置在水边的竹篓里去，自己在篓中埋怨自己去了。

太阳又光明又暖和,他感到不安。

他看了一阵这些用命运为注,在小铁钩蚯蚓上同鱼赌博的人,又看了看天上的太阳,还想走。

走到什么地方去?

没有可走的。他从水记起水闸,他听到水车的声音,就沿溪去看成天转动的那水磨。

他往日就欢喜这地方。这里有树,有屋,上了年纪的古树同用石头堆起的老磨坊,身上爬满了秋老虎藤,夏天则很凉快,冬天又可以看流水结成的冰柱。如今是三月,山上各处开遍映山红花,磨坊边坎上一株桃,也很热闹地缀上淡红的花朵了。他走到磨坊里面去,预备看那水磨。这东西正转动着,像兵士下操做跑步走,只听到脚步声音。小小的房子各处飞着糠灰,各处摆有箩筐。他第一眼望到的还

左图：

走到什么地方去？没有可走的。他从水记起水闸，他听到水车的声音，就沿溪去看成天转动的那水磨。

右图：

他第一眼望到的还是那个顶相熟的似乎比这屋子还年老一点的女主人，这个人不拘在什么时候都是一身糠灰，正如同在豆粉里打过滚的汤圆一样……

是那个顶相熟的似乎比这屋子还年老一点的女主人，这个人不拘在什么时候都是一身糠灰，正如同在豆粉里打过滚的汤圆一样，她在追赶着转动的石碾，用大扫帚扑打碾上的米糠，也见到了他。

她并不歇气，只大声地说："成副爷，要小鸡不要？我的鸡孵出了！"于是，她放下了扫帚，走出了磨坊，引他到后面坪里去看鸡窠。

他笑着，跟了这妇人走上坎去。

他见到小鸡了，由这妇人干瘪瘪的手从那一个洋油箱里抓出两只小鸡来，只是吱吱地叫，穿的是崭新淡金色的细茸茸的毛衣裙，淡白的嘴巴，淡白的脚，眼睛光光的像水泡。这小东西就站在他手心里，不知道害怕也不知道顽皮。

"带四只回去，过五天就行了，我为你预备得有小笼。"

"……"

"它能吃米头了，可以试。"

"……"

"要花的要白的？这里是一共二十六只，我答应送杨副爷四只，他问我要过。你的我选大的。"

他找不出话可说。他又不说要又不说不要。他在这里，什么都是他的了，太阳、戏台、书记官、糖、狗肉、钓鱼，以至于鸡，要什么有什么。可是他到明天后天，要这些什么用处？好东西与好习惯他不能带走，他至多只能带走一些人的好情分，他将忍苦担心走七天八天的路，就是好情分带得太多，也将妨碍了他走路的气力。

他只能对这老妇人笑。

一种说不分明的慈爱，一种纯母性的无希望的关心，都使他说不出话。此后过三天五天，到知道了人已逃走，将感到如何寂寞，他是不敢替她设想的。他只静静地望这个妇人的头发，同脸，同身体。

可怜的人，她的心枯了，像一株空了心的老树，到了春天，还勉强要在枝上开一朵花，生一点叶。她是在爱这个年青人，像母亲、祖母一般的愿意在少年人心中放上一点温柔、一点体恤，与一点……

他望到这妇人就觉到无端忧愁。

他重复与老妇人回到磨坊。他问她可不可以让他折一枝桃花。

"欢喜折就折，过几天就要谢了。"

"今年这花开得特别好，见了也舍不得折了。"

"不折也要谢，这花树他们副爷是折了不少的。你看，那大一点的桠枝。我这老婆子还要什么花，要折就折，我尽他们欢喜！"

"那我来折一小枝。"

他就攀那树。花折得了，本来不想要桃花的他权且拿着在手，道了谢。

"你什么时候来拿鸡？"

"过一会吧。"

老妇人就屈指数："今天初六，初七、初八……到十一来好了，慢了恐怕他们争到要，就拿完了。"

"你告给他们说我要了，就不会强取了。"

"好好，那样吧，明天你再来看它们吃米，它们认得出熟人，当真的!"

他走了,妇人还在絮絮地嘱咐,不知为什么缘故,他忽然飞跑着了,妇人就在后面大声说小心小心。

天夜了。

正如属于北方特有的严冬白雪的瑰丽,是南国乡镇季春的薄暮。

生养一切的日头落到山后去了。

太阳一没,天气就转凉了,各处是吹着喇叭的声音。站到小山上去看,就可见到从洞中,从人家烟囱里,从山隈野火堆旁,滋育了种子,仿佛淡牛奶一样的白色东西,流动着,溜泻着,浮在地面,包围了近山的村落,纠缠于林木间。这是雾。自由而顽皮的行止,超越了诗人想象以上的灵动与美丽。

与大地乳色烟霭相对比的,是天边银红浅蓝的颜色,缓缓地在

流动着,溜泻着,浮在地面,包围了近山的村落,纠缠于林木间。这是雾。自由而顽皮的行止,超越了诗人想象以上的灵动与美丽。

他又望远处，什么地方正在焚柴敬神，且隐隐听到锣鼓声音。他有一种荒山的飞鸟与孤岛野兽的寂寞，心上发冷，然而并不想离开此地。

变。有些地方变成深紫了，因此远处的山也在深紫中消失了。

喇叭的声音，似有多处，又似只有一处，扬扬地，忧郁地，不绝地在继续。

他能想到的，是许多人在这时候已经在狗肉锅边围成一圈，很勇敢地下箸了。他想到许多相熟的面孔，为狗肉、烧酒以及大碗的白米饭所造成的几乎全无差异的面孔。他知道这时伙夫已无打架的机会，正在锅边烧火了。他知道书记官这时必定正在为他那副兵说剑仙采花的故事。他知道钓鱼的老兵有些已在用小刀刮他所得大鱼的鳞甲了。他知道水碾子已停止唱歌,老妇人已淘米煮饭了。

他望镇上,镇上大街高墙上的鸱头与烟筒,各处随意地矗起,喇叭的声音就像从这些东西上面爬过,又像那声音的来源就出于这些口中。他又望远处,什么地方正在焚柴敬神,且隐隐听到锣鼓声音。

他有一种荒山的飞鸟与孤岛野兽的寂寞,心上发冷,然而并不想离开此地。

似乎不能自立,似乎不能用"志气"一类不可靠的东西把懦弱除去,似乎需要帮助或一种鼓励才能生活,他觉到了。他用右手去摸坐着的那坚硬的岩石,石头发着微温,还含着日间的余热,他笑着,把左手也放到那石上。

今天已经完了。

(小兵的故事之一)
一九二九年四月作

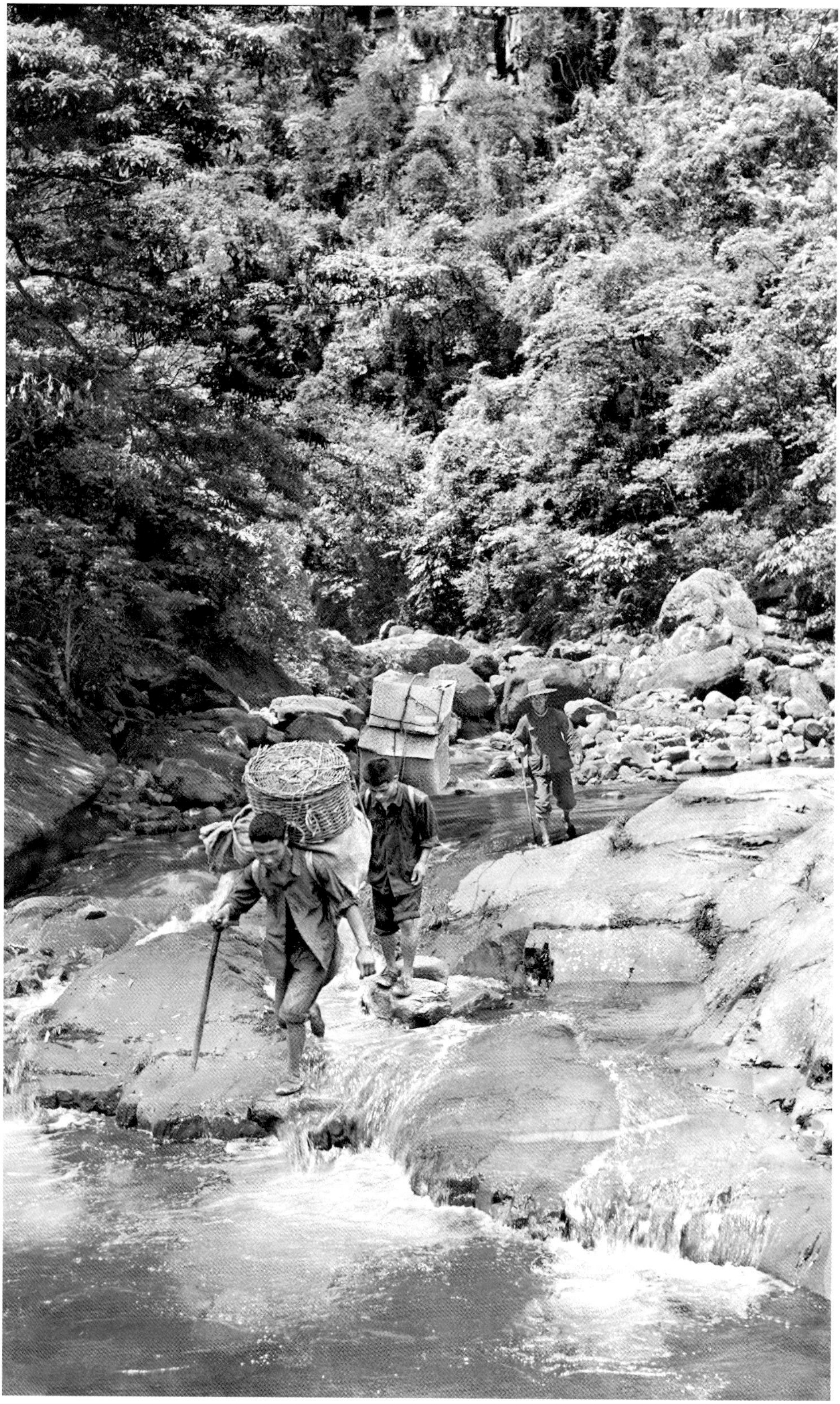

后记

　　湘西自古以来都是令诗人失魂落魄的地方。生于斯长于斯的沈从文先生一直深深地眷恋着这片土地。他说："我的作品稍稍异于同时代作家处，在一开始写作时，取材的侧重在写我的家乡。""我虽离开了那条河流，我所写的故事，却多数是水边的故事。故事中我最满意的文章，常用船上水上作为背景。我故事中人物的性格，全为我在水边船上所见到的人物性格。"……先生给我们留下了一个谜一样的湘西世界，这世界是美的典范和极致。

　　可以说，湘西世界就是沈从文先生心灵的世界。他把他的思想与情感，他的爱憎和忧伤，都糅进了湘西的那几条河流中。他所呈现的湘西世界，深深地震撼着我们，感动着一代又一代，并将继续感动和震撼下去。

　　20世纪80年代的一天，我脑子里迸出一个想法——用摄影的形式来展现沈从文先生笔底的湘西。从那时开始，我便争取各种机会，无数次走进湘西的山山水水，感受着湘西的风土人情，与翻天覆地的时代变迁抢速度，与日新月异的居民生存方式抢时间，将一幅幅正在消逝的地理人文图景定格在底片上。

　　时光倏忽，二十余年过去。行囊中除了沉甸甸的胶卷，还装满了许许多多的故事。这些故事就像撷自千里长河中的一粒粒珍珠,时时温润我心。

2001年,我与珠海一女记者去了酉水河,这是沈从文先生最爱、着墨最多的河流之一。我们从保靖县城上船,沿途风景奇秀,青山如黛,绝壁如削,长水如玉,篙桨下处,水草青青,历历可数。一路上,同伴的惊诧赞叹声落满一河,连连惊起蓬刺中的水鸟,我得意极了:"没骗你吧?"傍晚,我们在迷人的隆头镇上岸,住进河边五元钱一天的旅店。待我收拾好房间,整理完相机,上厕所的同伴却仍未出来。糟糕!该不是掉厕所里了吧?这里的"厕所"是搭块跳板伸到水中间的,城里人哪能习惯?我冲过去把门一推,却见她痴痴地贴在"水上茅厕"窗前,早已忘了身在何处,被这河岸风景惊呆了。原来,这里是酉水与一条小支流汇合之地,三面青山夹着两线河水,晚霞中的山水、村落、渡船、炊烟,构成了一幅难以言说的绝美画图,不发呆倒怪了!摄人魂魄的美是让凡人发不出声音来的,耳边恍若沈从文先生轻声在说:"早晚相对,令人想象其中必有帝子天神,驾螭乘蜺,驰骤其间……"

里耶的黄昏是那么温柔美丽。清清的酉水河顺着山势蜿蜒,这一边,满河的汉子们在洗澡游泳;转过水湾,则是姑娘媳妇们沐浴的天地。褐色的大石头上,这里那里摊满了各色衣裳,夕阳将一具具古铜色的身体镀上金光,水波撩起处串串碎银撒落……满河灿烂。多么生动,多么醉人,这不正是沈从文先生笔下的场景吗?谁能相信这与他当年所经历的已相隔八十余年了呢?

仍是那位女记者:"我想靠近去拍,他们会打人不?""湘西人是不会那么做的,你倒是别吓着他们了。"我回答。她像是领到特别通行证般,兴奋地边走边拍起来,一时竟收不住脚步,忘情的快门声惊动了水里赤条条的汉子。有女人闯入"禁区"!还举着相机!这或许是他们从不曾遇到过的事。岸上的赶紧跃入水里,水中的急忙蹲下身子。她仍在步步逼近。见无处藏身，汉子们笑着嚷着只得往大礁石那边躲。更大的动静飞起来了，想想看，一群赤裸的汉子突然闯入岩石后面女人们的天地，那喧哗与骚动真是非凡……一个小女子竟搅乱了一条河，真"伟大"得让你没法去责怪。

在这片乡土上，恍若隔世的感觉你常常会有，一不经心就会掉进沈从文先生描绘的岁月中去。

2002年，我和我先生又来到酉水，在河边却再也找不到上行的船。一位在小船上补渔网的老艄公张着缺牙的嘴笑着说："没船了，哪个还坐船？中巴车每个弯角都到，一两个小时几块钱，你想哪个还会去坐一天的船？耽误工夫。"

面对汤汤流水，我不由得回想起1997年的那次旅程。时值秋日水枯，船只上滩仍需背纤。到滩头时，老人小孩逐一下船上岸，沿着河滩小路走去，弯弯的队伍拉得长长。年轻人则不声不响背起纤绳，该蹚水时就蹚水，该爬岩时就伏在石头上爬去，协力齐心将船拉上滩。没人要求，没人指挥，甚至连大声说话的人都没有，那么自然，那么默契，过滩后将老人小孩接上船，又行至下一个滩口，周而复始。我先生也背起纤绳，默默走进拉纤的行列；我则前前后后追赶着拍摄。那一份感动，至今回想起来都温暖得很。我知道，那份美丽永远不会回来了。

"你们是来耍的吧？想坐船就租一条去呀！"老艄公为我们出了个主意。好办法！谁知道这条古老的河上会不会再也见不到船的那一天呢？我与先生赶紧租船而上，留住这最后的"孤帆远影"。

2003年，碗米坡水电站快要蓄水了，我和朋友们想看看最后的风景，仍是租条船顺流而下，没想到这么快，沿途景致已荡然无存，梦绕魂牵的吊脚楼只剩几根木桩，白墙黛瓦的村居空留断垣残壁，嵌入水中的巨石被炸成碎块，碧玉般的河水成了黄汤……我不敢取出相机，痴痴地站在桥头，不用眼泪哭！再见了，里耶。再见了，隆头。再见了，拔茅……

真要用一条河的美丽去换取那"电"吗？还有没有别的办法？我不懂。几年前，听黄永玉先生讲过一个故事：在森林里伐木，锯一棵大松树时，不单这棵松树会发抖，周围的松树都在发抖——没人注意而已……我相信，万物有灵啊！将一条条河流腰斩、改道、拦截，河流们又会怎样呢？大概不会一路欢歌吧？

人非山川草木，孰知山川草木无情？

我尽力而为的是，也只能是，将不可复制、不能再生的原貌，呈现在今人以及后人面前，让人们去感受、思考、掂量、判断，以此为沈从文先生的文字作证。

长长的码头，湿湿的河街，湍急的青浪滩，美丽的西水河，满江浮动的橹歌和白帆，两岸去水三十丈的吊脚楼，无数的水手柏子和水手柏子的情妇们，都永远逝去了。这一切，不会再来。但湘西的很多地方，天还是蓝，水仍是绿，在一些乡僻边城，寻寻觅觅，你或许会见到一座长满荒草的碾坊、一架不再转动的水车、一泓清澈见底的溪水。倾斜了的吊脚楼依然风情万种，废弃了的油榨房仍充满庄严……

泪眼迷蒙中，我仿佛看见沈从文先生笔底的人物正一个个向我走来。感谢为此辛勤付出的"群众演员"们。这一刻，没有惊喜，没有叹息，只有一种声音在心底：让天证明地久，让地证明天长！

卓雅

2009年8月18日